SF

火星年代記

〔新版〕

レイ・ブラッドベリ

小笠原豊樹訳

早川書房

6712

THE MARTIAN CHRONICLES
by
Ray Bradbury

Translated by
Toyoki Ogasawara
Published 2025 in Japan by
HAYAKAWA PUBLISHING, INC.
This book is published in Japan by
arrangement with
RAY BRADBURY LITERARY WORKS, LLC
c/o DON CONGDON ASSOCIATES, INC.
through TUTTLE-MORI AGENCY, INC., TOKYO.

愛と感謝をこめて本書を捧げる。
その昔、一九四九年に
手書きの原稿をタイプしてくれた
マギー、こと、マーゲリートに。
そしてまた、
産婆役をつとめた
すばらしい二人の友人、
ノーマン・コーウィンと
ウォルター・I・ブラッドベリに！

火星のどこかにグリーン・タウン
エジプトのどこかに火星

レイ・ブラッドベリ

「私がしていることについて、とやかく言わないでください。自分が何をしているのか、知りたいとは思いませんから！」

こう言ったのは私ではない。これは、私の友人で、イタリアの映画監督のフェデリコ・フェリーニの言葉だ。自分の映画を一シーンずつ撮影し続ける日々に、この監督は、カメラに捉えられた新しい映像、撮影当日の夜には現像される新たなフィルムを、決して見ようとはしなかった。撮影されたすべてのシーンが、自分を誘惑する謎の挑発者でありつづけて欲しかったので。

私の生涯の大部分における短篇小説や、戯曲や、詩についても、事情は同じだ。私が結婚したのは一九四七年のことだが、その直前の数年間に書きつがれ、一九四九年夏の仕上げ作業の驚くべき展開によって、仕事が絶頂に達した『火星年代記』の場合も、事情は同じだ。ぽつりぽつりと書いていた短篇や、赤い惑星にまつわる「傍白《ぼうはく》」などが、その年の七月と八月に突然、ザクロのように弾けたのだった。毎朝、私は起きるや否や、タイプライターに向かって、ミューズが手渡してくれる珍奇な贈り物を見つけようと夢中だった。私には、本当に、そんなミューズがついていたのか。神話の中の怪しげな女神を、私は信じていたのだろうか。いいや。ハイスクール以前も、在学中も、以後も、街頭で新聞を売っていたころも、私は、たいていの作家が手始めにすることを、していただけだった。すなわち、先輩作家の真似をし、同輩作家を模倣すること。こうして、自分の皮膚の内側や、目の奥で眠りこけている真実を発見する可能性から、どんどん遠ざかっていたのだ。

実際、二十代の中頃、ちょっとグロテスクな一連の幻想小説を書き、活字になったそれらの作品はいま読んでもさほど悪くはないと思うのだが、私自身がそれらの作品から学ぶことは皆無だった。私は頭の中のたくさんの面白い材料をひっかきまわして、それを原稿の上にぶちまけていただけなのに、自分ではそんな実態を直視しようとはしなかった。だから、私の奇妙な短篇群は生き生きとして現実的だったが、その先で待っていたのは、ロボットのように生気を欠き、機械的で、動きの少ない物語ばかりだった。

そんな状態から解放されるきっかけとなったのは、シャーウッド・アンダスンの『オハイオ州ワインズバーグ物語』だ。二十四歳の年のある日、この本の十人あまりの人物たちを前にして、私は茫然としていた。一年中、秋がつづく、あの町の、ほの暗いポーチや、日のあたらぬ屋根裏部屋で、生を営んでいる人たち。「ああ」と、私は叫んだ。「こんなにすばらしくなくてもいい、これの半分だけすばらしい本でいいから、舞台をオハイオ州ではなくて火星に変えて、ぼくが書けたとしたら、どんなにすてきだろう!」遙か彼方の世界の、さまざまな場所や人物を、私は思いつくままに書きつらね、タイトルをひねり出し、それらを纏《まと》めて引き出しに放りこみ、すぐ忘れてしまった。というか、忘れたと思っていた。

なぜなら、ミューズのこだわりというものは尋常ではない。それは、なおざりにされても生きつづける。真の生命を与えられるか、あるいは言語化されることなく死んでいくか、どちらかの結末を待っている。私のなすべき仕事としては、神話とは単なる亡霊以上のものであること、そして直覚を司る物質が呼び覚まされて語り出し、タイプを打つ指先にまで到達することを、自分自身に信じさせなければならない。

つづく数年の間に、一連の火星版『パンセ』というか、シェイクスピア劇でいうところの「傍白」を、私は書いた。とりとめのない思考、眠れぬ夜の幻影、夜明け前の半覚醒状態。フランス人は、たとえばサンジョン・ペルスなどは、これを完璧に行なっている。半ば詩、半ば散文で、どんなテーマを扱うにせよ、せいぜい百語、一ページにも満たない作品ばかりである。そのような作品を生み出すきっかけは、さまざまだ。天候、時間、建築物のファサード、すてきなワイン、おいしい食べ物、海の眺め、急速な落日、ゆっくりとした日の出、等々。それらの要素を呑みこんだあげくに、人は時折、吐き出すのだ。あるときは不消化の毛玉を、またあるときは、ハムレットばりの、だらだらと長い独白を。いずれにせよ、わたしはそれらの『パンセ』を計画的に整理したりせず、他の二ダースもの物語と一緒に、あっさり葬り去ったのだった。

そのとき、幸せなことが起こった。有名な放送作家でディレクターを兼ねていた、ノーマン・コーウィンが、「世間に認めてもらうために」ニューヨークに行くことを、私に勧めたのだ。その勧めに素直に従って、マンハッタンまでバス旅行をした私は、YMCAで憂鬱な一夜を過ごし、次の日、ウォルター・ブラッドベリに会った。この人は私の親戚でもなんでもないが、ダブルディ社の優秀な編集者で、あなたは知らず知らずのうちに見えない絨毯を織っていたのではないだろうか、と言ってくれた。火星にまつわるあなたの物語群を、針と糸を使ってうまく繋《つな》いで、『火星年代記』というような本に纏《まと》めたらどうか、というのだ。

「うわあ」と、私は呟《つぶや》いた。「『オハイオ州ワインズバーグ物語』だ！」

「え？　なんですって？」と、ウォルター・ブラッドベリ。

翌日、私は『火星年代記』の概要を、ウォルター・ブラッドベリに渡し、『刺青の男』のアイデアまで、おまけに付けてやった。汽車で故郷の町に帰る私の財布には、千五百ドルの小切手が入っていた。その金で、二年間の家賃（月三十ドル）を払い、私たち夫婦の長女がぶじに生まれた。

『火星年代記』は一九五〇年の晩春に出版され、書評がいくつか出たが、私の頭に月桂冠をかぶせてくれたのは、クリストファー・イシャーウッドだけだった。私をオルダス・ハクスレーに引き合わせてくれたのも、イシャーウッドだ。そのときお茶を飲んでいたハクスレーは、身を乗り出して、こう言った。「きみは自分が何なのか、わかっていますか」（私がしていることについて、とやかく言わないでください）と、私は思った、（自分が何をしているのか、知りたいとは思いませんから）。

「きみは」と、ハクスレーは言った。「詩人ですよ」

「ああ、呪われた詩人というやつですね」と、私は言った。

「ちがう、祝福された詩人だ」と、ハクスレー。

まっこと、遺伝的な祝福だ。

祝福はこの本に内在している。

この本に、シャーウッド・アンダスンとの血縁の痕跡が認められるだろうか。いいや。その驚くべき影響は、とうの昔に、私の神経節に溶けこんでしまっている。私には『たんぽぽのお酒』という、長篇小説を装っている短篇集があり、そこにならば『オハイオ州ワインズバーグ物語』の幽霊が何人か、うろついているようだ。しかし、それとて、鏡像のようにそっくり同じイメージではない。アンダスンのグロテスクは、町の屋根屋根から睨んでいる怪物像だ。一方、私のグロテスクは、せいぜい、コリー犬であり、ドラッグストアの売場でぼんやりしている老嬢であり、あるいは死滅した市街電車や、行方不明の親友にたいする感度がものすごく強い少年であり、さもなくば時の経過に溺れ、思い出に酔いしれる南北戦争の将軍たちである。火星の物語に現れるグロテスクというなら、それは私のグリーン・タウンの近親者に化けて、当然の報いの日まで隠れ住んでいる火星人たちくらいのものであって、ほかには、ほとんどない。

シャーウッド・アンダスンに独立記念日の夜の手投げ花火を投げさせたら、恐らくはぶざまな結果に終わっていただろうと思う。憚《はばか》りながら私は、火星でもグリーン・タウンでも、手投げ花火に自分で火をつけ、ちゃんと投げたのだ。花火は二つの作品の中に住みつき、静かに燃えている。それは現在でも燃えつづけ、読書に必要な明るさを提供している。

十八年前のことだが、私はウィルシャー・ブルヴァード劇場で舞台化された『火星年代記』のプロデューサーをつとめた。劇場から西へ六ブロックの所に、ロサンゼルス美術館があり、そこにたまたまエジプトのツタンカーメン巡回展が来ていた。ツタンカーメンから劇場へ、劇場からツタンカーメンへと、何度も往復しながら、私は驚きっぱなしだった。「うわあ」と、ツタンカーメンの黄金の仮面を見つめながら、私は言った。「こりゃ、火星だ」

「うわあ」と、私の火星人たちの舞台を見ながら、私は言った。「こりゃ、エジプトだ。

ツタンカーメン時代の亡霊たちだ」

私の眼前で、そして心の中で、二つの神話は混じり合った。古い神話は新しくなり、新しい神話はパピルスでぐるぐる巻きにされて、光り輝く仮面をかぶせられた。知らず知らずのうちに、私はずっと以前からツタンカーメンの末裔《まつえい》だったのだ。埃を洗い流された過去にすら未来を花開かせるのだと自負しつつ、赤い惑星の象形文字を書きつらねていた私は。

これらのことがすべて真実ならば、どうして『火星年代記』はしばしばサイエンス・フィクションとよばれるのだろうか。この呼び方は、この作品の場合、まちがっていると思う。『火星年代記』全体の中で、科学技術の法則に則《のっと》った短篇は「優しく雨ぞ降りしきる」一篇しかない。それは、ここ数年の間に私たちの間に根をおろした「バーチャル・リアリティ」の家を、いちはやく描いた作品の一つである。一九五〇年代に、そんな家を本当に建てるとしたら、銀行が破産するほどの大金が必要だっただろう。今日、コンピューター、インターネット、ファックス、オーディオ・テープ、ウォークマンに繋がっているイヤホーン、大画面テレビ、等々の出現によって、そのような住まいは、サーキット・シティでは、きわめて安上がりに実現できる。

それならば、「年代記」とは何か。それは、私が三歳の年に墓から発掘されたツタンカーメン王であり、私が六歳の年にアメリカに紹介された古代北欧神話エッダであり、十歳の私が惚れこんだギリシャやローマの神々であり、要するに、純粋な神話ということだ。もしも実際の科学技術に基づいたサイエンス・フィクションであったら、それらはとうに道端に投げ捨てられ、錆に覆われていただろう。だが、それら一つ一つは独立した寓話であるから、カリフォルニア工科大学に深く根を下ろしている学者たちといえども、私が火星に置いておいた酸素をふくむ贋の大気を、安心して吸うことができる。科学と機械は、おたがいに殺し合いをしたり、立場を入れ換えたりすることが可能である。けれども、鏡に映った神話は、触れられることはありえないから、そのままの姿でありつづける。未来永劫、不滅であるとはいえないにせよ、そのように見えることは確かである。

最後に一言。

(私がしていることについて、とやかく言わないでください。自分が何をしているのか、知りたいとは思いませんから)

なんという生き方だろう。だが、この生き方しか、ない。なぜなら、無知を装うことによって、直観的洞察力は無視されることに興味を抱き、隠されていた頭をもたげて、蛇のようにあなたの掌紋を通り抜け、神話のかたちで表に現れるからだ。そして私が書いているのは、ほかならぬそのような神話であるから。私の火星も、その驚くべき生涯の結末として、あと何年かはたぶん生き延びるだろう。そのことを半ば保証してくれる一つの事実。私は今でも、カリフォルニア工科大学に来ないかと誘われている。

年表

火星年代記

哲学者はいった――
「驚きを若がえらせるのは良いことだ。宇宙旅行は
わたしたちみんなをもう一度子供に還らせてくれた」

二〇三〇年一月　ロケットの夏

ひとときはオハイオ州の冬だった。ドアはとざされ、窓には錠がおり、窓ガラスは霜に曇り、どの屋根もつららに縁どられ、斜面でスキーをする子供たちや、毛皮にくるまって大きな黒い熊のように凍った街を行き来する主婦たち。

それから、暖かさの大波が田舎町を横切った。熱い空気の大津波。まるで誰かがパン焼き窯《がま》の戸をあけっぱなしにしたようだった。別荘《コテイジ》と灌木の茂みと子供たちのあいだで、熱気が脈を打った。つららは落ち、こなごなに砕け、溶け始めた。ドアが勢いよくひらいた。窓が勢いよく押しあげられた。子供たちは毛織《ウール》の服をぬいだ。主婦たちは熊の仮装をぬぎすてた。雪がとけ、去年の夏の古い緑の芝生があらわになった。

ロケットの夏。そのことばが、風通しのよくなった家に住む人々の口から口へ伝わった。ロケットの夏。あたたかい砂漠の空気が、窓ガラスの霜の模様を変化させ、芸術作品を消した。スキーや橇《そり》がにわかに無用のものとなった。冷たい空から町に降りつづいた雪は、地面に触れる前に、熱い雨に変質した。

ロケットの夏。人々は、しずくの落ちるポーチから身を乗り出して、赤らんでゆく空を見守った。

ロケットは、ピンク色の炎の雲と釜の熱気を噴出しながら、発進基地に横たわっていた。寒い冬の朝、その力強い排気で夏をつくりだしながら、ロケットは立っていた。ロケットが気候を決定し、ほんの一瞬、夏がこの地上を覆った……

二〇三〇年二月　イラ

その水晶の柱の家は、火星の空虚な海のほとりにあり、毎朝、K夫人は、水晶の壁に実る金色の果物をたべ、ひと握りの磁力砂で家の掃除をする。その様がよく見えた。磁力砂は埃をすっかり吸い取り、熱風に乗って吹き散ってしまうのである。午後になると、化石の海はあたたまり、ひっそり静止し、庭の葡萄酒の木はかたくなに突っ立ち、遠くの小さな火星人の骨の町はとざされ、だれ一人戸外に出ようとする者はない。そんなときK氏は自分の部屋にとじこもり、金属製の本をひらいて、まるでハープでも弾くように、浮き出た象形文字を片手で撫でるのだった。指に撫でられると、本のなかから声が、やさしい古代の声が語り始めた。まだ海が赤い流れとなって岸をめぐり、古代の人々が無数の金属製の昆虫や電気蜘蛛をたずさえて戦いに出かけた頃の物語を。

K夫妻が死んだ海のほとりに住み始めてから、もう二十年になる。およそ十世紀も昔から、ひまわりのように回転して太陽を追うこの家に、祖先たちも住みついていたのだった。

K夫妻は老人ではない。二人とも、真正の火星人らしい茶色がかった美しい肌と、黄色い貨幣のような目と、やわらかい音楽的な声のもちぬしである。かつて二人は、化学薬品の炎で絵を描いたり、葡萄酒の木が緑色の液体で運河を満たす季節には水泳をしたり、談話室の青い燐光を放つ肖像画のそばで語り明かしたりすることが好きだった。

現在の二人は幸福ではない。

今朝、K夫人は立ち並ぶ柱のあいだに立ち、砂漠の砂が熱せられて黄色い蠟となって溶け、地平線を走る音に耳を傾けていた。

何かが起こる。

夫人は待った。

夫人は、火星の青空を見守った。いまにも空がひきつり、縮み、光り輝く奇蹟を砂の上に吐き出すかもしれない。

だが何事も起こらなかった。

待ちくたびれて、夫人は、霧に覆われ始めた柱のあいだを歩いた。縦溝の彫られた柱の頂から、おだやかな雨が涌き出て、焼けただれた大気を冷やし、やさしく夫人に降りそそいだ。暑い日には、入江のなかを歩むようなものである。家の床は、冷たい流れにきらめいた。遠くから、絶え間なく夫が書物を奏でる音がきこえた。夫の指は、古代の唄に飽きることを知らぬらしい。あの不思議な本に費やすのとおなじ時間だけ、わたしを抱いて、撫でまわしてくれないものか。いつかそんな日がふたたびやって来ることを、夫人は心ひそかに祈った。

しかし、そんなことは考えられない。夫人は頭を横に振り、あきらめの身ぶりで、かすかに肩をすくめた。まぶたがそっと金色の目を覆った。結婚というものは、人を若いうちから老いさせ、平凡にしてしまう。

夫人は椅子に腰掛けた。椅子は、夫人の動きにつれて、夫人の体にぴったりと形をあわせた。神経質そうに、夫人はかたくまぶたをとじた。

夢が始まった。

夫人の茶色の指がふるえ、もちあがり、空気をつかんだ。一瞬後、夫人ははっとして身を起こし、息を弾ませた。

だれかの姿が見えるはずだというように、すばやくあたりを見まわした。それから、がっかりした表情になった。柱と柱のあいだの空間には、だれもいない。

夫が、三角形の戸口に現われた。「呼んだかい?」と、いらいらした声で訊ねた。

「いいえ!」と、夫人は大声で言った。

「何かどなっているのが、きこえたよ」

「そう?　うとうとして、夢を見たの!」

「まっぴるまに夢か?　珍しいね」

夢に頬を打たれでもしたように、夫人は茫然とつぶやいた。「変だわ、変だわ。今の夢」

「どんな夢？」夫は書物に帰りたい様子である。

「男のひとの夢なの」

「男？」

「背が高くて、六フィート一インチもあるの」

「ばかばかしい。巨人じゃないか。奇形の巨人だ」

「でも」――夫人は言い淀んだ――「普通に見えるの。そんなに背が高いのに。しかも――馬鹿みたいだって言われるかもしれないけど――そのひと、青い目なのよ！」

「青い目！　あきれたね！」と、K氏は叫んだ。「夢のつづきはどうなるんだい。ひょっとすると、そいつの髪は黒かったんじゃないのか」

「あら、どうして分かったの？」夫人は興奮して訊ねた。

「いちばんとっぴな色を言っただけさ」と、夫は冷たく答えた。

「ほんとに黒かったのよ！」と、夫人はさけんだ。「それから肌はとても白いの。そう、とっても変な男だったわ！　変な制服を着ていて、空から下りて来て、楽しそうにわたしに話しかけたの」夫人はほほえんだ。

「空から下りて来た、か。なんというナンセンスだ！」

「陽にきらきら輝く金属製の物に乗って来たの」と、夫人は語り、目をとじて、そのかたちを思い出そうとした。

「夢のなかに空があって、何かが、放り投げた貨幣みたいに光ったと思うと、みるみる大きくなって、そうっと地面に下りて来たのよ。細長い銀色の乗物。まるくて、変なかたちなの。その銀色の物の横腹のドアがあいて、今言った背の高い男が出て来たの」

「もうすこし仕事に精を出せば、そんな馬鹿げた夢は見なくなるよ」

「でも楽しい夢だったわ」と、椅子の背にもたれながら夫人は言った。「そんな空想をしようなんて、ほんとに思いがけなかったから。髪が黒くて、目が青くて、肌が白いなんて！ そんなに変てこりんな人なのに、なかなか――ハンサムなのよ」

「それはふだんの願望のあらわれだ」

「変なこと言わないで。わざと考え出したわけじゃないわ。うたたねしたら、ぽっかり心に浮かんだだけなのよ。夢ともすこしちがうわね。とても突然で、変てこりんなの。その男のひとは、わたしを見て、言ったわ。〝わたしは第三惑星から船で来ました。名前はナサニエル・ヨーク――〟」

「ふざけた名前だ。名前でもなんでもありゃしない」と、夫が半畳を入れた。

「もちろん、変な名前よ。だって夢ですもの」と、夫人はおとなしく弁解した。「それでね、〝これが初めての宇宙旅行です。船に乗って来たのは、わたしと友人のバートと二人だけです〟」

「またふざけた名前だ」

「そしてね、〝わたしたちは地球の町から来ました。それがわたしたちの惑星の名前なのです〟」と、K夫人は話をつづけた。「そう言ったのよ。〈地球〉って言ったわ。でも、その男のひとが使っていたのは、別のことばなのよ。それなのに、意味はちゃんと伝わるの。心でね。テレパシーっていうのかしら」

　K氏は出て行こうとした。夫人は、「イル？」と夫を呼びとめ、やさしい声で言った。

「ねえ、あなた考えたことない――第三惑星に人が住んでいるかどうか」

「第三惑星には生命の存在する可能性はないんだよ」と、夫は辛抱づよく言った。「科学者が調べたところによると、あの惑星の大気には酸素が多すぎるんだそうだ」

「でも、もし人がいるとしたら、面白いじゃない？　それで、その人たちが、船みたいなもので宇宙旅行をしているとしたら？」

「ああ、イラ、わたしはそういう感情的な無駄話はきらいなんだ。もう、そろそろ仕事を始めようじゃないか」

　その日おそく、ささやきかわす雨の柱のあいだを歩きながら、夫人はその唄を歌い始めた。何度も繰返して歌った。

「何の唄だい」と、部屋に入って来て、炎のテーブルの前にすわりながら、夫がたまりかねてぶっきらぼうに訊ねた。

「分からないわ」自分のことばに驚いて、夫人は顔を上げた。そして信じられぬように、片手で口をおさえた。陽は沈みかけていた。光が薄れるにつれて、巨大な花のように、家はしぼんでいった。柱のあいだを風が吹きぬけた。炎のテーブルでは、銀色の熔岩が烈しく泡立った。風は夫人の朽葉色の髪を乱し、かすかな唄を耳に歌った。夫人は何も言わずに立ったまま、何かを思い出そうとするように黄色い目をうるませて、がらんとした海底の黄ばんだ遥か彼方を見つめていた。

「〝飲めよ、わがためにのみ、きみがまなこにて、われもまた、わがまなこにて誓わん〟」と、やわらかに、静かに、ゆっくりと、夫人は歌った。「〝さなくば、盃にくちづけを残せよ、さらばわれ、ふたたび酒を求めず〟」風のなかで両手を軽く振りながら、目をとじて、夫人はメロディをくちずさんだ。やがて唄は終わった。

とても美しい唄。

「その唄は聞いたことがないな。おまえが作った唄かい」と、するどい目をして、夫が訊ねた。

「いいえ。ええ。いいえ、分からないわ、ほんとよ！」夫人はひどくためらった。「ことばの意味も分からないの。ほかのことばですもの！」

「ほかのことばとは！」

夫人は、ぐつぐつ煮立っている熔岩のなかに、肉片をぽとりと落した。「分からないわ」それからすぐ肉片を引き上げ、皿にのせて夫に差し出した。「きっと、やっぱり、わたしが考え出した唄だと思うわ。なぜだか分からないけど」

夫は黙っていた。夫人が自分の肉片を熔岩のなかへ落しこむのを、じっと見つめていた。陽は沈んだ。ゆっくり、ゆっくり、夜が入って来て、部屋中にひろがり、天井までなみなみと注がれた葡萄酒のように、柱や夫婦の姿を呑みこんだ。銀色の熔岩の光だけが、二人の顔を照らしていた。

夫人はもういちど奇妙な唄をくちずさんだ。

途端に、夫は椅子から立ちあがり、腹立たしげに、あわただしく部屋を出て行った。

そのあと、ひとりぼっちで、夫は夕食をすませた。

立ちあがると伸びをして、夫人をチラと眺め、あくびをしながら誘いのことばをかけた。

「今晩は炎の鳥で町へ行って、演芸を見ないか」

「本気なの」と、夫人は言った。「どこか体の具合がわるいんじゃない?」

「何がそんなに不思議なんだい」

「だって、もう半年も演芸を見に行ったことないじゃありませんか!」

「だから、いい思いつきだろう」

「急に気をつかって下さるようになったのね」と、夫人は言った。

「そんな言い方をしないでくれよ」と、夫は気むずかしい声を出した。「行きたいのかい、行きたくないのかい」

夫人は、蒼ざめた砂漠に目をやった。白い双子の月が昇りかけていた。冷たい水が夫人の足もとを静かに流れた。夫人は、ちょっと身震いした。ほんとうは、ここにこのまま、ひっそりと、身動きもせずにすわっていたかったのである。ひょっとしたら、あのことが、一日中待っていたあのことが起こらないとも限らぬ。ひとふしの唄が、夫人の心をかすめて通りすぎた。

「わたし――」

「体のためにもなるよ」と、夫はうながした。「さあ、行こう」

「疲れてるのよ」と、夫人は言った。「またにしない？」

「さあ、スカーフをして」夫はガラス壜を手渡した。「わたしらはもう何カ月も外出しなかったな」

「あなたは別よ。週に二度ずつクシーの町へいらっしゃるわ」夫人は夫から目をそむけていた。

「仕事だからね」と、夫は言った。

「そう？」と、夫人は独り言のようにつぶやいた。

ガラス壜から流れ出た液体が、青い霧に変化し、ふるえながら夫人の頸にまつわった。

炎の鳥たちは、まるで石炭の燠《おき》のように、なめらかな冷たい砂の上で白熱しながら待っていた。白い天蓋は、千本の緑色のリボンで鳥たちに結びつけられ、夜の風にふくらみ、かすかにはためいていた。

イラは、天蓋のなかに横たわった。夫が一言命令を発すると、鳥たちは燃えながら、暗い空にむかって飛びあがった。リボンはぴんと張り、天蓋は宙に浮かんだ。砂は、泣くような音を立てて、すべり落ちた。青い山々が流れるように通りすぎ、二人の家も、雨をふらせる柱の群れも、籠に入った花も、歌う書物も、ささやく床の小川も、遥か後へ去った。夫人は夫を見なかった。夫が何か叫ぶ声がきこえ、すると鳥たちは、無数の熱い火の粉のように、さらに空高く昇った。赤と黄色の花火のように、花びらそっくりの天蓋をひっぱりながら、風のなかで燃えた。

夫人は、眼下を流れて行く死滅した古代の骨の町も、むなしさと夢をみたした古い運河も、眺めようとはしなかった。干あがった河や、干あがった湖をすぎて、二人は、月の影のように、燃える松明《たいまつ》のように飛んだ。

夫人は、ただ空のみを見守っていた。

夫が何か言った。

夫人は空を見守っていた。

「きこえたのかい？」

「え？」

夫はふうっと息を吐いた。「わたしの話を聞いてくれないんだな」

「考えごとをしていたのよ」

「きみが自然を愛しているとは知らなかったが、今夜はいやに空に関心があるようだね」

と、夫は言った。

「とてもきれいだわ」

「実は考えていたんだが」と、夫はゆっくり言った。「今晩ヒューレに電話をかけようと思うんだ。しばらくのあいだ、そう、一週間ぐらいでも、青い山へ遊びに行く件について相談しようと思ってね。ただの思いつきだけれども——」

「青い山ですって！」夫人は片手で天蓋の端につかまり、きっとなって夫を振り向いた。

「いや、ただそうしたらどうかと思ってね」

「いつ、いらっしゃるつもり」と、ふるえながら夫人は訊ねた。

「あすの朝、発ったらどうだろう。善は急げというからね」と、夫は何気なく言った。

「でも、この季節に、早すぎるわ！」

「そういうのも、一度ぐらい、いいじゃないかね」と、夫は微笑した。「旅行はいいよ。

くつろいだ気分になることだ。そう思わないかい？　きみに何かほか
の計画があるわけじゃないだろう？　行くね？」
夫人は息を吸いこみ、間をおいてから言った。「いやよ」
「なんだって」夫の大声に鳥たちがおどろいた。天蓋がぐらりと揺れた。
「いやよ」と、夫人はきっぱりと言った。「きめました。わたし行かないわ」
夫は妻を見つめた。それからあと、二人は口をきかなかった。夫人は顔をそむけた。
鳥たちは飛びつづけた。風のなかを渡る一万の松明。

夜の明け方、水晶の柱のあいだからさしこんできた日の光が、睡眠中のイラを支えていた霧を溶かした。イラが身を横たえると壁から霧が涌き出て、やわらかい敷物となり、その敷物にもちあげられて、イラは一晩中床の上に浮いていたのだった。音を立てぬ湖の上のボートのように、一晩中、イラはこの静かな河の上で眠ったのである。今、霧は溶け始め、やがてイラの体は目ざめの岸に下りた。

イラは目をあけた。

夫が見下ろしていた。もう何時間も前からそこに立っていたように、じっとイラの様子を見守っている。なぜか分からないが、イラは夫の顔をまともに見ることができなかった。

「また夢を見ていたね！」と、夫は言った。「大きな声を出すので、わたしは眠れなかっ

たよ。冗談でなく、医者に診てもらったほうがいいんじゃないのか」

「大丈夫よ」

「ずいぶん寝言をいっていたよ!」

「そう?」夫人は体を起こした。

夜明けの光が部屋を冷たく満たしていた。横たわったイラの体を灰色の光が包んでいた。

「どんな夢だった?」

夫人は思い出そうとして、ちょっと考えた。「船なのよ。船がまた空からやって来て、着陸して、あの背の高い人が出て来て、わたしに話しかけたの。冗談を言ったり、笑ったり、とても楽しかったわ」

K氏は柱に触れた。あたたかい湯の泉が、湯気を立てて涌き出た。部屋の冷気が消えた。K氏の顔は無表情だった。

「そうして」と、夫人は言った。「ナサニエル・ヨークという変な名前を名乗ったその男のひとが、わたしに、あなたは美しいって言って——キスしたの」

「はあ!」と、夫は叫び、あごをがくがく動かして、荒々しくそっぽを向いた。

「ただの夢よ」と、妻は面白そうに言った。

「女のばかばかしい夢を、いちいち喋ってもらっては困るね!」

「あなた、子供みたいよ」と夫人は人工の霧の残りにまた身を横たえた。それから、くすくす笑い出した。「夢のつづきを思い出したわ」

「ほう、聞かせてもらおうじゃないか」と、夫は大声で言った。

「イル、あなた怒ってるのね」

「いいから、話しなさい！」と、夫は要求した。「わたしに秘密を作ってはいけないよ！」妻をのぞきこむようにした夫の顔は、暗くこわばっていた。

「あなた、いつもとちがうみたいね」と、半ば驚き、半ば面白がりながら、夫人は答えた。「要するに、そのナサニエル・ヨークっていう人が、わたしに話しただけよ――わたしをその人の船に連れて行って、一緒に空へ昇って、その人の惑星まで連れて帰りたい、って言うの。馬鹿みたいな話ね」

「馬鹿みたいだって！」と、夫はほとんど悲鳴に近い声で言った。「きみの声を聞かせたかったよ。その男といちゃいちゃしたり、お喋りしたり、唄を歌ったり、それをなんと一晩中だ。ほんとに、きみの声を聞かせてやりたいよ！」

「イル！」

「いつ、そいつは着陸するんだ。そのくそおもしろくもない船は、どこに下りるんだ」

「イル、そんな大きな声ださないで」

「声なんかどうでもいい！」夫は妻の上にかがみこんだ。「その夢のなかじゃ」――妻の手首をつかんだ――「船は緑の谷に着陸したんだろう、え？　返事をしなさい！」

「ラ
「イ
33

「ええ、でも——」

「着陸は今日の午後だったんだな」と夫は詰問をつづけた。

「そうよ、そうよ、でも、あれは夢のなかのことなのに！」

「よし」——夫は妻の手をふりはらった——「嘘をつかないのは感心だ！　きみの寝言をすっかり聴いていたんだよ。谷の名前も、着陸の時間も、きみは喋っていた」荒い息を吐きながら、夫は雷に目がくらんだ人のように水晶の柱のあいだを歩きまわった。息づかいはすこしずつ平静に戻った。狂人でも見るように、イラは夫を眺めていた。やがて立ちあがり、夫に近づいた。「イル」と、ささやいた。

「大丈夫だよ」

「あなた病気なのよ」

「ちがう」夫はむりに疲れた微笑を見せた。「しかし、ちょっと子供っぽかったようだな。ゆるしておくれ」手荒く妻の肩を叩いた。「この頃は仕事が忙しすぎる。わるかったよ。すこし横になって——」

「ひどく興奮してらしたわ」

「もう大丈夫だ。気分がよくなった」夫は深呼吸をした。「今のことは忘れてくれ。そうだ、きのう、ユエルのことで面白い一口話を教わったよ。それを話してあげるつもりだったんだ。朝めしの支度をしてくれないか。その一口話を教えるから。今のことはもうおしまいにしよう」

「ただの夢だったのよ」

「もちろんさ」夫は妻の頬に気のないキスをした。「ただの夢だ」


正午、陽は高く熱く昇り、山々は光のなかにきらめいていた。

「町へいらっしゃらないの」と、イラが訊ねた。

「町？」夫はちょっと眉を上げた。

「今日はいらっしゃる日じゃなかった？」妻は台座の上の花籠の位置を直した。花々は身もだえし、飢えた黄色い口をひらいた。

夫は書物をとじた。「いや。どうも暑すぎるし、もう時間もおそい」

「そう」妻は仕事を終え、ドアの方へ歩いて行った。「じゃすぐ帰ってきます」

「ちょっと待てよ！　どこへ行くんだい」

妻は、すばやくドアの外に一歩踏み出した。「パオの家まで。およばれなの！」

「今日か？」

「久しぶりに逢うのよ。すぐそこだし」

「緑の谷の向こうだったね？」

「ええ、歩いてすぐなの。もうそろそろ――」妻は急ぎ足に出て行こうとした。

「あ、しまった、わるかったな」と、いかにも忘れていたことを悔む顔つきで、夫は妻に駆け寄り、ひきとめた。「すっかり忘れていた。今日の午後は、ドクター・ヌレを招待してあったんだ」

「ドクター・ヌレ！」イラはそのままドアの外へ出ようとした。

夫はイラの腕をつかんで、引き戻した。「そうなんだよ」

「でも、パオが――」

「パオはまたにするさ。ヌレ先生をおもてなししなきゃならんだろう」

「でも、ちょっとだけ――」

「いけないよ、イラ」

「いけないの？」

夫は首を横に振った。「いけない。それに、パオの家までは、歩いて、かなりの道のりだ。緑の谷を越えて、大運河を渡って、その先だろう？　今日はすごく暑いし、ドクター・ヌレはきみがいてあげれば喜ぶよ。ね？」

妻は返事をしなかった。そのまま駆け出して行ってしまいたい。大声で叫びだしたい。だが、罠にでもかかったように、椅子に腰をおろし、自分の指をためつすがめつ眺めた。

「イラ？」と、夫はつぶやいた。「ここにいてくれるね？」

「ええ」と永い間をおいてから妻は言った。「ここにいるわ」

「夕方までずっといてくれるかい」

妻の声はどんよりしていた。「夕方まで、ずっと」


その日、おそくなっても、ドクター・ヌレはあらわれなかった。イラの夫は、それほど驚いてもいないようだった。かなりおそくなってから、夫は何事かつぶやき、押入れに行って、凶悪な武器をとりだした。それは黄色がかった長い管で、端にフイゴと引金がついている。振り向いたところをみれば、夫は仮面をかぶっていた。銀色の金属でこしらえた無表情な仮面だった。感情を隠したいときにいつも使うこの仮面は、夫のやせた頰や顎や眉間にぴったりと合うように作られている。仮面をキラリと光らせて、夫は凶悪な武器を手にとり、じっと眺めた。その武器は、絶え間なく昆虫のうなり声を発していた。中から黄金色のハチが、甲高い声を上げて飛び出るのである。黄金色の恐ろしいハチは、毒針で人を刺すと、たちまち生命を失って、種子のように砂に落ちる。

「どこへいらっしゃるの」と、夫人は訊ねた。

「え？」夫はフイゴの音に、凶悪なうなり声に耳をすました。「ドクター・ヌレがおそくなるんなら、待っていてもしようがない。ちょっと狩に行って来るよ。すぐ戻る。きみはここにいてくれるね」銀色の仮面がキラリと光った。

「はい」

「ドクター・ヌレには、すぐ帰ると言ってくれ。ちょっと狩をするだけだから」

三角形のドアがしまった。足音が斜面を下りて遠ざかった。

夫の姿が日の光の中を歩んで行き、消えてしまうまで、イラは見送っていた。それから磁力砂で掃除をしたり、水晶の壁から新しい果物をもいだりした。せっせと仕事をしているうちにも、ふと全身が麻痺するような感覚に襲われ、口はひとりでにあの記憶に残る奇妙な唄を歌い、目はひとりでに水晶の柱の彼方の空を仰ぎ見るのだった。

イラは、息を殺して、じっと何かを待ち受けるように、立っていた。

近寄ってくる。

今にも起こりそうな気配である。

それは嵐の接近を待っているときに似ていた。まず待ち受けるときの静けさがあり、次には、気候が移り変わり、影になり、蒸気になって大地に吹きくだるときの、かすかな空気の圧迫感がある。その変化はあなたの耳を圧迫し、あなたは近づく嵐を待つ時間のなかで宙吊りになる。あなたはふるえ始める。空は色づき、染められる。雲は厚くなる。山々は鉄の色に変わる。花を入れた籠は、ひそかな警告の溜息を洩らす。あなたは、あなたの髪がかすかに動くのを感じる。家のなかのどこかで、声を出す時計が歌う。「時間です、時間です、時間です、時間です……」その声は、ビロードにしたたり落ちる水の音よりもひそやかである。

それから嵐。電気のイルミネーション、暗い波のうねり、鳴りとどろく黒が、落ちてくる、永遠に覆い隠す。

今もそんなふうだった。嵐が迫っているのに、空は明るい。稲妻がきらめきそうなのに、雲はない。

イラは、息づまるような夏の家のなかを歩きまわった。今にも空に稲妻が走るかもしれない。雷が鳴りとどろき、煙の渦が立ちのぼり、それから静寂。小道に足音がきこえ、水晶のドアがノックされる。イラは走って行って、それに応える……

馬鹿なイラ！ と、イラは自分をあざ笑った。なぜ、だらけきった心で、そんな途方もないことを考えるの。

そのとき、始まったのである。

空を大きな炎が通りすぎるような、あたたかみが感じられた。何かが回転し、疾走する音。空にキラリと金属のきらめき。

イラは大声をあげた。

柱の列のあいだを走って行って、イラはドアをぱっとあけた。目の前に山があった。だが今のイラには何も見えなかった。

斜面を駆け下りようとして、ふと思いとどまった。ここにいなければいけないのだ。どこへ行ってもいけないのだ。ドクターが訪問したとき、イラがいなかったら、夫はきっと怒るだろう。

イラは息を弾ませ、片手をさしのべ、戸口で待った。

緑の谷の方角に瞳をこらしたが、何も見えない。

わたしって馬鹿な女。イラは家のなかに入った。みんなわたしの空想よ。ただの鳥か、一枚の葉っぱか、風か、運河の魚なのよ。すわること。気をおちつけて。

イラは腰をおろした。

銃声がきこえた。

非常にはっきりと、明瞭に、凶悪な昆虫銃の音がきこえたのだ。

イラの体がピクリと動いた。

遠くで射った音である。一発。かすかにハチたちがうなり声をあげる音。一発。つづいて、もう一発。正確な、冷たい音。遠くで。

イラの体がもう一度ひきつれ、なぜかイラは悲鳴をあげた。長い悲鳴をあげながら、それをとめようとも思わなかった。狂ったように家のなかを駆けまわり、もう一度ドアをあけた。

こだまが彼方へ、彼方へ消えていった。

消えた。

イラは蒼白な顔で、五分ばかり、庭に立ちつくしていた。

やがて、のろのろと、うなだれて、柱のある部屋に帰り、いろいろな物に手で触れ、くちびるをふるわせ、しまいには葡萄酒のように暗さを増していく部屋にすわって、ぼんやり待った。スカーフの縁で琥珀《こはく》のグラスを拭き始めた。

すると、遠くから、小さな薄い岩を踏む足音がきこえてきた。

イラは立ちあがり、静かな部屋の中央に立った。グラスが指から滑り落ち、こなごなに砕けた。

足音がドアの外でためらっている。

話しかけようか。大きな声で、「どうぞ、お入り下さい」と言おうか。

イラは数歩前進した。

足音は階段を上ってきた。ドアの掛け金がはずされた。

イラは、ドアにむかって微笑した。

ドアがあいた。イラの微笑が消えた。

それは夫だった。銀色の仮面が鈍く光った。

部屋に入ってくると、夫は妻をチラリと見た。それから銃のフイゴをあけ、二匹の死んだハチが床にポタリと落ちる音を聞いてから、それを踏みつぶし、からになったフイゴ銃を部屋の隅に置いた。イラはかがみこみ、こわれたグラスの破片を拾い集めようとしているのだが、どうしてもうまく拾えない。「何をしてらしたの」と、イラは訊ねた。

「別に、なんにも」と、妻に背中を向けたままで、夫は言った。そして仮面をとった。

「でも、銃が——射つ音がきこえたわ。二発」

「ただの狩だよ。きみだって、ときどきは狩をしたくなるだろう。ドクター・ヌレは来なかったかい」

「いらっしゃらなかったわ」

「ちょっと待ってくれ」夫はうんざりしたように指をポキンと鳴らした。「ああ、今思い出した。ドクター・ヌレが来るのは、あすの午後だったっけ。わたしはどうかしていたよ」

夫婦は腰をおろして、食事をはじめた。妻はじぶんのたべものを見つめ、手を動かさなかった。

「どうしたんだ」と、泡立つ熔岩のなかへ肉片を投げこみながら、顔をあげずに、夫は訊ねた。

「どうしたのかしら。おなかがへってないの」と、妻は言った。

「なぜだろう」

「分からないわ。ただ、おなかがへってないの」

風が強くなってきた。日は沈みかけていた。部屋は小さく、にわかに冷えこんだ。

「わたし、さっきから思い出そうとしているのよ」と、静かな部屋のなか、姿勢のいい、冷酷な、金色の目をした夫の正面にすわった妻は言った。

「何を思い出そうとしてるんだい」と、夫は葡萄酒をすすりながら言った。

「あの唄。あのすばらしくきれいな唄よ」妻は目をとじて、口ずさんだが、それは唄にはならなかった。「忘れたわ。でも、なんだか忘れたくない。いつまでも憶えていたい唄だったのに」リズムの助けを借りれば思い出せるというように、妻は両手を動かした。それから、椅子の背に寄りかかった。

「思い出せないわ」そして泣き出した。

「なぜ泣くんだ」と、夫は訊ねた。

「分からないわ、分からないの、でも涙が出てきてしまうの。どうしてだか分からないけど悲しくって、どうしてだか分からないけど涙が出てくるの」

妻は両手で顔を覆った。肩が何度も何度もふるえた。

「あしたになればよくなるさ」と、夫は言った。

妻は夫を見上げなかった。ただ空虚な砂漠と、黒い空に現われたひどく明るい星々を眺めていた。遠くに、強くなり始めた風の音がきこえ、細長い運河のなかで冷たく波立ちさわぐ水の音がきこえた。ふるえながら、イラは目をとじた。

「ええ」と、言った。「あしたになればよくなるわ」

二〇三〇年八月　夏の夜

石の歩廊にいくつもの群をなして集まった人々の姿が、影のように青い山々のあいだににじんで見えた。星々と、火星の明るい二つの月の放つやさしい夕べの光が、その人々の頭上を照らしていた。大理石の円形劇場の向こう、静けさのなかに、遠く、小さな町々と別荘が横たわっていた。銀色の水たまりは淀み、運河は地平線までキラキラ輝いていた。気候のおだやかな火星の上の、ある夏の夕べである。緑の葡萄酒の運河を、青銅の花びらのように優雅なボートが、上り下りしていた。細長く限りない住居の群れは、静かな蛇のように山を横切ってうねり、恋人たちは涼しい夜のしとねに横たわり、無為のささやきをかわしていた。一番若い世代の子供たちは、網の膜を吐き出す黄金色の蜘蛛を手に持ち、松明《たいまつ》に照らされた裏通りを走っていた。そこここで、おそい夕食をこしらえ、テーブルでは溶岩が銀色に泡立っていた。火星の夜の側の数百の町の円形劇場では、黄金色の貨幣のような目をした褐色の火星人たちが、のんびり集《つど》い、舞台に注意を集中していた。舞台では、音楽家たちが、花の香りのように清浄な音楽を、静かな大気に立ちのぼらせていた。

一つの舞台で、女が歌い出した。

聴衆がざわめいた。

その女は唄をやめた。喉に手をあてた。それから楽員にうなずいてみせると、ふたたび音楽が始まった。

楽員たちは演奏し、女は歌った。聴衆たちは、今度は溜息をつき、体を前に乗り出した。何人かはおどろいて立ちあがり、冬の冷気が円形劇場を流れた。奇妙な、ぞっとするような、不思議な唄を、この女は歌ったのである。くちびるから出てくることばを、女は懸命に止めようとした。それはこんなことばだった。

あのひとの歩く姿はうつくしい、
雲なき国の、星ある夜の空のよう。
すばらしいくらやみときらめきが、
あのひとのおもざしと目に宿り……

歌い手は両手で自分の口を覆った。茫然と突っ立ったまま。

「それはどこのことばだ」と、楽員たちが訊ねた。

「それはなんの唄だ」

「それは何語なんだ!」

そして楽員たちが黄金のホルンを吹くと、奇妙な調べが流れ出て、ゆっくりと聴衆の上を覆った。聴衆はもう声高に話し、立ちあがっていた。

「きみはどうしたんだ」と、楽員たちはおたがいに訊ね合った。

「きみの演奏しているメロディはなんだ」

「きみのメロディこそ、なんだ」

女の歌手は泣き出し、舞台から駆け去った。聴衆は円形劇場から出て行った。火星の神経質な町々のいたるところで、似たような事件が起こったのだった。空中を舞い落ちる白い雪のように、冷気が襲ってきた。

黒い裏通りでは、松明の下で、子供たちが歌った。

女が着いたら戸棚はからっぽ、
だから女は犬ころに何もやらない!

「子供たち!」と、声々が叫んだ。「その唄はなんです。どこでおぼえた?」

「急に頭に浮かんだんです。意味は全然分からないんです」

ドアがぴしゃりととじられた。街路に人気がなくなった。青い山の上に、緑色の星が一つ昇った。

火星の夜の側では、いたるところで、恋人たちが夜もすがら目ざめて、愛する人がくらやみのなかで口ずさむ声に耳傾けていた。

「それ、なんの唄？」

数千の別荘では、まよなか、女たちが悲鳴をあげて目をさました。なだめられても、涙は女たちの頬をつたって流れるのだった。「さあ、気を鎮めて。お眠り。どうしたんだね。夢を見たのか」

「あしたの朝、何か恐ろしいことが起きるわよ」

「何も起こらないよ。天下泰平だ」

ヒステリックなすすり泣き。「近づいてくるわ、近づいてくるわ、近づいてくるわ！」

「何も起こらないよ。何が起こるっていうんだい。さあ、お眠り。お眠り」

火星の深い朝は静かだった。冷たい暗い井戸のように静かで、運河の水に星はきらめき、どの部屋でも、子供たちは蜘蛛をしっかり握って寝息を立てていたし、恋人たちは腕をからませあっていた。二つの月は落ち、松明は冷え、石の円形劇場には人影がなかった。

夜明け前、きこえる音といっては、夜警の男が、遠く寂しい街路のくらやみを歩きながら、ひどく奇妙な唄を口ずさむ声だけだった……

二〇三〇年八月　地球の人々

だれだろう、しつこくドアを叩きつづけた。ツッツ夫人はドアを勢いよくあけた。「なんの御用？」

「英語を喋るんですね！」そこに立っていた男は呆気にとられた。

「自分の喋ることを喋ってるのよ」と、夫人は言った。

「すばらしい英語だ！」男は制服を着ていた。ほかに三人の男がいっしょで、ひどくせかせかしている。四人とも微笑し、四人とも薄汚れている。

「どんな御用でしょう」と、ツッツ夫人は訊ねた。

「あなたは火星人ですね！」と、男はにこにこしながら言った。「もちろん、火星人という言葉はご存知ないでしょう。地球の言葉ですから」男はあごをしゃくって、部下たちを指した。「われわれは地球から来たのです。わたしはウィリアムズ隊長です。一時間ほど前に、この火星に着陸しました。われわれは、二度目の探検隊なんです！　最初の探検隊も来たはずですが、どうなったのか分かりません。とにかく、われわれは来ました。あなたが、初めてお目にかかる火星人です！」

「火星人？」夫人は眉を上げた。

「いえ、つまり、あなたは太陽から四番目の惑星に住んでおられる方でしょう。まちがいありませんね？」

「小学生みたいな言い方だわ」と、夫人は男たちをじろじろ眺め、乱暴な口調で言った。

「そしてわれわれは」――男はよく肥えたピンク色の手を胸にあてた――「地球から来たのです。そうだな、諸君」

「そのとおりです！」異口同音に言った。

「ここはティル惑星よ」と、夫人は言った。「それが正確な名前ですよ」

「ティル、ティルか」と、隊長は弱々しく笑った。「なんとすばらしい名前だろう！　しかし、奥さん、どうしてそんなに完全な英語をお話しになるんですか」

「話してないわ、考えているのよ」と、夫人は言った。「テレパシーよ！　さようなら！」夫人はドアをぴしゃりとしめた。

すぐ、図々しい男はまたもやノックを始めた。

夫人は乱暴にドアをあけた。「今度はなんの御用？」と、呆れたように言った。

男はまだそこに立ったまま、困ったように微笑していた。そして両手を差しのべた。

「どうも誤解なさったようですが――」

「なんですって？」と夫人は早口に言った。

男はびっくりして夫人を見つめた。「われわれは地球から来たのです！」

「わたし忙しいのよ」と、夫人は言った。「今日はお料理をたくさん作らなくちゃならないし、お洗濯もあるし、縫いものもありますからね。主人にお逢いになりたいんでしょう。主人でしたら、二階の書斎にいますけど」

「ええ」地球人はうろたえて、目をぱちぱちさせた。「ぜひご主人に逢わせて下さい」

「主人も忙しいのよ」夫人はまたピシャリとドアをしめた。

今度のノックの音は、一段とあつかましく、やかましかった。

「冗談じゃない！」と、ふたたびドアがあくや、男は叫んだ。そして夫人をおどかすように、中へ跳びこんだ。「せっかく訪ねてきたのに、そんな扱い方をしていいんですか！」

「まあ、きれいにお掃除した床を！」と、夫人は叫んだ。「その泥！　出てって下さい！　うちにお入りになるなら、まず靴を洗ってからになさって！」

男はどぎまぎして、自分の泥靴を見下ろした。「そんなつまらないことを言ってる場合じゃありません」と、男は言った。「みんなでお祝いをしてもいいのに」眺めてさえいれば理解してもらえるというように、男は夫人をまじまじと眺めた。

「わたしの水晶パンをオーブンに落したりしたら」と、夫人はこわい声を出した。「棒でぶちますからね！」小さなオーブンを、夫人はのぞきこんだ。それから、上気した赤い顔で戻ってきた。夫人の目は鋭い黄色で、肌はやわらかな褐色、体はほっそりしていて、動作は昆虫のようにすばしこかった。声は金属的で、鋭かった。「ここで待ってらして。主人がお目にかかるかどうか、訊いてきますから。御用件はなんでしたっけ」

男は、ハンマーで手をなぐられでもしたように、すごい声で悪態をついた。「われわれは地球から来た、これは初めてのことだと伝えて下さい」

「何が初めてですって？」夫人は褐色の片手を上げた。「いいわ、そんなこと。じゃ、ちょっと待ってらして」

夫人の足音が、石づくりの家のなかを遠ざかった。

外では、火星の青い果てしない空が、あたたかい深い海のように、熱っぽく、ひっそりひろがっていた。火星の砂漠は、有史以前の泥の壺のように、焼け焦げて横たわり、熱気の波がゆらゆらと立ちのぼっていた。近くの丘のいただきには、小さなロケット船がとまっていた。ロケットから、この石づくりの家まで、大きな足跡がつづいていた。

二階から言い争いの声がきこえた。ドアのなかの男たちは顔を見合わせ、足の位置をかえたり、指をひねくりまわしたり、ベルトをつかんだりした。二階で、男の声が叫んだ。女の声がそれに応じた。十五分ほど経ち、地球の男たちは、しょうことなしに、台所のドアを出たり入ったりした。

「タバコあるか」と、一人が言った。

だれかがタバコの包みを出し、一同は火をつけた。蒼白い煙をゆっくり吐き出した。制服をきちんと整え、カラーの曲りを直した。二階の声は、まだぶつぶつとつづいていた。隊長は腕時計を見た。

「二十五分経った」と、隊長は言った。「いったい何をしてるんだろう」窓に寄って、外を眺めた。

「暑いな」と、一人が言った。

「まったくだ」と、ほかの一人が言った。昼さがりのけだるいような時刻だった。二階の声はつぶやきに変わり、きこえなくなった。家のなかは静まりかえっていた。男たちにきこえるのは、自分たちの呼吸の音だけだった。

沈黙の一時間がすぎた。「面倒なことになったわけじゃないだろうな」と、隊長が言い、歩いて行って、居間をのぞきこんだ。

居間では、ツッツ夫人が、部屋のまんなかに生えている何かの花に水をやっていた。

「ああ、忘れていたわ」と、隊長の姿を見ると、夫人は言った。そして台所に入って来た。「ごめんなさい」夫人は一枚の紙切れを渡した。「主人は忙しいのよ」そしてまた料理にとりかかった。「それに、あなた方がお逢いになりたいのは、主人じゃなくて、アアアさんでしょう。その紙を持って、青い運河のそばの、お隣りの農場へいらっしゃいな。きっとアアアさんが、あなた方の知りたいことを教えてくれますよ」

「いや、べつに何かを知りたいわけじゃない」と、厚いくちびるを突き出して隊長は言った。「もう知ってるんだから」

「その紙を差し上げたのに、まだ何か御用？」と、夫人はぴしゃりと言った。それっきり問答無用の気構えである。

「それでは」と、不承不承、隊長は言った。だが何かを待ち受けるように、立ち去りかねている。飾りのついていないクリスマス・ツリーを見つめる子供のような目つきである。

「それでは」と、隊長はもう一度言った。「行こう、諸君」

四人の男は、ひっそりした暑い日ざしのなかへ出て行った。


三十分後、書斎にすわって金属の茶碗から電気の炎をすすっていたアァア氏は、戸外の石の歩道に人声を聞いた。のびあがって、窓の外を見ると、制服を着た四人の男がこちらを眺めている。

「アァアさんですか」と、男たちが呼びかけた。

「そうです」

「ツッツさんのご紹介で伺いました！」と、隊長は叫んだ。

「なぜツッツ君はそんなことをしたのだろう」と、アァア氏が訊ねた。

「お忙しいそうです！」

「へえ、そりゃあ大したもんだ」と、アァア氏は皮肉に言った。「彼が忙しくて相手にもできない人と、ゆっくり逢っていられるほどわたしは閑《ひま》な人間だということかな」

「そんなことはどうでもいいことです」と、隊長は叫んだ。

「いや、わたしには、どうでもよくはない。わたしには読まねばならん本が沢山ありますからね。ツッツ君は思いやりのない人だ。こんなふうにわたしに対して配慮に欠けるのは、これが初めてではないのです。いや、そう手を振りまわさんで下さい、わたしの話を最後まで聴いていただきたい。よろしいか。だれでも、わたしの話は注意ぶかく聴いてくれるのです。礼儀正しく聴いて下さらんのなら、わたしはもう喋りませんぞ」

四人の男は、道の上でもじもじし、口をぽかんとあけていた。隊長のこめかみの血管はふくらみ、目には涙さえ浮かんでいた。

「では」と、アァア氏は講義口調で始めた。「あなた方は、ツッツ君の無礼を、当然のことと思いますかな」

四人の男は、熱気のなか、この家のあるじを凝視した。隊長は言った。「われわれは地球から来たのです！」

「まったく紳士の道にはずれたやり方だと、わたしは思う」と、アァア氏はむっつりと言った。

「ロケット船です。それに乗って来たのです。あそこに置いてあります！」

「ツッ君の無分別は、今回が初めてじゃないのだ」

「地球からはるばるやって来たのです」

「いや、断然、わたしは彼に電話をかけて、はっきり言ってやる」

「われわれ四人だけです。わたしと、この三人の部下だけです」

「そう、電話をかけよう、断然そうしよう！」

「地球。ロケット。人間。旅行。宇宙」

「電話で、ぎゅうと言わせてやる！」と、アアア氏は叫び、人形が舞台から消えるように姿を消した。一分間ほど、何か奇妙な器械装置でやりとりされる怒声がきこえていた。下の街路では、隊長とその部下たちが、丘の中腹に横たわった美しいロケット船を、その甘やかで美しく愛らしいかたちを、悩ましげに眺めていた。

勝ちほこったアアア氏が、ぴょこりと窓に顔を出した。「決闘を申しこんでやった！決闘を！」

「アアアさん――」と、隊長がまた初めから静かに説明を始めようとした。

「よろしいか、きっと射ち殺してやる」

「アアアさん、話を聞いて下さい。われわれは六千万マイルの向こうからやって来たのです」

アアア氏は、ここで初めて隊長の顔をまともに見た。「どこから来たのですと？」

隊長は、にっこり笑った。部下にむかって小声で、「さあ、ようやく話が通じるようだぞ！」と言い、アアア氏にむかって大声で、「われわれは六千万マイルを旅してきたのです。地球からです！」

アアア氏はあくびをした。「この時期だと、たった五千万マイルじゃないですか」アアア氏は、何やら恐ろしいかたちの武器をとりあげた。「さて、もう行かなきゃならん。あなたは、その下らない紙切れを持って、あの丘を越えて、イオープルという小さな町へお行きなさい。そんな紙切れが役に立つかどうか知らんが、イイイ氏に事情を話してみることだね。あなた方が逢う相手は、そのイイイ氏ですよ。ツツツじゃない、あいつはただの阿呆です。わたしが殺してやる。それから、あんた方の逢う相手は、わたしでもない。専門外だからね」

「専門外ですって！」と、隊長は泣き声を出した。「地球の人間を歓迎するのに、専門家が要るんですか」

「馬鹿を言っちゃいけない、そりゃ常識じゃないですか！」アアア氏は、階下へ走って下りた。「さようなら！」両脚をバタバタさせて、歩道を駆け去った。

四人の旅行者は、ショックを受けて、茫然と立っていた。やがて隊長が言った。「話を聞いてくれる人間を探さなきゃならん」

「いったん離陸して、もう一度戻ってきますか」と、部下の一人が暗い声で言った。「ここの連中に歓迎準備の時間を与えましょう」

「それは名案かもしれんね」と、疲れた隊長はつぶやいた。

その小さな町は、家の戸口を出たり入ったりする人でいっぱいだった。みんなたがいに挨拶をかわし、金色や、青や、真紅や、華やかなさまざまの色どりの仮面をかぶっていた。銀色のくちびると青銅色の眉をした仮面や、微笑んでいる仮面や、顔をしかめている仮面、それぞれ好みのものをかぶっている。

長い道のりで汗ぐっしょりになった四人の男は、立ちどまり、一人の少女に、イイイ氏の家はどこですかと訊ねた。

「あそこ」と、少女はあごをしゃくった。

隊長は、そっと片膝をついて、少女の愛らしい顔をのぞきこんだ。「お嬢ちゃん、あんたに話したいことがあるんだ」

隊長は少女を片膝にのせ、小さな褐色の手を大きな手でやさしく握って、お話で少女を寝かしつけるときのような姿勢になった。心のなかですこしずつ、自分も楽しみながら考え出したお話をする感じである。

「いいかい、こういうわけなんだ、お嬢ちゃん。半年前にべつのロケットが火星へ来た。そのロケットには、ヨークという人と、その助手の人が乗っていた。その二人がどうなったかおじさんたちは知らない。ロケットが地面に落っこって、こわれたのかもしれない。

おじさんたちもロケットでやって来た。お嬢ちゃんに見せてあげたいな！　大きなロケットだよ！　そういうわけで、おじさんたちは二度目の探検隊なんだ。一度目の次だからね。地球から、はるばる来たんだ……」

少女はなにげなく片手をふりほどいて、無表情な金色の仮面を顔につけた。それから金色のクモのおもちゃをとりだし、隊長の話がつづくうちに、それを地面に落した。おもちゃのクモは、おとなしく少女の膝に這いのぼり、少女は無表情な仮面の隙間から、じっとクモの動きを見つめた。隊長はやさしく少女をゆすぶって、自分の話に注意を集中させようとした。

「おじさんたちは地球人なんだよ」と、隊長は言った。「分かるかい」

「ええ」少女は足の指で地面に何か描きながら、そのあたりを見つめていた。

「そんならよし」隊長は少女の指をいたずら半分つねり、少女の注意を自分に向けさせようとした。「おじさんたちは自分でロケットを作ったんだよ、それも分かる？」

少女は鼻の穴をほじくった。「ええ」

「それで――ああ、鼻をほじくるのはやめなさい――おじさんが隊長、それから――」

「大きなロケットで宇宙空間を旅したのは、歴史始まって以来最初のことである」と、少女は目をとじたまま暗誦するように言った。

「すばらしい！　どうして知ってるの」

「ただのテレパシーよ」少女は汚れた指を膝で拭いた。

「それで、あんたは感激しないのかい」と、隊長は叫んだ。「嬉しくないのかい」

「すぐイィイさんに逢いに行けばいいわ」少女はおもちゃを地面に落した。「イィイさんはおじさんたちと話したがると思うわ」少女は駆け出して行った。おもちゃのクモがそのあとを追いかけた。

　隊長は片手を差しのべたまま、少女を見送り、そこにしゃがみこんでいた。目には涙が浮かんでいた。口をぽかんとあけ、自分の差しのべた片手を見つめた。ほかの三人は、地面に影を落して立っていた。石の街路に唾を吐いた……

　イィイ氏は、ノックに応えて出て来た。ちょうど講義に出かけるところだが、すこし時間があるから、もし急ぐなら中にはいって、用件を話してもらえまいか……

「ちょっと耳を貸して下さい」と、疲れた隊長は赤い目をして言った。「われわれは地球から来たのです。ロケットでです。われわれは四人、隊長と乗組員、非常に疲れて、空腹でどこか眠れる場所をさがしています。だれかから町の鍵か何か、そういうものをわたしてもらって、どなたかに握手されて、〝ばんざい〟とか、〝おめでとう、よくやった！〟とか言ってほしいのです。要するに、それだけのことです」

　イィイ氏は、黄色がかった目に青い水晶の眼鏡をかけた、背のたかい、陰気な、やせた男だった。デスクにかがみこむと、何かの書類をじっと見つめ、ときどき刺すような視線を客たちに向けた。

「ああ、たしか書式があったはずなのにな」イィイ氏はデスクの抽出《ひきだ》しをかきまわした。「あの書式はどこへ入れたっけ」イィイ氏は考えこんだ。「どこか。どこか。ああ、あった！　さあ！」イィイ氏はきびきびした手つきで書類を手渡した。「じゃあ、この書類にサインして下さい」

「そんなくだらない手続きが必要なんですか」

イィイ氏は厚い眼鏡ごしに、隊長を凝視した。「地球から来たとおっしゃったでしょう？　それなら、やはりサインしてもらわないことには」

隊長は自分の名前を書いた。「部下の者にもサインさせますか」

イィイ氏は隊長を見つめ、ほかの三人を見つめ、途端にあざけりの叫びをあげた。「その連中にもサインさせるって！　ほう！　こりゃ愉快だ！　その連中にも、ああ、その連中にもサインか！」イィイ氏の目から涙が出た。膝を叩き、体を折り曲げるようにして、イィイ氏はげらげら笑い出した。デスクにつかまって、やっとのことで立っている。「その連中にもサインか！」

四人の男は顔をしかめた。「何がおかしいんだろう」

「その連中にもサインか！」と、笑い疲れたイィイ氏は、溜息のように言った。「いや、実に愉快だ。クスクスクス君にぜひ話してやらなきゃならん！」まだ笑いながら、隊長が書きこんだ書類をあらためた。「これでよろしいようですな」イィイ氏はうなずいた。「最終的な決定としてそういう段階が必要になれば、安楽死にも同意なさったというわけです」イィイ氏はくすくす笑った。

「何に同意ですって！」

「いや、もう話の必要はありません。あなたに渡すものがあります。さあ。この鍵をお持ちなさい」

隊長は顔を輝かした。「これはまことに光栄です」

「早のみこみしたもうな、町の鍵じゃない！」と、イィイ氏はぶっきらぼうに言った。「家に入る鍵ですよ！　その廊下をまっすぐ行って、大きなドアをその鍵であけて、中に入って、ドアをきちんとしめる。今晩はそこで泊って下さい。あすの朝、クスクスクス君を迎えにやりますから」

隊長はうさんくさそうに鍵を受けとった。だが床を見つめて立ったままである。部下たちも動かなかった。体中の血も、ロケットの熱も消え果てたようだった。かさかさに乾ききっていた。

「なんです。どうしたんです」と、イィイ氏が訊ねた。「何を待ってるんです。何がほしいんです」イィイ氏は近寄って、隊長の顔をのぞきこんだ。「早く行きなさい！」

「しかしそんな仕打ちは——」と、隊長は言いかけた。「いや、つまり、もうすこし考えて下さっても……」隊長はためらった。「苦しい思いをして遠い所から来たのだから、握手ぐらいして、〝よくやった〟とでも——」声がかすれた。

イイイ氏は、ぶっきらぼうに手を出した。「おめでとう！」冷たい笑顔をつくった。

「おめでとう」そしてそっぽを向いた。「さあ、もう出かけなきゃならん。その鍵を使って下さい」

まるで相手が忽然と消え失せでもしたように、四人の男には目もくれないで、イイイ氏は部屋を歩きまわり、小さな鞄に書類を詰めこんだ。支度は五分もかかったが、その間、うなだれている四人に話しかけようともしない。四人の男は、どんよりした目で、疲れた足で、かろうじて立っていた。ドアから出て行くとき、イイイ氏は自分の爪をせわしそうに眺めていた……

どんよりした午後の光のなか、四人は重い足をひきずって、廊下を歩いた。やがてピカピカの銀色のドアにたどりつき、銀色の鍵でそのドアをあけた。四人は中に入り、ドアをしめ、振りかえった。

そこは日に照らされた大きな広間だった。大勢の男女がテーブルについたり、群れをなしてお喋りをしたりしていた。ドアのあく音を聞くと、みんないっせいに四人の制服の男を眺めた。

一人の火星人が進み出て、おじぎをした。「わたしはウウウと申します」

「わたしはジョナサン・ウィリアムズ隊長、地球のニューヨーク市から参りました」と、隊長は元気のない声で言った。

途端に、広間中が爆発した！

垂木《たるき》は叫び声に揺れた。どっと押し寄せた人々は、楽しそうに手を振り、わめき、テーブルを倒し、押しあいへしあいして、四人の地球人をつかまえ、すばやく肩にかつぎあげた。そして広間を六度もまわり、はねまわっては唄を歌うのだった。

地球人たちは呆気にとられ、一分間ほど揺れ動く肩に担がれていたが、すぐ笑い出し、おたがいに叫び合った。

「おい！　これでやっと気分が出てきたな！」

「こうでなくちゃいけない！　わあ！　ひゃあ！　それ！　ヤッホー……」

四人は陽気にウィンクをかわした。そして手を高く上げて叫んだ。「ばんざい！」

「ばんざあい！」と、群集は叫んだ。

地球人たちはテーブルの上におろされた。叫び声が鎮まった。

隊長はあやうく涙をこぼしそうになった。「ありがとう。結構です、すばらしいです」

「あなた方のことを話して下さい」と、ウウウ氏が言った。

隊長は咳払いをした。

隊長が語るにつれて、聴衆はオーとかアーとか感歎の声をあげた。隊長は部下を紹介した。一人一人が短いスピーチをやり、万雷の拍手に照れるのだった。

ウウウ氏が隊長の肩を叩いた。「またまた地球から来た方とお目にかかれるのは嬉しいことです。わたしも地球から来たのですよ」

「それはどういうことですか」

「ほかにも地球から来た者は大勢おります」

「あなたが？　地球から？」隊長は目を見張った。「しかし、そんなことがあり得たでしょうか。あなたはロケットで来たのですか。宇宙旅行はそんなに昔から行なわれていたのでしょうか」隊長の声は失望をまざまざと表わしていた。「あなたはどこの——どこの国のご出身ですか」

「チュイエレオルです。もう何年も前に、肉体の精神によって来たのです」

「チュイエレオル？」隊長はそのことばをつぶやいた。「そんな国は知らないな。その肉体の精神というのはなんのことです」

「そちらのミス・ルルルも地球から来たのです。そうでしたね、ミス・ルルル？」

ミス・ルルルはうなずき、奇妙な笑い声を立てた。

「ウウウ氏も、ククク氏も、ブブブ氏も、みんなそうなんです！」

「わたしは木星から来ました」と、一人の男が居ずまいを正して言った。

「わたしは土星からです」と、もう一人がずるそうに目を光らせて言った。

「木星、土星」と、隊長は目をぱちくりさせてつぶやいた。

もうあたりは静まりかえっていた。人々はまわりに立ったり、祝いの席にしては妙にガランとしたテーブルにむかったりしていた。黄色い目は気味わるく輝き、頬骨の下には暗い影がある。この広間に窓が一つもないことに、隊長は今初めて気がついた。あかりは壁の向こうから滲んでくるように見える。ドアは一つしかない。隊長は恐れをなして言った。

「どうも分からない。そのチュイエレオルというのは、地球のどの辺です。アメリカの近くですか」

「アメリカとは何です」

「アメリカを知らないんですか！　地球から来たのに、ご存知ないんですか！」

ウウウ氏は腹立たしげに言った。「地球は海ばっかりの惑星です。陸地なんか、ない。わたしは地球から来たから、よく知ってます」

「ちょっと待って下さい」隊長は姿勢を正した。「あなたは普通の火星人のように見える。目は黄色いし、肌は褐色だ」

「地球はジャングルだらけの所よ」と、ミス・ルルルが誇らしげに言った。「わたしは地球のオルリから来ました。銀で作った文明の町です！」

隊長はウウウ氏を、ズズズ氏を、ヌヌヌ氏を、フフフ氏を、ブブブ氏を、つぎつぎと眺めた。かれらの黄色い目は光のなかで大きくなり小さくなり、焦点も外れたり合ったりするのだった。隊長はふるえ出した。やがて部下たちの方に向き直った。

「きみたち、これがなんだか分かったか」

「なんですか、隊長」

「これはお祝いじゃないんだ」と、隊長は疲れた声で言った。「パーティでもない。この人たちは政府の代表じゃない。ここは歓迎会場じゃない。あの目を見ろ。あの話を聴いてみろ！」

みなが息を殺していた。閉めきられた広間のなかでは、ただ視線が行き交うだけだった。

「今初めて分かったよ」――隊長の声は遠くからきこえるようだった――「みんなが紙切れをよこして、われわれをタライまわしにしただろう。しまいにイイイ氏が、鍵をよこして、あのドアをあけ、しっかりしめろと言った。その結果われわれは今……」

「ここはどこなのですか、隊長」

隊長は溜息をついた。「精神病院だ」


夜になった。透明な壁にひそむあかりに照らされて、大きな広間はうすぼんやりと静かに横たわっていた。四人の地球人は木のテーブルに額を集め、ひそひそと話し合っていた。

床の上には、大勢の男女がごろごろしていた。暗い隅の方では、ほとんど身動きの気配もなく、孤独な男や女が、それぞれ手をうごかし、何かの身ぶりをしていた。三十分に一度ずつ、三人の部下のうちのだれかが、銀色のドアをあけに行き、むなしく戻って来るのだった。「駄目です、隊長。完全に閉じこめられました」

「やつらはわれわれが本当に狂人だと思っているんでしょうか」

「そうだ。だから、歓迎してくれなかったのだ。絶えず発生する精神異常者として、われわれを扱ったわけだよ」隊長はあたりに眠る暗い人影をゆびさした。「みんな偏執狂だ！　すごい歓迎ぶりだったじゃないか！　初めは」――隊長の目に小さな炎が燃えあがって消えた――「ほんとの歓迎かと思った。あの大騒ぎと唄と演説。じつに愉快だったな――つづいていたあいだは」

「いつまで閉じこめる気でしょう」

「われわれが狂人でないと分かるまでだ」

「その証明は簡単でしょう」

「簡単にいくといいがな」

「自信がない言い方ですね、隊長」

「ないよ。あの隅を見ろ」

一人の男が、くらやみにうずくまっていた。その口から青い炎が吐き出され、炎は小さな裸女のかたちになった。それは、コバルト色の靄のなかで、ささやき、溜息をつき、ふんわりと浮かんでいた。

隊長は、別の隅を指した。そこでは、一人の女が刻々と変化していた。初めは水晶の柱になり、次には黄金の彫像に溶けこみ、それから磨かれた杉の杖になり、ふたたび女の姿に還った。

夜半の広間の人々は、だれもが紫色の炎をもてあそび、さまざまな変化を楽しんでいた。夜は変貌と苦痛の時だった。

「魔術だ、妖術だ」と、地球人の一人がささやいた。

「いや、幻覚だ。かれらは狂気をわれわれに伝染させて、われわれにもおなじ幻覚を見せるのだ。テレパシーというやつさ。自己暗示とテレパシーだ」

「それで心配しておられるのですか、隊長」

「そう。もし幻覚がわれわれに、あるいはほかの誰にでも、こんなにリアルに見え、こんなに真に迫ったものであるならば、われわれは精神病者とまちがえられても仕方がない。あそこのあの男が、小さな青い炎の女を生み出し、その女が柱のなかに溶けこむとすれば、われわれのロケットだって、われわれの心が生み出したものかもしれないと、火星人が考えるのも無理はないだろう」

「ああ」と、部下たちは暗がりのなかで言った。

四人の男のまわり、広間いっぱいに、青い炎が燃え上り、ひらめき、かき消えた。赤い砂の色をした小さな悪魔たちが、眠っている男たちの歯のあいだから走り出た。女たちはぬるぬるしたヘビになった。爬虫類とけだものの匂いが立ちこめた。

朝になると、だれもがいきいきと、楽しそうに、常人と変わらず起きあがった。部屋には炎も悪魔もなかった。隊長とその部下たちは、銀色のドアのそばに立ち、それがあくのを待ち受けた。

四時間ほど経ってから、クスクスクス氏が現われた。どうやら、入る前に三時間はドアの外に立って、様子をうかがっていたような感じだった。クスクスクス氏は手招きして、四人を小さな事務所に案内した。

仮面をそのまま受けとるとすれば、これはひどく陽気な男にちがいなかった。なぜなら仮面には笑い顔が一つではなく三つも描かれていたのである。だが、その男からきこえるのは、それほど陽気でもない心理学者の声だった。「さて、問題はどういうことですか」

「われわれのことを、異常者だと思っておられるのでしょう。それはまちがいですよ」と、隊長は言った。

「いや、あなた方ぜんぶが異常者だとは言いません」心理学者は小さな杖で隊長を指した。「そう。あなただけですよ。ほかのは二次的幻覚だ」

隊長は膝を打った。「そうだったのか！　それで読めた。部下にサインさせようと言ったらイィイ氏が笑ったのは、そのせいなんだな！」

「ええ、イィイ君から聞きましたよ」心理学者は微笑んでいる仮面の口の陰で笑った。

「愉快な冗談ですね。どこまで話しましたっけ。そう、二次的幻覚まででした。よく女たちが耳からヘビの這い出している姿で、わたしの所へ来ますよ。治療してやると、ヘビは消えます」

「よろこんで治療されましょう。さあ、やって下さい」

クスクスクスクス氏はおどろいたように見えた。「こりゃ不自然だ。治療されたがる人はむしろ少ないのに。荒療治なんですよ」

「早く治療して下さい！　われわれが正気であることは、すぐ分かりますよ」

「書類を見せて下さい、治療の許可が下りているかどうか」心理学者は書類を調べた。

「なるほど。あなたのようなケースには、特別の治療をほどこさなければなりません。あの広間にいた連中はもっと単純な患者なのです。しかし、あなたほど進行していると、触覚的、視覚的な幻想だけでなく、一次的、二次的、聴覚的、嗅覚的、唇的と、幻覚が重なっているから、これは大変だ。たぶん安楽死ということになるでしょうな」

隊長はうなり声を発して跳びあがった。「ああ、いい加減にしてくれ！　テストを頼むよ。膝を叩くなり、心臓を調べるなり、質問をするなり、どんどんやってくれ！」

「なんでも好きなことをわめきなさい」

隊長は小一時間もわめいた。心理学者はじっと聴いていた。

「信じられない」と、心理学者は考えこんだ。「こんなに細部のはっきりした幻想は初めてだ」

「よし、それならロケットを見せてやる！」と、隊長は金切り声をあげた。

「見たいですね。この部屋で見せてもらえますか」

「ああ、いいとも。そのファイルのRのとこにある」

クスクスクス氏は真顔でファイルをのぞきこんだ。〝Tsk〟のところまで調べてから、まじめくさってファイルをとじた。「なぜファイルを探せとおっしゃったんです。ロケットはありませんよ」

「当り前だ、馬鹿め！　冗談だよ。狂人は冗談を言うかね？」

「あなたには妙なユーモアがある。さあ、ロケットへ案内して下さい。ぜひ見たい」

正午だった。一同がロケットに着いたときは、ひどく暑くなっていた。

「なるほど」心理学者はロケット船に近づき、叩いてみた。かすかにガンと鳴った。「中へ入ってもいいですか」と、心理学者はいたずらっぽく訊ねた。

「どうぞ」

クスクスクス氏は歩み入り、しばらく出て来なかった。

「こんな阿呆らしい経験は初めてだよ」隊長は葉巻を噛みながら言った。「もうさっさと地球に帰って、火星なんぞにかかりあうなとみんなに言いたいよ。なんて疑りぶかい嫌な連中だろう」

「火星には、異常者が多いんじゃないですか。だから疑りぶかくなってるんだと思うな」

「いずれにしろ、じれったいこった」

三十分近くもロケットのなかを歩きまわり、叩き、耳をすまし、匂いをかぎ、味をみてから、心理学者はようやく出て来た。

「さあ、もう分かっただろう！」と、耳が遠い人に言うように、隊長は叫んだ。

心理学者は目をとじて、鼻のあたまを掻いた。「これは実におどろくべき感覚的幻覚であり、催眠術的暗示だ。まったく初めての経験です。あなたの、いわゆるロケットのなかをくまなく歩いてみましたがね」心理学者は船体を指で叩いた。「きこえる。聴覚幻想だ」息を吸いこんだ。「匂う。感覚的テレパシーに誘発された嗅覚的幻覚だ」船体にキスした。「味がする。唇的幻想だ！」

心理学者は隊長の手を握った。「おめでとうを言わせてくれませんか。あなたは精神病の天才だ！　実に完璧な仕事をおやりになった！　テレパシーによって、あなたの精神病的イメージを他人の心に投影し、しかもその幻覚が感覚的に弱まることがないというのは、ほとんど不可能事です。あの家にいる連中は、ふつう視覚の幻想に、あるいはせいぜい視覚と聴覚の結合した幻想に精神を集中させるだけだ。あなたは全体を包括した幻想のバランスをとっておられる！　あなたの狂気は、美的見地からすると完璧です！」

「わたしの狂気？」隊長は蒼くなった。

「そう、そうです、なんと愛らしい狂気だろう。金属、ゴム、重錘、食料、衣服、燃料、兵器、梯子、ボルト、ナット、スプーン。一万にものぼる別々の品物を、わたしはこの船でいちいち点検しました。こんな複雑なものは見たことがない。寝台の下や、ほかのすべての物の下にはちゃんと影までついている！　これほどの意志の集中！　どんなふうに、いつテストしても、すべての物に匂いがあり、固さがあり、味があり、音がある！　さあ、抱擁させて下さい！」

それから心理学者は一歩しりぞいた。「わたしは、これをテーマに大論文を書きます！　来月の火星アカデミーで講演します！　あなたを見るがいい！　目の色さえ黄から青に、肌は褐色からピンク色に変えてしまった。それに、その服。指は六本でなくて五本だ！　心理的不均衡による生物学的変貌！　それから、あなたの三人の仲間——」

心理学者は、小さな拳銃をとりだした。「治療は不可能です、もちろん。きのどくな、すばらしい人だ。あなたは死んだほうが幸せですよ。何か言い残すことは？」

「冗談じゃない、やめてくれ！　射っちゃいかん！」

「きのどくに。こんなロケットや、こんな三人の男まで想像することを余儀なくさせた悲惨な状態から、あなたを解放してあげよう。あなたを殺した途端に、その三人の男やロケットが消えるのを見られるとは、なんとすばらしいことだろう。今日のこの実験をもとにして、神経症のイメージの消失にかんする論文が書ける」

「わたしは地球から来たんだ！　名前はジョナサン・ウィリアムズ、この三人は――」

「そう、分かっていますよ」と、クスクスクス氏はなだめるように言い、拳銃を発射した。隊長は心臓に弾を射ちこまれて倒れた。ほかの三人は悲鳴をあげた。クスクスクス氏は三人を見つめた。「おまえらは存在をつづけるのか。これはすごい！　時間的・空間的持続性をもつ幻覚だ！」心理学者は三人に拳銃をつきつけた。「さあ、消えないと、ひどい目にあうぞ」

「ちがう！」と、三人の男は叫んだ。

「聴覚幻影か、もう患者は死んだのに」と、クスクスクス氏は言い、三人の男を射ち倒した。

三人はそのまま砂に倒れて動かなくなった。

心理学者はその死体を足蹴《あしげ》にした。それからロケット船を叩いた。

「こいつは残っている！　こいつらも残っている！」心理学者は死体にむかって何度も何度も拳銃を射った。それから、うしろへさがった。笑いの仮面が顔から落ちた。小さな心理学者の顔は、すこしずつ変化していった。あごがたるんだ。拳銃が指から落ちた。目がどんよりと空虚になった。両手を上げて、空《くう》を掻くようなしぐさをした。そして口は唾液をいっぱい溜めて、死体を手探りした。

「幻覚だ」と、心理学者は狂ったように言った。「味がある。見える。匂いがする。音がする。さわれる」心理学者は手を振った。眼球がとびだした。口から細かな泡がふき出した。

「消えろ」と、死体にむかって叫んだ。「消えろ！」と、ロケット船にむかって叫んだ。そして震える両手をあらためるように見つめた。「伝染《うつ》された」と、正気を失ったようにささやいた。「わたしに乗り移った。テレパシー。催眠術。今度はわたしが狂ったのだ。わたしに感染したのだ。あらゆる感覚反応をそなえた幻覚だ」立ちどまり、しびれた手で拳銃を探った。「治療法は一つしかない。こいつらを消す方法は一つしかない」

銃声が鳴りわたった。クスクスクス氏は倒れた。

四つの死体は日の光のなかに横たわっていた。クスクスクス氏もそのまま倒れていた。日のあたる小さな丘にロケットは横たわり、依然として消えなかった。

日暮れどき、町の人々がロケットを発見し、これはなんだろうといぶかった。だれにも正体が分からないので、ロケットは屑屋に売られた。解体してスクラップにするために、運び去られた。

その晩は夜っぴて雨がふった。翌日は晴れて、あたたかだった。

二〇三一年三月　納税者

　その男はロケットで火星へ行こうと思った。そこで朝早くロケット基地へ行き、有刺鉄線ごしに、制服の男たちにむかって、火星へ行きたいのだと叫んだ。おれは納税者だ、とその男は言った、おれの名前はプリチャードだ、おれには火星に行く権利がある。おれは、このオハイオ生まれじゃないか。おれは善良な市民じゃないか。それなら、なぜ火星へ行けないんだ。その男は制服の男たちに拳を突き出して言った。おれは地球から逃げたいのだ。まともな人間なら、だれだって地球から逃げたいのだ。二年以内に地球では核戦争が始まるだろう。戦争が始まるとき、おれは地球に居合わせたくない。おれだって、おれと似たり寄ったりの何万という連中だって、まともなやつならだれでも火星へ行きたがっているのだ。嘘だというなら訊いてみろ！　戦争と、検閲と、国家主義と、徴兵と、いろんなものの国家統制から、芸術や科学の国家統制から逃げ出すのだ！　地球なんぞ、きみらにくれてやる！　火星へ行くチャンスさえつかめるなら、この右手でも、心臓でも、首でもやる！　どうすりゃいいんだ、何にサインすりゃいいんだ、だれに頼んだらいいんだ、ロケットに乗るには？

制服の男たちは、有刺鉄線のなかから、その男を嘲笑した。火星へなんか行きたがるな。一度目も、二度目も、探検隊が行方不明になったのを知らんのか。乗組員はたぶん死亡したんだ。

だが、男は有刺鉄線にすがって言った。それを証明できるか？　それは確かなことなのか。ひょっとしたら、向こうは乳と蜜の国かもしれない。ヨーク隊長も、ウィリアムズ隊長も帰る気がしなくなったのかもしれないじゃないか。さあ、ゲートをあけて、第三探検隊のロケットに乗せてくれ。でないと、このゲートを蹴破るぞ。

黙れ、と有刺鉄線のなかでは言った。

そして制服の男たちがロケットの方へ歩いていくのを、その男は見た。

待ってくれ！　と男は叫んだ。おれをこの恐ろしい世界に置き去りにしないでくれ。おれはどうしても逃げたいんだ。核戦争が始まるんだ！　地球に置き去りにしないでくれ！

あばれる男は、ひきずられていって、囚人護送車に叩きこまれた。朝まだき、車は走り去った。男は車の後部の窓に顔を押しつけた。そして車がサイレンを鳴らしながら、丘を越えようとしたとき、赤い炎が見え、大きな音がきこえ、烈しい震動が感じられた。銀色のロケットは弾丸のように昇って行った。あとに残されたのは、平凡な地球の上の平凡な月曜の朝だった。

二〇三一年四月　第三探検隊

その宇宙船は宇宙空間から下りてきた。星々と、黒い加速度と、光り輝く運動と、静かな宇宙の深淵から下りてきた。それは新しい宇宙船だった。胎内に炎をひそめ、金属の船室には人間をのせ、完全なる沈黙、火のようにあたたかい沈黙をともなって動いた。そのなかには、隊長をふくめて十七人の人間がいた。オハイオの基地の群集は喚声をあげて日の光のなか手を振り、ロケットは熱と色彩の巨大な花を開いて、火星への三度目の旅に駆け上ったのだった。

今その宇宙船は、火星の大気の上層にあって、正確に能率的に速度を減じつつあった。それは依然として美と力の物体だった。それは宇宙の夜半の潮のなかを蒼白な海の怪物《リバイアサン》のように動いたのである。古い月のそばを通りぬけ、一つの虚無から次の虚無へと突進してきたのである。乗組員たちは叩きつけられ、ふりまわされ、病気になり、回復し、そんなことを順番に繰り返した。一人は死亡したが、残りの十六人は目を輝かせ、厚いガラスの舷窓に顔を押しつけて、眼下にゆらゆらと近づいてくる火星を見守っていた。

「火星だ！」と、航行士のラスティグが叫んだ。

「遂に火星か！」と、考古学者のサミュエル・ヒンクストンが言った。

「さて」と、隊長のジョン・ブラックが言った。

ロケットは緑の芝生に着陸した。その芝生には、一頭の鉄製のシカが立っていた。その向こうにはヴィクトリア朝ふうの高い茶色の家があった。日ざしのなか、ひっそりと静まりかえり、渦巻模様やロココ風の飾りに一面覆われ、窓は青、ピンク、黄、緑の色彩ガラスである。ポーチには羽毛のようなゼラニウムがあり、ポーチの天井からは古いぶらんこが吊してあって、そよ風にゆらりゆらりと揺れている。家のてっぺんには、ダイヤ型の格子のはいった窓のある円錘形の屋根をもつ塔があった！　正面の窓から覗きこめば、譜面台に《うるわしのオハイオ》の楽譜が一枚のっているのが見えるだろう。

ロケットの周囲には、小さな町がひろがっていた。火星の春のなか、緑色にひろがり、動くものもない町である。白い家があり、赤煉瓦の家があり、背の高いニレの木が風になびき、背の高いカエデやトチノキもある。沈黙した金色の鐘と教会の尖塔。

ロケットの乗組員たちは、この景色を眺めまわした。それから顔を見合せ、また外の景色を見た。急に息づまるような気がして、おたがいに腕をつかみ合った。だれもが蒼い顔色になった。

「なんてこった」と、しびれた指で顔をこすりながら、ラスティグがささやいた。「なんてこった」

「こんなはずはない」とサミュエル・ヒンクストンが言った。

「ああ」と、隊長のジョン・ブラックが言った。

化学者が呼びかけた。「隊長、大気が稀薄で呼吸困難ですが、酸素の量は充分です。安全です」

「じゃあ、出よう」とラスティグが言った。

「待て」とジョン・ブラック隊長が言った。「外の状態がまだよく分からん」

「稀薄ですが安全な大気のある小さな町です。隊長」

「地球の町にそっくりの小さな町だ」と、考古学者のヒンクストンが言った。「信じられない。こんなはずはないのに、現にこうなっているのだから」

ジョン・ブラック隊長は、ぼんやりと考古学者を見つめた。「ヒンクストン、二つの惑星の文明がおなじ段階を経て、おなじ方向に発展することがあると思うかね」

「それはちょっと考えられないことです」

ブラック隊長は舷窓のかたわらに立っていた。「あそこを見ろ。ゼラニウムだ。分化した植物だ。あの特殊な種類は、地球上では五十年前からしか存在していない。植物の進化には何千年もかかるということを思い出してみたまえ。それから火星人があういう物を持っているのは論理的なことだろうか。一つ、ダイヤ型の格子窓、二つ、屋上の塔、三つ、ポーチのぶらんこ、四つ、あのピアノらしき道具、たぶんピアノだろう。五つ、この望遠鏡をのぞいてみろ、火星の作曲家が奇しくも《うるわしのオハイオ》という題の音楽を作曲したというのは、理屈に合うことかね。つまり、火星にもオハイオ河があるということじゃないか！」

「ウィリアムズ隊長にきまっています！」とヒンクストンが叫んだ。

「なんだって？」

「ウィリアムズ隊長と、三人の乗組員です！　でなければナサニエル・ヨークとその相棒です。それで説明がつくでしょう！」

「いや、ぜんぜん説明にならんね。われわれに分かっている限りでは、ヨーク探検隊は、火星に着いた日に事故にあい、ヨークとその相棒は死んだのだ。ウィリアムズと三人の部下についていえば、かれの船は到着後二日目に爆発した。すくなくとも、かれらの無線装置の電波はその時期に途絶したのだ。その後もかれらが生きていたとすれば、なんらかの方法で地球に連絡があったはずだろう。とにかく、ヨーク探検隊が失敗したのは一年前だし、ウィリアムズと三人の部下がここに着陸したのは去年の八月だ。かれらがまだ生きていると仮定しても、そんなに短い期間で、こういう町を建設し、しかもこんなに古びさせることができただろうかね。たとえ優秀な火星人の助けを得たと考えても、それは無理な話だ。あの町を見ろ。どう見ても七十年の歴史を経た感じだ。あのポーチの柱を見ろ、あの木を見ろ、樹齢百年といったとこだ！　そう、これはヨークやウィリアムズの仕業じゃない。別のものだ。どうも妙な感じじゃないか。真相が分かるまでは、わたしは船を離れないぞ」

「そういえば」とラスティグがうなずきながら言った。「ウィリアムズたちも、ヨークたちも、火星の反対側に着陸したんでした。われわれは用心して、こちら側に着陸したわけです」

「そのとおり、敵意をもつ火星人の種族がヨークやウィリアムズを殺した場合を仮定して、そういう災難を避けるために、われわれは離れた土地に着陸するよう指令を受けたのだった。だから、今われわれがいるこの土地には、ウィリアムズやヨークは来ていないはずなのだ」

「癪だな」と、ヒンクストンが言った。「隊長の許可を得てわたしはあの町に行ってみたいのです。太陽系内の惑星には、似たような思考パターンや文明曲線が存在するかもしれません。これが心理的思想的大発見の糸口になるかもしれないのですよ！」

「まあ、すこし待ちたまえ」と、ジョン・ブラック隊長は言った。

「ひょっとすると、隊長、われわれはここで初めて、神の存在を完全に証明できる現象にぶつかったのかもしれません」

「そういう証明なしでも立派な信仰をもっている人は大勢いるのだよ、ヒンクストン君」

「わたしもその一人です。しかし、こういう町は神意なくして生まれることができたでしょうか。問題はあの細部です。あれを見ていると、わたしは笑いたいような泣きたいような感情でいっぱいになります」

「じゃ泣くのも笑うのもよしなさい。事態がはっきりするまではな」

「どんな事態ですか」と、ラスティグが口を挟んだ。「事態なんかありゃしませんよ、隊長。静かないい町じゃないですか。わたしが生まれた町にそっくりだ。いい眺めだと思いますね」

「ラスティグ、きみは何年に生まれた」

「一九八〇年です」

「きみは、ヒンクストン？」

「八五年です。故郷はアイオワ州のグリンネルです。この町はグリンネルにも似ている」

「ヒンクストン、ラスティグ、わたしはきみらの父親ぐらいの年齢《とし》だ。一九五〇年にイリノイ州で生まれて、いま八十歳だからね。神様のおかげで、また、この五十年間に一部の老人を若返らせた科学のおかげで、わたしはこうして火星まで来て、きみらに負けず劣らず元気だが、ただきみらよりもいくらか疑いぶかくなっている。この町はひどく平和で涼しそうで、びっくりするほど、わたしの故郷のイリノイ州グリーン・ブラフにも似ているんだよ。グリーン・ブラフに似すぎている」隊長は無線技師にむかって言った。「地球に連絡してくれ、着陸したとな。それだけでいい。詳しい報告はあす送ると連絡してくれ」

「はい」

ブラック隊長は、八十歳というよりはむしろ四十代に見える顔で、舷窓から外を眺めていた。「こうしよう、ラスティグ。きみとわたしとヒンクストンで、町を調べに行く。ほかの者は船内に残る。何か起こったら、すぐ離陸すること。船ぜんたいを失うよりは、三人を失うほうがましだ。事件が起こったら、次のロケットにすぐ連絡してくれ。ワイルダー隊長のロケットが、たしか今年のクリスマスには出発する運びになっていた。火星が危険な所であることが分かったら、次のロケットには充分武装させなければならん」

「われわれも武装しています。正規の武器弾薬を持っています」

「じゃ、ほかの者は配置についてくれ。行こう、ラスティグ、ヒンクストン」

三人の男は、いっしょに船の梯子を下りた。


美しい春の日だった。一羽のコマドリが花咲くリンゴの木にとまって、ひっきりなしに啼いていた。風が緑の枝に触れると、花吹雪が宙を舞い、花の香りが空中をただよった。町のどこかで、だれかがピアノを弾いていた。音楽はやさしく、ものうく、あるかなしかにきこえるのだった。曲は《夢見るひと》である。どこかほかの場所に蓄音機があり、すりきれたレコードが、ハリー・ラウダーの歌う《たそがれをさまよいて》を流していた。

三人の男は、宇宙船の外に立っていた。ひどく稀薄な大気を吸い、疲れないようにゆっくり歩き出した。

レコードは歌っていた。

おお、六月の夜をおくれ
月の光と、あなたを……

ラスティグは身ぶるいした。サミュエル・ヒンクストンもふるえた。

空はおだやかに澄みわたり、どこか冷たい谷間の洞窟と木陰を、水の流れる音がきこえた。どこかを馬にひかれたワゴンが、がらがらと通りすぎた。

「隊長」と、ヒンクストンが言った。「きっと、いや、そうであるにちがいないと思いますが、火星へのロケット旅行は第一次世界大戦以前に始まっていたのです――」

「そんなことはない」

「でなければ、これらの家を、鉄製のシカを、ピアノを、音楽を、どう説明できるでしょう」ヒンクストンは隊長の肘をつかみ、その顔をのぞきこんだ。「たとえば一九〇五年頃、戦争を憎む人たちで、ひそかに科学者の協力を得てロケットを建造し、この火星へ――」

「そんなことはないよ、ヒンクストン」

「どうしてです。一九〇五年の世界は、今とはよほどちがっていました。秘密に事を運ぶのは楽だったでしょう」

「だがロケットのように複雑なものを、他に知られずに作ることは、まあ不可能だろう」

「そして火星へ来たのだとすると、地球の文化がそのまま移入したわけですから、かれらの家が地球に似ているのも道理です」

「それ以来ずっとその連中がここに住んでいたというのかね」と、隊長が言った。

「平和に、おだやかに住んでいたのです。その間、小さな町をつくるのに必要な人数を集めるために、地球まで何度か行ったかもしれません。しかし、発見されるのを恐れて、それもやめてしまった。だから、この町が古めかしく見えるのです。一九二七年より新しいものは一つもないでしょう？　あるいは、ロケット旅行というものは、われわれが考える以上に歴史が古いのかもしれません。地球のどこかしらでは、もう何世紀も前に始まっていて、ごく少数の人間がその秘密を握っていて、その人たちは地球へたまにしか来なかったのかもしれません」

「なかなか説得力のある説明だね」

「それ以外に考えられません。証拠は目のまえのこの景色です。あとは人間を探し出して、証明させるだけです」

厚い緑の草に吸われて、三人の長靴の音はきこえなかった。新しい乾草の匂いがする。

ジョン・ブラック隊長は、われ知らず心のやすらぎを感じていた。こんな田舎町へ来たのは、実に三十年ぶりのことである。春のハチのうなりは隊長を眠りに誘い、さまざまな物の新鮮な眺めは香油のようにこころよかった。

三人はポーチに着いた。スクリーン・ドアにむかって歩くと、足の下の板はうつろな響きを立てた。中には、ホールの入口にビーズ玉のカーテンがかかり、天井には水晶のシャンデリアがあり、一方の壁にはマックスフィールド・パリッシュの油絵があり、その下には快適そうなモリス椅子《チェア》がある。家ぜんたいは、古い屋根裏部屋の匂いを発散し、限りなく心休まる感じだった。レモネードを入れたコップに氷のぶつかるかすかな音がきこえる。奥の台所で、日中の暑さにそなえて、だれかが冷たいランチの用意をしているらしい。だれかが高い美しい声で唄を口ずさんでいる。

ジョン・ブラック隊長はベルを鳴らした。

優雅で静かな足音がホールを近づいてきて、四十前後の、一九三九年頃の服装をしたやさしい顔の婦人があらわれた。

「何か御用でしょうか」と、婦人は訊ねた。

「失礼ですが」と、ブラック隊長はあやふやな口調で言った。「実は、人をさがして――いや、ちょっとお力添えを――」隊長はことばにつまった。婦人は黒い瞳でいぶかしげに隊長を見つめた。

「何か物をお売りに——」と、婦人は言いかけた。

「いや、ちょっと待って下さい！」と、隊長は叫んだ。「ここはなんという町でしょう」

婦人は、隊長をじろじろながめまわした。「なんという町って、どういうことですか。この町にいらして、名前をご存知ないのですか」

隊長は穴があらば入りたいというような表情になった。「われわれは初めて来たんです。この町がどうしてここに出来たか、あなた方がどうやってここへいらしたかを知りたいと思いましてね」

「国勢調査か何かですの」

「いいえ」

「だれだって知ってることですわ」と、婦人は言った。「この町は一八六八年にはじまったんです。これ何かのゲームなの？」

「いや、ゲームじゃありません！」隊長は叫んだ。「われわれは地球から来たのです」

「地面の下から、っていう意味？」と、婦人はふしぎそうな顔をした。

「いや、第三惑星の地球から宇宙船でやって来たのです。そして第四惑星の火星、つまり、ここに到着し——」

「ここはね」と、子供にでも言いきかせるように、婦人は説明した。「アメリカ大陸のイリノイ州のグリーン・ブラフという町ですよ。アメリカ大陸の両側は大西洋と太平洋で、それをひっくるめた全体は、世界とか地球とかいうの。さあ、あっちへいらっしゃい。さようなら」

ビーズ玉のカーテンを指先で掻きわけながら、婦人はホールを小走りに走って行った。

三人の男は顔を見あわせた。

「スクリーン・ドアを叩いてみましょう」と、ラスティグが言った。

「それはいかん。これは私有財産だからな。はてさて！」

三人はポーチの段々に腰をおろした。

「ヒンクストン、われわれが、ひょっとして、何かの狂いから軌道をそれて、地球に戻ってきてしまったということは、考えられないか」

「どうしてそんなことになったのでしょう」

「分からん。ああ、すこし考えさせてくれ」

ヒンクストンが言った。「しかし、われわれは一マイルごとに進路を確かめました。クロノメーターには、それだけのマイル数があらわれています。われわれは月の脇を通り、宇宙へ出て、ここまで来たのです。ここが火星であることは、まちがいないです」

ラスティグが言った。「しかし、時間か空間のなかのちょっとした事故のせいで、次元をとりちがえて、六、七十年前の地球に着陸してしまったということは、ないだろうかな」

「冗談じゃない、ラスティグ！」

ラスティグはドアに近づき、ベルを鳴らして、涼しそうな薄暗い部屋に向って呼びかけた。

「今年は何年でしょうか」

「一九五六年よ、もちろん」と、揺り椅子にすわり、レモネードを飲んでいた婦人が言った。

「聞いたかい」と、ラスティグは荒々しく二人の方に向き直った。「一九五六年だって！　おれたちは過去へ来たんだ！　ここは地球なんだ！」

ラスティグは腰をおろし、三人の男はその考えのふしぎさと恐ろしさにおののいた。三人とも、膝の上で手がふるえている。隊長が言った。「こんなことになろうとは、夢にも思わなかった。実に恐ろしい。どうしてこんなことが起こったろう。アインシュタインを連れてくりゃよかった」

「この町のだれかが、われわれの言うことを信じてくれるでしょうか」と、ヒンクストンが言った。「この状態は危険ではないのでしょうか。つまり、時間のことです。すぐ帰ったほうがよくはないでしょうか」

「いや。もう一軒だけ訪ねてみよう」

三軒ほど家を通りすぎると、樫の木の下に小さな白い別荘《コテイジ》があった。「できるだけ理論的に考えよう」と、隊長は言った。「今までの考え方はあまりにも非理論的だ。ヒンクストン、きみがさっき言ったように、ロケット旅行が昔からあったのだとする。その場合、地球の人間はここに永いこと暮らしていて、地球を恋しがらないだろうか。初めは軽いノイローゼ、それから正真正銘の精神病になる。それから完全な発狂状態だ。きみが精神科医だとしたら、こういう問題をどう処理する？」

ヒンクストンは考えた。「そうですね、わたしなら火星の文明をすこしずつ地球のそれに近づけようとするでしょう。植物や、道路や、湖や、大海原でさえも、再生できるものなら再生するでしょう。それから、何か集団的催眠作用によって、このくらいの町の住民ぜんたいに、自分たちは地球にいるのだ、ここは火星じゃないと思いこませるでしょう」

「そうなんだ、ヒンクストン。これでどうやら筋道が立ってきたようだぞ。あの家にいるあの婦人は、ここは地球だと思っている。そう思うことによって、狂気から救われているのだ。あの婦人も、この町のほかの住民たちも、いまだかつてなかったほど大規模な移民と催眠術の実験の犠牲者なのだ」

「それです、隊長！」と、ラスティグ。

「そのとおりです！」と、ヒンクストン。

「さて」と、隊長は溜息をついた。「これでどうやら事情が分かった。すこし気分がよくなってきたぞ。いくらかでも論理的になったからな。過去に戻ったとか、時間が狂ったとかいう話をしていると、胸がわるくなる。しかし、今のように考えれば――」隊長は微笑した。「そう、われわれはきっと大歓迎を受けると思うよ」

「そうでしょうか」と、ラスティグが言った。「結局ここの連中は、かつてのピルグリムのように地球を逃げ出して、ここへ来たんでしょう。われわれを見ても、あまり喜ばないんじゃないかな。かえって追い出そうとか、殺そうとかしないだろうか」

「武器はこっちのほうが優れている。じゃ、このとなりの家へ行ってみよう。出発だ」

だが、芝生を横切らぬうちに、ラスティグは立ちどまり、夢みるようなおだやかな午後の街路の彼方を見つめた。「隊長」と言った。

「どうしたラスティグ」

「ああ、隊長、あれは――」と、ラスティグは言い、いきなり泣き出した。指はふるえ、ねじれ、顔にはおどろきと、よろこびと、信じられぬといった気持がみなぎっている。声は今にも幸福感に発狂しそうな感じである。遠くの街路に目を据えたまま、ラスティグはいきなり駆け出した。蹴つまずいて倒れ、起きあがり、なおも走りつづける。「見ろ、見ろ！」

「つかまえろ！」隊長は走り出した。

ラスティグは叫びながら走りつづけた。日のかげった街路のなかほどの庭にとびこみ、屋根に鉄のオンドリのついた大きな緑色の家のポーチに跳びあがった。

ヒンクストンと隊長が追いついたとき、ラスティグは叫びながら泣きながら、その家のドアをがんがん叩いていた。稀薄な空気のなかで走ったために、三人ともはあはあとあえぎ、ふらふらしている。「おばあさん！　おじいさん！」と、ラスティグは叫んだ。

二人の老人が戸口に出てきた。

「デイビッド！」と、老人たちは甲高い声で言い、駆け寄ってラスティグを抱擁し、背中を叩いた。「デイビッド、ああ、デイビッド、何年ぶりだろう！　ずいぶん大きくなったねえ。なんて大きくなったの。ああ、デイビッド、元気だったかい」

「おばあさん、おじいさん」とデイビッド・ラスティグはすすり泣いた。「二人とも元気そうですね！」ラスティグは二人の老人を抱きしめ、キスし、頰ずりし、また抱きしめては、喰い入るように見つめるのだった。日は空に輝き、風が吹き、草は緑で、スクリーン・ドアはあけ放たれていた。

「さあ、お入り。冷たいお茶をいれたよ。たくさんお飲み！」

「友だちといっしょなんです」ラスティグは振り返り、笑いながら、狂ったように隊長とヒンクストンに手を振った。「隊長、どうぞ」

「はじめまして」と、二人の老人は言った。「どうぞ。どうぞ。デイビッドのお友だちならわたしらの友だちです。さあ、遠慮なさらんで！」

古い家の居間は涼しかった。片隅では古い時計が音高く時を刻んでいた。大きな寝椅子にはやわらかいクッションがあり、壁には書物がならび、バラの花びらのかたちに切った厚い敷物があり、冷たいお茶は手のなかで汗をかき、渇いた喉にこころよかった。

「わたしらの健康のために」おばあさんはグラスを瀬戸物の義歯にカチリとあてた。

「いつから、ここにいるの、おばあさん」と、ラスティグが言った。

「死んでから、ずっとさ」と、おばあさんが皮肉に答えた。

「いつからですって？」と、ジョン・ブラック隊長がグラスを置いた。

「ああ、そうだ」と、ラスティグはうなずいた。「二人とも、死んでから三十年も経っていたっけ」

「それなのに、そこにすわっておられる！」と、隊長は叫んだ。

「ちぇっ」と、老婦人は舌打ちして、きらきら光る目でウインクした。「何があったと訊く権利があなたにあります？　わたしらはここにこうしている。いったい、人生ってなんなの。だれがなんのために、どこで、何をするの。わたしらに分かっているのは、わたしらが今ここにこうして、もう一度生きていることだけ。質問の必要はありませんよ。第二の人生ということだけよ」老婦人はよちよち歩いて来て、やせた手首を差し出した。「さわってごらんなさい」隊長はさわった。「固いでしょ?」隊長はうなずいた。「それなら」と、老婦人は勝ち誇ったように言った。「なぜ質問したりするの」

「いや」と、隊長は言った。「つまり、われわれは、火星でこういうことにぶつかると予想していなかっただけです」

「じゃ、いま分かったでしょう。神様の力はすばらしいものよ。どの惑星にもいろんな不思議があるのよ」

「ここは天国ですか」とヒンクストンが訊ねた。

「いいえ、ちがいます。ここはふつうの世界で、わたしらは第二の人生を生きているんですよ。だれもわけは話してくれません。でも地球にいたときだって、なぜ生きているか、そのわけをだれも話してくれなかったわ。あなた方が住んでいた、あの地球でもね。あの地球の前に、もう一つの地球があったかもしれない。それはだれにも分かりませんよ」

「まったくです」と、隊長が言った。

ラスティグは老人二人を見つめて微笑するだけだった。「ああ逢えてよかった。ほんとうによかった」

隊長は立ちあがり、何気なく膝を打った。「もう行かなければなりません。どうも御馳走さまでした」

「また来て下さいますね」と、老人たちは言った。「今夜ごはんをたべにいらっしゃい」

「なるべくそういたします。ただ仕事が忙しいものですから。部下がロケットで待っていますし――」

隊長は立ちどまった。ぎょっとしたように外を眺めた。

遠くから、ざわめきがきこえる。叫び声、挨拶の声。

「あれはなんです」とヒンクストンが訊ねた。

「調べてみよう」隊長はあわただしく玄関をとびだし、緑の芝生を横切って、火星の町の通りに出た。

隊長はまっさきにロケットを眺めた。ドアがあいていて、乗組員たちが手を振りながら、ぞろぞろと出て来ている。一群の人々がロケットのまわりに集まり、そのなかに乗組員たちがまじりあい、喋ったり、笑ったり、握手したりしている。ダンスをしている者もいた。うようよする人間たちのなかにあって、ロケットは見捨てられたように横たわっている。日の光のなかでブラスバンドの音楽が涌きおこり、高く持ちあげられたチューバやトランペットから陽気な調べが流れ出た。ドラムが、どんどん鳴り、笛が、ぴいぴい叫んだ。黄金色の髪の少女たちが跳びはねた。少年たちは、「ばんざあい!」と叫んだ。肥《ふと》った男たちが十セント葉巻をみんなに配った。市長が演説をした。それから乗組員たちはそれぞれ片腕を母親と組み、片腕を父親や妹と組み、小さな別荘《コテイジ》や大きな邸宅にむかって、上機嫌で街路を歩き出した。

「とまれ！」と、ブラック隊長は叫んだ。

家々の扉がぴしゃりと閉じられた。

澄みきった春の空に熱気が涌きあがり、あたりは静まりかえった。ブラスバンドは街角をまがって姿を消し、ロケットだけが日ざしのなか、目もくらむばかりに輝いていた。

「船を放棄した！」と、隊長が言った。「船を放棄するとは何事か！　断然、罰してやらなきゃならん！　命令しておいたのに！」

「隊長」と、ラスティグが言った。「あまりきびしくなさらないで下さい。あれはみんな親類や友人なのです」

「それは言いわけにはならん！」

「みんなの気持を察してやって下さい、隊長、船の外に親しい人の顔が見えたときの！」

「しかし命令は命令だ！」

「隊長なら、どんな気持になったでしょう」

「わたしならば、命令はあくまで――」隊長は絶句し、口をぽかんとあけた。

火星の日ざしの下、背の高い二十五、六の青年が、青い目を輝かして、微笑をたたえ、歩道を大股に歩いて来たのである。「ジョン！」と、青年は呼びかけ、駆け足になった。

「なんだと？」ジョン・ブラック隊長はよろめいた。

「ジョンじゃないか、こいつ！」

青年は駆け寄り、隊長の手を握って、背中を叩いた。

「兄貴か」と、ブラック隊長は言った。

「そうさ、だれと思った？」

「エドワード！」隊長はその青年の手をとり、ラスティグとヒンクストンのほうに向き直った。「兄貴のエドワードだ。エド、ぼくの部下のラスティグとヒンクストンだ！」

兄と弟はたがいに手をとりあい、抱擁し合った。「エド！」「ジョン、こいつめ！」

「元気そうだね、エド、でもこりゃどういうことだ。ちっとも変わっていないじゃないか。二十六で死んだのに。ぼくは十九だった。ああ、あれからずいぶん経ったのに、そうやってシャンとしているのは、どういうわけだろう」

「ママが待っているよ」と、エドワード・ブラックはにやにやしながら言った。

「ママが？」

「パパも待ってる」

「パパが？」隊長は固い凶器で殴られでもしたように、あやうくたおれそうになった。ぎごちなく、ふらふらと歩きだした。「ママもパパも生きているのかい。どこに？」

「オークノル・アベニューの昔の家だ」

「昔の家」隊長は驚喜して目を見張った。「聞いたか、ラスティグ、ヒンクストン？」

ヒンクストンはもう消えていた。通りの向こうに自分の家を見つけて、駆け出して行ったのである。ラスティグは笑っていた。「ね、隊長、これでみんなの気持がわかったでしょう」

「うん。分かった」隊長は目をとじた。「目をあけると、兄貴は消えているよ」隊長は目をひらき、まばたいた。「まだ消えない、ああ、エド、ほんとに元気そうだね！」

「行こう、めしだ。ママに言っといたんだよ」

ラスティグが言った。「隊長、用が出来ましたら、祖父母の家へ連絡して下さい」

「え？　ああ、よし、ラスティグ。じゃ、あとでな」

エドワードが隊長の腕をつかんで歩かせた。「ほら、家だ。おぼえてるだろう？」

「わあ！　よし、玄関まで競争しよう！」

二人は走った。ブラック隊長の頭上で木々がざわめいた。足の下では大地がどよめいた。エドワード・ブラックの健康そうな姿が、まるで現実《うつつ》のなかの夢のように、すぐ前を走っている。家がみるみる近づき、スクリーン・ドアがあいた。「勝ったぞ！」と、エドワードは叫んだ。「ぼくはもう年寄りだもの」と、隊長はあえいだ。「兄貴はまだ若いじゃないか。でも、昔も、ぼくがいつも負けていたっけね、思い出した！」

戸口にはママ。桃色の頬、肥った体、輝かしい姿。そのうしろにパパ。胡麻塩あたま。手にはパイプ。

「ママ、パパ！」

隊長は子供のように階段を駆け上った。

よく晴れた長い午後だった。おそい昼食をすませ、客間にすわると、隊長はロケットのことを語り、家族はうなずいてほほえむのだった。母親はちっとも変わっていない。父親も昔とおなじように、葉巻の端を噛み切り、慎重に火をつけた。夜になると、大きな七面鳥の食事が出て、時はどんどん流れて行った。鳥の脚をきれいにしゃぶり、皿の上にきちんと置くと、隊長は椅子の背に寄りかかり、深い満足の息を吐いた。夜はすべての樹木にこもり、空を染めあげ、やさしい家のなかの明かりはピンク色のかさをかぶせられていた。おなじ通りのほかの家々からは、唄声や、ピアノの音や、ドアのあけたての音が伝わってきた。

母親が蓄音機にレコードをかけ、ジョン・ブラック隊長は母親と踊った。母親のつけている香水は、かつての夏、列車事故で父親もろとも死んだときの香水とおなじだった。音楽にあわせて軽々と踊る母親には、生きていたときとおなじ現実感があった。「毎日のことじゃないんだよ」と母親は言った。「おまえのおかげで、第二の人生が来たのさ」

「朝、目がさめたら」と、隊長は言った。「またロケットのなかにいて、あたりは宇宙空間で、何もかも消えているんじゃないかな」

「駄目よ、そんなこと考えちゃ」と、母親は涙ぐんだ。「何も訊かないで。神様がやさしくして下さるわ。わたしたちは幸せになればいいんだよ」

「ごめんね、ママ」

針の音がして、レコードは終わった。

「疲れただろう」と、父親はパイプで息子をゆびさした。「昔の寝室が待っているぞ。真鍮のベッドもそのままだ」

「しかし、部下の点呼をしないと」

「なぜ」

「なぜ？　さあ、分からない。理由なんかないな。そう、全然ない。みんな食事しているか、もう寝たか、どっちかでしょう。一晩ぐらいぐっすり寝かせてやるのもいい」

「おやすみ」母親は息子の頬にキスした。「おまえが帰ってきてくれて嬉しいわ」

「家にいるのは、いいものだね」

葉巻の煙と、香水と、書物と、柔らかな光をあとにして、隊長はエドワードとお喋りしながら階段を上った。エドワードがドアをあけると、黄色い真鍮のベッドがあり、昔のカレッジの三角旗と、かびくさいアライグマの毛皮のコートがあった。無言で、愛情をこめて、隊長はそのコートを撫でた。「あんまりだ」と、隊長は言った。「疲れて、しびれたみたいだ。今日は事件がありすぎた。二日二晩コートも傘もなしで雨に叩かれたような気持だよ。なつかしさでズブ濡れだ」

エドワードは雪のように白いシーツをひろげ、枕にカバーをつけた。窓をあけると、夜咲くジャスミンの香りが流れこんだ。外は月明かりで、遠くから踊りとささやきが伝わってきた。

「これが火星か」と、服をぬぎながら、隊長は言った。

「これが火星さ」エドワードは、のろのろした動作で服をぬぎ、シャツをぬぎ、金色の肩と、肉づきのいい首を見せた。

明かりが消えた。二人は、もう何十年も昔とおなじように並んでベッドに横たわった。隊長はぐったりと体を横たえ、レースのカーテンの向こうから部屋のくらがりに入ってくるジャスミンの香りをかいだ。芝生の木々のあいだに、だれかが蓄音機を置き、低い音で《いつまでも》をかけていた。

隊長はマリリンのことを思い出した。

「マリリンはここにいる？」

窓からさしこむ月明かりに、まっすぐ体を横たえていた兄は、ちょっと間をおいてから言った。

「うん。いま町を離れているけど、あすの朝には帰ってくるよ」

隊長は目をとじた。「マリリンに逢いたいなあ」

四角な部屋は、二人の寝息のほかには何の物音もなかった。

「おやすみ、エド」

「おやすみ、ジョン」

　静かに横たわった隊長は、思いの流れるに任せていた。初めてこの日一日の緊張がほどけ始めた。今は論理的に考えることができる。今まではただただ感情だった。演奏するバンド、見馴れた顔、顔。だが今は……

　どうして？　と隊長は思った。どうしてこんなことになったのだ。なぜ？　なんのために？　何か測り知れぬ神の御心《みこころ》のせいか。してみれば、神はそれほど子供らのことを考えて下さるのか。どうして、なぜ。なんのために？

　昼すぎヒンクストンとラスティグが喋ったさまざまな考え方を、隊長は再考してみた。さまざまな新しい考えが、小石のように隊長の心のなかを落ち、鈍くひらめいた。ママ。パパ。エドワード。火星。地球。火星。火星人。

　この火星には、一千年前、だれが住んでいたのだろう。火星人か？　それとも、ここは昔からこんなふうだったのか。

　火星人。そのことばを、心のなかで、ぼんやりと、隊長は繰り返した。

　そして声を立てて笑い出しそうになった。とつぜん、実に奇妙な考えが浮かんだのである。それは隊長に寒気をもよおさせた。もちろん、こんなことは考えるにも価しない。とうていあり得ないことだ。阿呆らしい。忘れてしまえ。ナンセンスだ。

だが、もしも――もし今でも火星に火星人が住んでいるとして、われわれの宇宙船が近づくのを目撃し、宇宙船のなかのわれわれに気がつき、憎悪を抱いたとしたら？　もしかりに、かれらが侵略者としてのわれわれを、招かれざる客としてのわれわれを、ほろぼそうとして、実に巧みな、われわれに警戒心を抱かせないようなやり方を考え出したのなら？　そう、核兵器を持つ地球人にたいして、火星人が利用できる最大の武器は何だろう。

興味ぶかい答が出てきた。テレパシー、催眠術、記憶、想像力。

もし、これらの家々が現実のものでなく、このベッドも現実のものでなく、火星人のテレパシーと催眠術によって形を与えられたわれわれの想像の産物だとしたら、とジョン・ブラック隊長は考えた。もし、これらの家々がほんとはちがったかたち、火星のかたちをしているのだったら？　われわれの欲望を巧みに操って、火星人たちはわれわれの疑いをそらすために、故郷の町や、故郷の家をつくりだしたのかもしれない。人間をだますのに、その両親をおとりに使うほど巧みなやり方が、ほかにあるだろうか。

それに、この町が一九五六年当時の町だとすれば、まだ部下たちは生まれていなかった。おれはその頃六つで、アル・ジョルスンのレコードはあったし、マクスフィールド・パリッシュの絵もあったし、ビーズ玉のカーテンも、《うるわしのオハイオ》も、二十世紀初頭の建築様式も確かにあった。ひょっとして火星人たちは、この町の材料を、おれの記憶からだけ取り出したのではなかろうか。子供の頃の記憶はいちばんはっきりしているという。おれの心から町を一つ作っておいて、あとはロケットの乗組員たちの心から親しい人たちを作り出し、それをこの町に住まわせたのではなかろうか！

となりの部屋で眠っている二人の人間が、おれの母親でも父親でもないとしたら？　あれが信じられないほど利巧な二人の火星人で、いつでもこの夢のような催眠状態におれをとじこめておく能力を持っているのだとしたら？

それに今日のブラスバンドは？　なんとすばらしい計画だろう。まず馬鹿なラスティグがひっかかり、次にヒンクストン、それから群集が来た。ロケットの乗組員たちは、十年二十年前に死んだ母親や、叔母や、叔父や、恋人を見て、当然のことながら、命令にそむき、外に走り出て、船を放棄した。これほど自然なことがあるか。これほど疑いの余地のないことが、単純なことがあるか。人は、自分の母親がとつぜん生き返っているのを見た場合、余計な疑問を抱いたりしないものだ。なにしろ幸福でいっぱいになるのだから。こうしてわれわれは今夜、一人残らず、それぞれの家に、それぞれのベッドに寝ている。身を守る武器も持たずに。ロケットは月光のなか、からっぽで横たわっている。これが、われわれを分散させ、征服し、殺すための、火星人の巧みな計画の一部分だとしたら、なんと恐ろしいことだろう。今夜のうちに、もしかしたら、このベッドにいる兄貴は姿がかわり、溶けて、移動して、ほかのもの、恐ろしいもの、火星人になるかもしれない。向きを変えて、おれの胸にナイフを突き立てるのも、簡単なことではないか。この通りのほかの家々でも、十何人もの兄貴や父親が疑いもしないで眠りこけている地球人に危害を加えるとしたら……

毛布の下で、隊長の手はふるえていた。体は冷たかった。にわかに、それは単なる考えではなくなった。にわかに、隊長は恐ろしくなった。

そっと身を起こし、聴き耳を立てた。夜はひどく静かである。音楽はやんでいた。風も絶えた。兄はとなりで眠っている。

隊長はこっそり毛布をめくった。ベッドから脱け出し、足音を忍ばせて部屋を横切りかけると、兄の声がした。「どこへ行く」

「え？」

兄の声はひどく冷たかった。「いったいどこへ行くんだよ」

「水を飲みに」

「でも喉はかわいてないだろう」

「いや、かわいてるよ」

「いいや、かわいてない」

ジョン・ブラック隊長は、やにわに駆け出して部屋を横切った。そして悲鳴をあげた。

二度、悲鳴をあげた。

ドアには行き着けなかった。

朝になると、ブラスバンドが葬送曲を奏でた。どの家からも、ほそながい箱をかついだ小さな葬列が出て来た。日の光にみちた通りを、祖母や、母親や、妹や、兄や、叔父や、父親が、泣きながら教会へむかって歩き出した。教会では新しい墓穴が掘られ、新しい墓標が立てられた。ぜんぶで十六の墓穴と、十六の墓標。

市長が短い悲しい演説をした。その顔は、時に市長のように見え、時に何か別のものに見えた。

ブラックの両親も兄も、泣いていた。かれらの顔はもう溶け始め、見馴れた顔から何か別のものに移りかけていた。

ラスティグの祖父母も泣いていた。老人たちの顔は、蠟のように溶け、暑い日のかげろうのようにきらめいていた。

棺が下ろされた。だれかがつぶやいた。「十六人のすばらしい人たちが、昨夜、思いもかけず急死し――」

棺の蓋に、土がどさりと落ちた。

ブラスバンドは《海の宝石、コロンビア》を奏でながら行進し、どやどやと町へ戻り、その日はみんなの休日になった。

二〇三二年六月　月は今でも明るいが

初めてロケットから夜のなかへ下り立ったとき、ひどく寒かったので、スペンダーは火星の枯れ枝を集めて、ささやかな焚火をした。到着祝いのことは何も言わない。ただ枝を集めて、それに火をつけ、燃えるのを見守っていたのである。

この干上った火星の海の稀薄な大気を照らし出した光のなかで、スペンダーは、自分の肩ごしに、一同が乗ってきたロケットを見た。ワイルダー隊長、チェローク、ハザウェイ、サム・パークヒル、そしてスペンダー自身は、このロケットで、星々の浮かぶ静かな黒い空間を横切って、死んだ世界、夢見るような世界に着陸したのだった。

ジェフ・スペンダーは、騒ぎが始まるのを待っていた。ほかの連中が跳ねまわり、叫び出すのを待っていた。火星に初めて来たのだという、このしびれるような感覚がすぎ去れば、馬鹿騒ぎはすぐ始まるだろう。だれも何も言わなかったが、大多数の者はひそかに、ほかの探検隊が失敗したのであって、この第四探検隊が火星に来た最初の人間であればいいと願っていたのだ。べつに悪気があるわけではない。それでも、一同は名誉や名声のことを考えながら、立ちつくしていた。肺はすこしずつ稀薄な大気に馴れてきた。この大気のなかでは、あまり敏速に体を動かすと、まるで酔ったようになってしまう。

ギブズが、燃えさかる焚火に近づいてきて言った。「そんな木のかわりに、船に積んできた化学燃料を使えばいいのに」

「いいんだよ」と、顔を上げずに、スペンダーが言った。

火星に着いた最初の晩に、騒がしい音を立てたり、ストーブのように見馴れぬ愚かしいピカピカ光るものを持ち出したりするのは、よくないだろう。それは一種の冒瀆になる。そんなことは、いずれ、する機会があるだろう。いずれ、コンデンス・ミルクの罐を誇り高い火星の運河に投げこむ時がくるだろう。いずれ、ニューヨーク・タイムズの古新聞紙が、火星の灰色の海底をかさこそと飛んで行く時がくるだろう。古い火星の谷間のみやびやかな廃墟に、バナナの皮やピクニックの紙屑が捨てられるだろう。それはまだだいぶ先の話である。だが、スペンダーはそんな光景を思うと、身内がぞくりとふるえるのだった。

スペンダーは片手で焚火に枯れ枝を加えた。それは死んだ巨人への供物のようだった。ここは広大な墓場なのである。ここの文明は死に絶えている。だから最初の夜を静かにすごすことは、これは単なる礼儀というものだ。

「こういうお祝いをするはずじゃなかったがなあ」と、ギブズがワイルダー隊長の方を向いて言った。「ジンや肉の配給割当をすこし超過しても、どんちゃん騒ぎをやったほうがいいんじゃないんですか」

ワイルダー隊長は、一マイル彼方の死滅した町を眺めた。「われわれはみんな疲れている」と、隊長はその町に注意力を吸いとられ、部下のことは忘れてしまったように、遠い声で言った。「あしたの晩は、そういうお祝いをやっていいだろう。今夜は、あれだけの空間を流星ともぶつからず、乗組員一人の死亡事故もなく、ぶじここまでやって来たことを静かに感謝していよう」

隊員たちは、わずかにどよめいた。二十人の隊員がおたがいの肩に手をかけたり、ベルトを締めなおしたりした。スペンダーは見守っていた。みんな不満なのだ。命をかけて大きな仕事をなしとげたあとである。宇宙を駆けぬけ、はるばる火星までのロケットを飛ばした喜びを、大声でわめき、酒に酔いしれ、拳銃でもブッ放したいところなのだ。

だが、だれもわめき出す者はいなかった。

隊長は静かに命令を下した。隊員の一人がロケットに駆けこみ、食料の罐詰を持ち出し、それをあけて、音を立てずに皿にとりわけた。隊員たちはそろそろ喋りはじめていた。隊長は腰をおろし、この旅のことをあらためて語った。もうだれもが知っている話だが、何かしら済んだ仕事を安全な場所にしまった感じで、その話を聴くのはわるい気持ではなかった。帰りの旅のことは、だれも話そうとしなかった。だれかがそれを言い出すと、寄ってたかって黙らせた。二つの月の光のなかで、スプーンが動いた。たべものはおいしく、葡萄酒はすばらしかった。

空を横切る熱いものの気配がして、一瞬ののち、キャンプのそばに補助ロケットが着陸した。小さなドアがひらき、医者兼地理学者のハザウェイ（ロケットのスペースを節約するために、この探検隊にはすべて二重の能力をもつ人がえらばれていた）が出てくるのを、スペンダーは見守った。ハザウェイはゆっくりと隊長に歩み寄った。

「どうだった」と、ワイルダー隊長は言った。

ハザウェイは、星明かりにきらめく遠くの町々を凝視した。ごくりと唾をのみ、目の焦点を合わせてから言った。「あそこの町は、隊長、もう死滅しています。何千年か前に死滅した町です。山のなかの三つの町も、同様です。ただ、二百マイルほど向こうの五番目の町は――」

「その町がどうした」

「先週まで住民がいたのです」

スペンダーが立ちあがった。

「火星人です」と、ハザウェイが言った。

「今どこにいる」

「死にました」と、ハザウェイは言った。「一軒の家に入ってみたのです。初めは、その町も数千年前から死滅した町だと思いました。ところが、その家には死体があったのです。

まるで秋の枯葉を踏んで歩くようなものでした。棒切れか、新聞紙の焼け焦げみたいになっていました。しかし新しい死体です。死んでから十日と経っていません」

「ほかの町は調べてみたか。生きている者はいないのか」

「全然いません。で、ほかの町も調べてみました。五つの町のうち四つは、数千年前から、からっぽです。原住民がどうなってしまったのかは、まったく分かりません。しかし五番目の町には、至るところにおなじものが——死体がありました。何千何万という死体です」

「なんで死んだのだろう」と、スペンダーが身を乗り出した。

「言っても信じないでしょう」

「死んだ原因は？」

ハザウェイはあっさり言った。「水疱瘡《みずぼうそう》です」

「まさか！」

「いいえ。テストをしてみました。水疱瘡です。地球人にはなんともなかったものが、火星人には猛烈な反応があったのです。きっと、かれらの新陳代謝がわれわれと異なるためでしょう。まっ黒に焦げて、カサカサの薄片になっていました。しかし、まちがいなく水疱瘡です。ですから、ヨークも、ウィリアムズ隊長も、ブラック隊長も、前の三度の探検隊は、やはり火星に到着していたことになります。その結果、何が起こったのかは、分かりません。ただ、すくなくとも、前にここへ来た地球人たちが、火星人たちに思わぬお土産をもたらしたことは確実です」

「ほかに生きているものはなかったんだね」

「火星人が利巧であれば、少数の者が山へ逃げているということは考えられます。しかし、賭けてもいいですが、その数は問題にならない程度でしょうね。この惑星は全滅です」

スペンダーはまわれ右して焚火に近寄り、炎を見つめた。水疱瘡か、ああ、考えてもみろ、水疱瘡！　一つの種族が百万年かかって自らを洗練し、あそこに見えるような都市を建設し、自分自身に尊厳と美をあたえるためにあらゆることをしたあげく、死滅してしまう。その一部は、われわれの時代の前、自分らの時代に、尊厳を保ったまま、ゆっくりと死んでいった。だが、あとの者は！　あとの者は、どんな恐ろしい、どんなみごとな、どんなにおごそかな名前の病気で死ぬのか。いいや、その病気の名前は、こともあろうに、水疱瘡なのだ。子供の病気、地球では子供さえ死なない病気だ！　そんなことがあっていいものだろうか。それはギリシャ民族がおたふく風邪で死んだとか、誇り高いローマ市民がその七つの丘の上で水虫のために死んだとかいうようなものだ！　火星人に死装束の用意をととのえ、身を横たえ、身じまいを正し、何かの原因を考え出す時間を、われわれは与えるべきだった。そうすれば、まさか水疱瘡のような汚らしい馬鹿げた病気で死にはしなかったろうに。水疱瘡は、あの建築様式にも、この世界ぜんたいにも、そぐわない！

「よし、ハザウェイ、食事をしなさい」

「ありがとうございます、隊長」

そしてこの話題はすぐ忘れられた。隊員たちはそれぞれのお喋りを始めた。

スペンダーは隊員たちから視線をそらさなかった。たべものは皿の上に置かれたままだった。地面がだんだん冷えていくのが感じられた。星々は近くなり明るくなった。

だれかが大声で喋ると、隊長は低い声でそれに答え、みんなすぐそれに気づいて声をひそめるのだった。

大気の匂いは、清潔で新鮮だった。スペンダーは、永いこと、その大気を楽しんでいた。正体のよく分からぬものが含まれている。花や、化学薬品や、埃や、風の匂い。

「それからニューヨークでそのブロンド娘――名前はなんてったたっけ――ジニーだ！」と、ビグズが叫んだ。「そうだった！」

スペンダーは体を固くした。手がふるえ始めた。薄いまぶたの下で眼球が動いた。

「で、ジニーが言うには――」と、ビグズの大声。

隊員たちは、どっと笑った。

「だからキスしてやったよ！」と、ビグズは酒壜を片手に握って大声で言った。

スペンダーは皿を下に置いた。冷たい、ささやくような風に耳を傾けた。空虚な海のなかに建てられた、冷たい氷のような火星の建物を眺めた。

「すごい女だったよ」ビグズは大きな口をあけて酒壜からラッパ飲みした。「あんな女は初めてだった！」

ビグズの汗くさい体の匂いが、空中にただよっていた。スペンダーは焚火を消した。

「おい、スペンダー、陽気にやろうぜ！」と、こちらを見たビグズは言い、また壜に視線を戻した。「で、いつかの晩、ジニーとおれは――」

シェンケという名の男が、アコーデオンを出し、土埃を立てながらキッキング・ダンスをやった。

「うわあい――おれは生きているぞ！」と、男は叫んだ。

「そうれ！」と隊員たちがわめいた。だれもが、からの皿を投げ出していた。三人の男が一列にならび、くちぐちにわめきながら、コーラス・ガールのように足を挙げて踊った。ほかの者は、やんやと喝采し、ほかの芸を見せろと叫んだ。チェロークはシャツをぬいで、裸の胸を見せ、汗をかいて踊りまわった。その角刈りの髪を、きれいに髭を剃った頬を、月の光が照らしていた。

海底では、かすかな水蒸気をともなって風が動き、山の上からは巨大な像が、銀色のロケットと小さな焚火を見おろしていた。

騒ぎはますます大きくなり、大勢の人間が踊りに加わった。だれかがハーモニカを吹き、だれかが薄紙を貼った櫛を吹き鳴らした。さらに二十本もの酒壜の栓が抜かれ、飲み干された。ビグズはふらふらしながら、踊っている男たちを指揮するように腕をふりまわした。

「さあ、踊って、隊長！」と、唄をうなりながら、チェロークが隊長に叫んだ。

隊長は不承不承、踊りに加わった。ほんとうは踊りたくなかったのだ。まじめくさった顔つきである。それを眺めて、スペンダーは思った。かわいそうに、なんという夜だろう！　みんな自分が何をしているか分かっていないのだ。火星へ来る前に、到着したらいかに物を観察し、いかに歩きまわるか、そして数日間おとなしくしていることを、仕込んでやらなければいけなかったのだ。

「もういいだろう」隊長は疲れたからと言って、腰をおろした。スペンダーは隊長の胸を見つめた。その胸は大して波打ってはいなかった。顔も汗ばんでいない。

　アコーデオン、ハーモニカ、葡萄酒、叫び声、踊り、嘆き節、旋回、フライパンを叩く音、笑い声。

　ビグズが火星の運河のふちまでよろよろ歩いて行った。かかえていた六本の空壜を一本また一本と、深い青色の運河の水めがけて投げこんだ。壜はうつろな音を立てて沈んでいった。

「汝《なんじ》を命名、汝を命名、汝を命名する――」と、もつれる舌でビグズは言った。「汝をビグズ、ビグズ、ビグズ運河と命名する――」

　スペンダーは立ちあがり、焚火をまたぎ、だれよりも早くビグズのそばへ行った。そしてビグズの口許を殴り、横面を殴った。ビグズはよろめいて、運河の水へ落ちた。水しぶきがあがると、スペンダーは、ビグズが石づくりの岸へ這いあがってくるのを、無言で待った。そのときまでに、みんなはスペンダーを抱きとめていた。

「おい、何を怒ってるんだ、スペンダー？　おい？」と、みんなは訊ねた。

ビグズは這いあがり、しずくをしたたらせて立った。みんなに抑えられているスペンダーを見ると、「ようし」と近づいてきた。

「もうやめろ」と、ワイルダー隊長が声をかけた。スペンダーを抑えていた人々が脇へどいた。ビグズが立ちどまり、隊長の顔を見た。

「よし、ビグズ、乾いた服に着替えろ。みんなパーティをつづけろ。スペンダー、こっちへ来い！」

隊員たちはパーティをつづけた。ワイルダーはすこし離れた所へ行って、スペンダーと向き合った。「今のことを説明してくれないか」と、隊長は言った。

スペンダーは運河を見つめた。「分かりません。恥かしかったのです。ビグズのことや、われわれのことや、馬鹿騒ぎのことが、なんというざまだったか」

「長い旅だったからな。羽目をはずしたくなるのは分かる」

「しかし品位はどこにあります？　正しいことという観念がどこにあります」

「きみはつかれているし、物の見方がちがうのだ、スペンダー。五十ドルの罰金をもらうぞ」

「払います。ただ、わたしたちの馬鹿騒ぎをかれらが見ていると思うとたまらなかったのです」

「かれら？」

「火星人です、死んだにせよ、そうでないにせよ」

「死滅したことは確実だ」と、隊長は言った。「われわれが来たことを、かれらが知っているというのか」

「古いものは、いつでも、新しいものの到来を知るのではないでしょうか」

「なるほど。きみは霊魂の存在を信じているようだね」

「わたしは、過去になされた事柄を信じます。火星には、多くの事柄がなしとげられた痕跡がのこっています。街路があり、建物があり、たぶん書物ものこっているでしょうし、大きな運河があり、時計があり、厩がある。馬がはいっていたのでなければ、何かほかの家畜がいたでしょう。ひょっとしたら十二本の足をもつ家畜だったかもしれません。とにかく、どこを見ても、かつて使われていた物が見えます。何世紀にもわたって触れられ、扱われてきた物ばかりです。

　かつて人に使われた物の霊を信じるかと問われれば、わたしはイエスと答えます。物たちはそっくりここにいます。かつては使われていた物たちばかりです。どの山にも名前があった。わたしたちは不愉快にならずに、それらの名前を使うことはできないでしょう。わたしたちは新しい名前をつけますが、古い名前は、依然として、どこか時のなかに残っています。そして山はそれらの名前の下にかたちづくられ、眺められたのです。わたしたちが運河や山や町に与える名前は、マガモの背の水のように弾き返されるでしょう。どんなに触れようとも、わたしたちは火星に触れることはできないのです。やがて、わたしたちは腹を立てるでしょう。そしたら何をするか。きっと引き裂くでしょう。火星の表面を引き剝いで、わたしたちの好みにあわせて作り変えるでしょう」

「われわれは火星を損じはしないよ」と、隊長は言った。「火星は大きすぎるし、善良すぎる」

「そう思いますか？　大きい美しい物を損なうことにかけては、わたしたち地球人は天才的なのですよ。エジプトのカルナックの寺院のまんなかにホットドック屋を作らない唯一の理由は、そこが人里離れていて、商業的に不利だからです。エジプトは地球の一部分にすぎません。しかしここでは、何もかもが古くて、地球とはちがっています。わたしたちは、この火星をどこかから必ず汚し始めますよ。運河をロックフェラー運河とよび、山をキング・ジョージ山と呼び、海をデュポン海と呼び、ルーズベルト市や、リンカーン市や、クーリッジ市が誕生しますよ。もともとの名前があるというのに、そんなことをしていいものでしょうか」

「昔の名前を見つけるのは、考古学者としてのきみの仕事だ。われわれはその名前を使うよ」

「わたしたちのような少数の人間は、あらゆる商業的利益に反対なのです」スペンダーは鉄の山々を眺めた。「わたしたちが今晩ここにいて、かれらの葡萄酒に唾を吐いていることを、かれらは知っていますよ。きっとわたしたちを憎むでしょう」

隊長はかぶりをふった。「ここには憎しみはない」隊長は風の音に耳を傾けた。「あの町の様子から判断すれば、かれらは優雅で、美しく、哲学的な人たちだ。自分らにふりかかった運命を甘受したのだ。われわれに分かっている限りでは、馬鹿げた最終戦争などは起こさずに、種族ぜんたいの死を甘受したのだ。今までに見た町は、どれもこれも傷一ついていない。だから、われわれのことなんぞ、芝生で遊んでいる子供くらいにしか思わないだろう。いずれにしろ、そういうことが、われわれを良い方へ変えるだろう。

スペンダー、さっきビグズがむりに景気づけるまで、みんな妙にひっそりしていただろう、気がつかなかったか。みんな謙虚なおどろきに打たれていたのだ。こういう景色を見れば、われわれの愚かさはよく分かる。われわれはまだ、ロケットや原子核をおもちゃにして喜んでいる子供なのだよ。しかし、いつの日か、地球も現在の火星のようになるだろう。この景色がわれわれの酔いをさますのだ。文明の実地教育というところかな。われわれは火星に学ぶだろう。さあ、元気を出せ。戻って、陽気に遊ぼう。五十ドルの罰金はもらうからな」

パーティはあまり楽しくはならなかった。死んだ海から風は絶え間なく吹いてきた。風は隊員たちのまわりを動き、戻ってきた隊長とジェフ・スペンダーのまわりを駆けめぐった。砂埃を立て、ピカピカのロケットに吹きつけ、アコーデオンに吹きつけた。砂埃はハーモニカに入り、みんなの目に入り、風は空中で歌うような音を立てた。そして吹き始めたときとおなじように、風はにわかにやんだ。

だが、パーティもひっそりとなった。

みんな黒い冷たい空を背景に、ぼんやりと立っていた。

「さあ、やろう、さあ!」新しい制服に着替えたビグズが船から飛び下りてきた。スペンダーには目もくれない。その声は、からっぽの講堂で喋る人の声のようだった。しかも、たった独りで。「さあ!」

だれも動かない。

「ホワイティ、ハーモニカを吹けよ!」

ホワイティは和音を吹いた。それは狂った妙な音だった。ホワイティは、ハーモニカを振って水分を切り、ポケットにしまった。

「なんてパーティだ、こりゃあ」と、ビグズはなじるように言った。

だれかがアコーデオンをとりあげた。それは瀕死の動物のような音を立てた。それっきり鳴らなくなった。

「オーケー、おれは酒壜だけでパーティをつづけるよ」ビグズはロケットに寄りかかり、ラッパ飲みを始めた。

スペンダーはそれを見守った。永いこと動かなかった。それから指がそろそろと震える足をすべって、ピストルのケースにとどき、革のケースをそっと撫でた。

「いっしょに町へ行きたい者は来い」と、隊長は言った。「ロケットには見張りを残す。万一にそなえて武装すること」

隊員たちは番号をとなえた。ビグズを入れて希望者は十四名だった。ビグズは笑いながら、酒壜を振って番号を叫んだ。六名がロケットに残った。

「出発！」と、ビグズがわめいた。

月明かりのなか、一同は無言で歩き出した。競い合う双子の月に照らされて、夢みるような死滅した町の外部へむかって、一同は進んだ。足もとの影はすべて二重だった。数分間だれもが息を殺した。息を殺しているように見えた。死滅した町で何かが動き出すのを待ったのである。何か灰色のかたちが立ちあがるかもしれない。信じられない姿の装甲をほどこされた馬に乗って、古代の火星人が空虚な海底めがけ疾駆するかもしれない。

スペンダーは視線と心で街路を満たした。隊員たちは、玉石を敷いた街路を、青い靄の光のように動きまわり、かすかな音がきこえたと思うと、奇妙な動物たちが灰赤色の砂地をあわてて横切った。どの窓にも人影があった。窓から身を乗り出し、永遠の水底にいるように、月明かりに照らされた銀色の塔の下、空間の深みを動く影にむかって、ゆっくりと手を振るのだった。音楽が心の耳に鳴りつづけ、スペンダーはそんな音楽を生み出す楽器のかたちを想像した。この土地には幽霊が住まっているのだろうか。

「おおい！」と、ビグズはのびあがり、てのひらをメガホンにして叫んだ。「おおい、この町のやつら！」

「ビグズ！」と、隊長が言った。

ビグズは黙った。

一同はタイル張りの舗道を前進した。ちょうど大きな図書館か霊廟にでも入って行くような感じで、風は生きて動き、頭上には星が輝き、隊員たちは小声で話しあった。隊長も低い声で喋った。ここの人たちはどこへ行ったのだろう。どんな人たちだったのだろう。どんな王様がいて、どんなふうに死んだのだろう。そして隊長は小声で言った。久しく栄えたこの町を、かれらはどうやって建設したのだろう。地球へ来たことがあるのだろうか。かれらは一万年前に地球を去ったわれわれの祖先ではなかったのか。かれらは、われわれのように愛し、憎しみ、おなじような愚かなことを仕出かしていたのだろうか。

だれも動かなかった。二つの月にとらえられ、凍りついていた。風があたりをゆっくりとめぐった。

「バイロン卿だ」と、ジェフ・スペンダーが言った。

「だれだって？」隊長が振り向いて、スペンダーを見つめた。

「バイロン卿、十九世紀の詩人です。この町にぴったりで、火星人の気持をそのまま言いあらわしたような詩を書いたのです。火星最後の詩人でも書きそうな詩です」

みんな影をひいて、立っていた。

隊長が言った。「それはどんな詩だ、スペンダー」

スペンダーは足の位置を移し、思い出そうと目を細めた。それから、ゆっくりと静かな声がことばを口ずさみ始め、隊員たちはそのことばの一つ一つに耳を傾けた。

　われらはもはやさまようまい、
こんなにおそい夜のなかを。
　心は今でも愛にみたされ、
月は今でも明るいが。

町は灰色にそびえ、動く気配はなかった。みんなの顔は月光を振り仰いだ。

つるぎは鞘よりあとに残り、
心は胸よりながもちする。
心臓すらも憩いを求め、
愛そのものも休もうとする。

夜は恋する人のため。
昼間はまもなく戻るけれど、
われらはもはやさまようまい、
月の光のそのなかを。

ことばもなく、地球人たちは町の中央に立っていた。澄みきった夜である。風のほかには物音もなかった。足もとのタイル張りの中庭は、古代の動物や人間のかたちに作られていた。みんなうつむいてそれを見ていた。
ビグズが吐きそうな音を出した。目は濁っている。口を両手でおさえた。咳きこみ、目をとじ、体を曲げ、次の瞬間、口から濃い液体がこぼれて、タイルに落ちた。ビグズは二度吐いた。ツンとくる酒くさい臭気が、涼しい大気を満たした。
だれもビグズを介抱しようとはしなかった。ビグズは吐きつづけた。

スペンダーは、すこしのあいだそのさまを眺め、それからくるりと背を向けて、町の並木道を、月明かりのなか、歩み去った。ただの一度も、振り向いて、そこに群れている人人を見ようともせずに。

一行は朝の四時に帰って来た。毛布の上に横たわり、目をとじて、静かな大気を呼吸した。ワイルダー隊長は、焚火に棒切れをくべながら、すわっていた。

二時間後、マクルーアが目をひらいた。「隊長、寝ないのですか」

「スペンダーを待ってるんだ」隊長はかすかに微笑した。

マクルーアは考えこんだ。「隊長、彼は戻って来ないと思います。どうしてだか分かりませんが、どうもそういう気がします。彼はもう帰って来ませんよ」

マクルーアは寝返りを打った。焚火の火がパチパチ音を立てて、消えた。

スペンダーは、その次の週、ずっと帰って来なかった。隊長は捜索隊を出したが、戻ってきたかれらは、スペンダーはどこへ行ったのかさっぱり分からないと言った。きっと帰る気になりゃ帰って来るだろう。気むずかしい男だから。あんなやつ、勝手にしやがれ！

隊長は何も言わずに、日誌をつけた……

ある朝、それは火星の月曜だろうか、火曜だろうか、それともほかの曜日かもしれない。

ビグズは運河の縁に腰かけ、冷たい水に足をひたして、日向ぼっこをしていた。

一人の男が運河の岸辺を歩いて来た。その影がビグズに落ちた。ビグズは顔を上げた。

「やあ、こりゃたまげた！」と、ビグズは言った。

「わたしは最後の火星人だ」と、男は言い、拳銃をとりだした。

「なんだって？」と、ビグズが訊ねた。

「わたしはおまえを殺す」

「よせやい。なんの芝居だよ、スペンダー」

「立て。これを胸に受けろ」

「冗談じゃねえや、その拳銃をしまえよ」

スペンダーは一度だけ引金をひいた。ビグズは一瞬、運河の縁にすわっていたが、上体が前に倒れて、水に落ちた。拳銃はささやくような音を立てただけだった。死体はゆるやかな運河に呑まれて、ゆるやかに流れて行った。うつろに、ゴボゴボと音を立てたが、それもまもなく止んだ。

スペンダーは拳銃をホルスターに収め、そっと歩み去った。日の光は火星の上にふりそそいでいた。光はスペンダーの両手を灼き、固くひきしまった頬をすべった。スペンダーは走らなかった。日の光のほかには何も珍しいものなしというように、ゆっくり歩いて行った。ロケットのそばでは、何人かの隊員が、クッキーの建てた小屋のなかで、作り立ての朝飯をたべていた。

「おや、孤独な男が来たぜ」と、だれかが言った。

「よう、スペンダー！　久しぶりだな！」

テーブルについていた四人の男は、沈黙している男をいっせいに眺めた。

「あんなガラクタのなかをほっつき歩いてたのか」と、鍋のなかの黒いものをかきまわしながら、クッキーが笑った。「まるで墓場の骨をあさる犬だな」

「かもしれない」と、スペンダーは言った。「いろんな物を見つけていたのだ。この辺をうろついている火星人を発見したと言ったら、きみたちはどう思う？」

四人の男はフォークを置いた。

「ほんとか？　どこで？」

「そんなことはどうでもいい。一つ質問をさせてくれ。もしきみたちが火星人で、きみたちの国によその人間が来て、いろんな物をブチこわし始めたとしたら、どんな気持がする？」

「そういう気持はわかるな」と、チェロークが言った。「おれにはチェロキー族の血がいくらか入っているんだ。おじいさんから昔のオクラホマの話を聞かされたよ。この辺に火星人がいるとしたら、おれは味方になる」

「ほかのきみたちはどうなんだ」と、スペンダーは注意ぶかく訊ねた。

だれも答えなかった。その沈黙がすでに答だった。取れるものはなんでも取れ、見つけた者がもちぬしだ、頬を見せるやつがいたらひっぱたけ、などなど。

「そうか」と、スペンダーは言った。「わたしは火星人を見つけたのだ」

男たちは目を細くしてスペンダーを見つめた。

「死滅した町でね。見つけるつもりはなかった。探すつもりもなかったんだ。火星人がそこで何をしていたのかは分からない。わたしは一週間ほど小さな谷間の町で暮らして古代の書物の解読に努力し、古い芸術様式を研究していた。すると、ある日、その火星人に逢ったんだ。火星人はただそばに立っていて、まもなく行ってしまった。次の日にはやって来ない。わたしは昔の文字の解読をつづけていた。すると火星人は戻って来た。こんなことを繰り返しているうちに、だんだん近寄ってきて、ある日、わたしには火星人のことばが分かるようになった。おどろくほど単純で、しかも図解があったからね。その火星人は現われて言った。〝あなたの靴を下さい〟おれが靴をやると、また言った。〝あなたの制服と装具のいっさいを下さい〟それもやると、また言った。〝あなたの拳銃をください〟拳銃もやると、火星人は、〝では一緒に来て、何が起こるか見て下さい〟と言って歩き出した。で、ここへ来たわけさ」

「火星人なんか見えないぜ」と、チェロークが言った。

「すまない」

スペンダーは拳銃をとりだした。拳銃はかすかにうなった。第一の弾は左側の男に命中した。第二、第三の弾は、右側の男と、テーブルの中央の男を倒した。クッキーは、蒼くなって焚火のそばから立ちあがった途端、第四の弾を受けた。そのまま焚火の上に倒れ、服はめらめらと燃え始めた。

ロケットは陽を浴びていた。三人の男は朝食のテーブルに突っ伏し、たべものはどんどん冷えていった。無傷のチェロークが一人、茫然とスペンダーを見つめた。

「わたしと一緒においで」と、スペンダーが言った。

チェロークは黙っていた。

「きみは、わたしと一緒にいてもいいんだ」と、スペンダーは言った。

チェロークはやっと口がきけるようになった。「みんなを殺したな」と、死体を眺めて言った。

「殺されるのが当然だ」

「きみは狂ったんだ！」

「かもしれない。でも、わたしと一緒に来いよ」

「きみと一緒に？　なんのために？」と、顔は蒼ざめ、目に涙を浮かべて、チェロークは叫んだ。

「行け！　行っちまえ！」

スペンダーの顔がこわばった。「きみだけは分かってくれると思ったのに」

「行っちまえ！」チェロークは拳銃に手をのばした。

スペンダーは最後の一発を放った。チェロークは動かなくなった。

スペンダーはよろめいた。汗ばんだ顔に片手をあてた。ロケットをチラリと眺め、それから突然、全身がふるえ出した。肉体的な反動は強く、スペンダーはほとんど倒れそうになった。顔には、催眠状態から、夢から醒めた人の表情が浮かんでいた。スペンダーは腰をおろし、ふるえが止むのを待った。

「とまれ、とまれ！」と、スペンダーは自分の体に命令した。体の筋は一つ残らずふるえていた。「とまれ！」スペンダーは精神力で体をおさえつけた。やがて、ふるえは去った。静止した膝に、両手はしずかに置かれていた。

スペンダーは立ちあがり、ポータブルの蓄電機をてばやく背中に結《ゆわ》えつけた。片手がまたふるえ出したが、「とまれ！」と断乎として言うと、ふるえは消えた。それから、ぎごちない歩みで、ただ一人、熱い赤い丘のあいだを、スペンダーは立ち去った。


日はさらに高く昇った。一時間後、隊長が、ハムと卵をとりにロケットから下りて来た。四人の男に、やあと声をかけようとして、ふと立ちどまり、硝煙の匂いをかいだ。焚火の上に倒れている料理人の姿が見えた。四人の男は、もうすっかり冷たくなったたべものの前に突っ伏していた。

すぐパークヒルとほかの二人が、ロケットから下りてきた。朝食の席で物を言わぬ男たちに魅せられたように、隊長はぼんやりと立っていた。

「全員を呼んでくれ」と、隊長が言った。

パークヒルは急ぎ足に、運河の縁を立ち去った。

隊長はチェロークにさわった。チェロークは静かに身をよじって、椅子から落ちた。その短い髪と、高い頬骨を、日の光が照らしていた。

隊員たちが集まってきた。

「いないのは誰だ」

「やはりスペンダーです。ビグズの死体が運河を流れているのを発見しました」

「スペンダーか！」

隊長は、日に輝く山々を見つめた。しかめた顔のなかの白い歯がキラリと光った。「しようのないやつだ」と、隊長は疲れた声で言った。「なぜおれと話し合ってくれなかったのだろう」

「おれと話し合やよかったんだ」と、パークヒルが目を光らせて叫んだ。「野郎の頭をブチ抜いてやったのに。断然ブチ抜いてやったのに！」

ワイルダー隊長は二人の部下をあごで呼んだ。「シャベルを持ってこい」

墓穴を掘るのは暑かった。あたたかい風が空虚な海から吹いてきて隊員たちの顔に砂埃を吹きつけた。隊長は聖書のページをめくった。隊長が聖書をとじると、だれかが覆われた死体にシャベルで砂をかけ始めた。

一行は歩いてロケットへ戻り、ライフルの機関部を点検し、重い手榴弾の包みを背負い、ホルスターのピストルの具合をあらためた。一人一人に山の各部分が割り当てられた。隊長は声を高めもせず、脇に垂らした手を動かしもせず、部下たちを指揮した。

「出発」と、隊長は言った。

谷間のあちこちに小さな砂埃が立ちのぼるのを見て、スペンダーは、追手が組織され、追跡がはじまったことを知った。ゆったりと腰かけていた平らな丸石の上で、スペンダーはさっきから読みふけっていた薄い銀の書物を置いた。その書物のページは、きわめて薄く、純銀で、装幀は黒と金色の手塗りだった。それは、すくなくとも一万年前の哲学書であり、火星の谷間の町の一軒の別荘で発見したものである。スペンダーは、いかにも惜しそうにその書物を置いた。

しばらくのあいだ、スペンダーは考えた。抵抗しても何になろう。かれらが来て、わたしを殺すまで、ここにすわって本を読んでいたほうがよくはないか。

今朝六人の男を殺した反動で、初めは呆然とし、次には気分がわるくなったスペンダーは、いま、ふしぎになごやかな気持を感じていた。だが、そのなごやかさも過ぎ去りつつあった。追手の立てる砂埃を見たとき、敵意がふたたび涌きあがるのをおぼえたのである。スペンダーは、腰の水筒から冷たい水を一口飲んだ。それから立ちあがり、伸びをし、あくびをし、あたりの谷間の静かな物音に耳を傾けた。ああ、地球にいた頃の少数の友人となんの悩みもなく、ひっそりと、死ぬまでここで暮らせたら、どんなにすばらしいことだろう。

スペンダーは片手で書物を持ち、もう一方の手にピストルをつかんだ。白い小石と岩でいっぱいの急流にぶつかると、服をぬぎ、その流れで体を洗った。たっぷり時間をかけて水浴をすませると、服を着て、また拳銃をとりあげた。

射ち合いが始まったのは、午後三時頃だった。その頃までに、スペンダーはすでに山の高い所へ登っていた。山のなかの三つの小さな火星の町を通りぬけて、隊員たちはそのあとを追った。町の上には、小石のように別荘が点在していた。古代の火星人たちはここに小川と緑の草地を見つけて、タイル張りのプールや、書庫や、泉の涌き出る中庭を作ったのである。季節の雨でいっぱいになったプールで、スペンダーは三十分ほど泳ぎ、追手が近づくのを待った。

小さな別荘を離れようとしたとき、銃声が鳴りひびいた。スペンダーの背後二十フィートばかりのところで、タイルが一枚こわされた。スペンダーは速足になって、小さな崖のうしろをまわり、振り向きざま、最初の一発で追手の一人を倒した。かれらはきっと包囲攻撃をかけてくるだろう、とスペンダーは思った。四方から、じわじわ追いつめてくるにちがいない。手榴弾を使わないのは、ふしぎなことだった。ワイルダー隊長は、いつでも手榴弾の使用を命じることができるだろうに。

しかし、わたしは粉みじんになるには少々高級な人間なのだ、とスペンダーは思った。隊長はそう考えているにちがいない。たった一発でわたしを倒す気なのだろう。妙なことではないか。わたしに、小ぎれいな死に方をさせたいと思っているのだ。ぶざまな死に方をさせまいというのだ。なぜ？　隊長はわたしを理解しているのだろう。理解しているからこそ、部下の命を失う危険をおかしても、わたしを一発で仕留めようとしている。そうではないのか。

九発、十発の銃声が、つづけざまに鳴った。あたりの岩が飛び散った。スペンダーは確実に応酬しながら、ときどき片手に持った銀の書物に目を走らせたりした。

隊長が、暑い日ざしのなか、ライフルを持って駆け出した。スペンダーは拳銃の狙いを定めたが、発射はしなかった。そのかわりに、狙いを変えて、ホワイティが隠れている岩のてっぺんを射った。腹立たしげな叫び声がきこえた。

とつぜん隊長が立ちあがった。白いハンカチを両手で持っている。部下に何か言うと、ライフルを置き、山をのぼって近寄ってきた。スペンダーは立ちあがり、拳銃を構えた。

隊長は、近づくと、スペンダーの顔を見ずに、あたたかい丸石の上に腰かけた。それからシャツのポケットに手を入れた。スペンダーの指が拳銃を握りしめた。

隊長が言った。「タバコは？」

「ありがとう」スペンダーは一本とった。

「火は？」

「じぶんでつけます」

二人は沈黙したまま、タバコをふかした。

「あたたかいね」と、隊長。

「そうですね」

「ここは住みごこちはいいかね」

「非常にいいです」

「いつまで持ちこたえる心づもりかね」

「十二人殺すあいだは」

「今朝、チャンスがあったのに、なぜ全員殺さなかった？　やればできたのに」

「ええ。わたしは、うんざりしたのです。わるいことをするとき、人はじぶんを偽るものです。ほかのやつらはみんな悪人だと、じぶんでじぶんに言い聞かせます。わたしは、かれらを殺したあと、かれらはただの愚か者なのであって、殺してはいけなかったのだと気づきました。しかし、時すでに遅かったのです。そんな状態をつづけるわけにはいかなかったから、ここへ登ってきて、一人になり、ふたたび殺意をつくりだそうとしました」

「つくりだせたかね、殺意を？」

「あまり強い殺意ではありませんが、充分です」

隊長はタバコを見つめた。「なぜあんなことをした？」

スペンダーは拳銃をそっと足元に置いた。「火星人たちの持っていた物が、われわれの持ち得るどんなものにも負けないということが分かったからです。かれらは、われわれが百年も前にストップすべきだった所で、ちゃんとストップしました。わたしは、かれらの町々を歩きまわってみましたが、かれらのことを知れば知るほど、わたしの先祖と呼びたくなる気持でいっぱいです」

「確かに美しい町だね」隊長はうなずいた。

「それだけではありません。ええ、かれらの町は美しいですとも。かれらは、芸術と生活をまぜあわせるすべを心得ていました。アメリカでは、芸術と生活とは、いつも別物でしょう。芸術は、二階のいかれた息子の部屋にあるものなんです。芸術は、せいぜい、日曜日に、宗教といっしょに服用するものなんです。しかし、火星人は、芸術を、宗教を、すべてを持っていました」

「芸術や宗教のなんたるかを知っていたというのだね」

「そのとおりです」

「そういう理由から、きみは仲間を射殺したのか」

「わたしは子供の頃、メキシコ・シティへ連れて行かれたことがあります。そのときの父の態度を——鼻持ちならぬ傲慢な態度を、わたしは決して忘れないでしょう。母も、メキシコ人は肌が黒くて不潔だから嫌いだ、などというのです。姉も、土地の人とは話をしようとしません。メキシコ人と遊んだのは、わたしだけでした。いま父や母が火星へやって来たら、きっと同じ態度をとると思います。

平均的なアメリカ人にとって、見知らぬものすべてはよくないのです。それを考えてごらんなさい、ああ、それを考えてごらんなさい！　それから——戦争です。わたしたちが出発する前の、議会での演説をお聞きになったでしょう。もし計画がうまくいったら、原子力研究所を三つと、原爆貯蔵所を設けるのだといいました。そんなことをしたら、火星はおしまいです。こういうすばらしい物はぜんぶ消えて失くなります。火星人がホワイト・ハウスの床にへどを吐いたら、隊長はどんな気持がなさいますか」

隊長は何も言わずに聴いていた。

スペンダーは話をつづけた。「そうなると、ほかの利害関係が生まれます。山師や、探検家の連中です。コルテスと、その品行方正な友人どもがスペインからやって来たとき、メキシコがどうなってしまったか、おぼえておられるでしょう。貪欲で、うぬぼれの強い偏屈者どものために、一つの文明がほろぼされるのです。歴史は決してコルテスを許さないでしょう」

「きみ自身の今日の行動も、あまり倫理的とはいえないね」と、隊長が口をはさんだ。

「わたしに何ができたでしょう。あなたと議論すればよかったのですか。ひねくれた、ねじくれた、貪欲な地球ぜんたいの組織とたたかっているのは、わたし一人です。やつらは、汚らしい原水爆をここへ運びこみ、基地を建設して、戦争を始める気なのです。惑星を一つ駄目にしただけでは不足なのでしょうか。他人のかいば桶まで汚さなくては気がすまないのでしょうか。単純きわまるお喋りども。わたしはここまで昇ってきたら、かれらのいわゆる文化から解放されたのみか、かれらの倫理やしきたりからも解放されたという気持になったのです。かれらの関係の枠から外されたという感じです。だから、わたしはあなた方を一人残らず殺し、わたし自身の生活を生きたいのです」

「しかし、そううまくはいかなかった」と、隊長が言った。

「ええ。朝食のときに五人を殺したあと、わたしは自分がやはり新しくなりきっていないこと、火星人になりきっていないことに気づきました。地球で習いおぼえたことを、そうたやすくは捨て切れなかったのです。しかし今のわたしは、またしっかりしてきました。あなた方を一人残らず殺しますよ。そうすれば、次のロケットの到着は、たっぷり五年は遅れるでしょう。現在、このロケットのほかには、ロケットは一台もありません。地球の連中は一年待ち、二年待って、こちらから音沙汰がなければ、新しいロケットの建造を差し控えるでしょう。作ったとしても、二倍の日時をかけて、百も余計に模型をつくって、失敗を繰り返すまいと慎重になるでしょう」

「そのとおりだ」

「逆に、もしあなたが地球に帰って、よい知らせをもたらしたら、火星侵略は促進されるでしょう。運がよければ、わたしは六十歳まで生きます。火星に着陸するどの探検隊も、わたしに逢うでしょう。探検隊はせいぜい年に一度、一度にロケット一台ずつで、一台の乗組員はたかが二十名です。わたしはすぐその連中と仲良しになり、わたしたちのロケットは爆発してしまったのだと言っておいて――今週中に仕事をすませたら、ほんとうにロケットを爆破します――それから一人残らず殺してやるのです。火星はあと半世紀は無疵《むきず》でいられるでしょう。そのうちに、地球人は試みを放棄するかもしれません。昔、ツェッペリンがしじゅう墜落したので、だんだん飛行船を建造しなくなったことがありましたね？」

「それほど先までの計画なのか」と、隊長が言った。

「そうです」

「しかし、きみの味方は一人もいない。一時間以内に、きみは包囲されるよ。一時間以内に死なねばならんのだよ」

「あなた方には絶対に分からない地下の通路と住居を発見してあります。そこに隠れて、何週間か暮らします。そのうちに、あなた方は警戒をとくでしょう。そしたら出て来て、一人ずつ殺します」

隊長はうなずいた。「ここの文明のことを話してくれないか」と、山の町々をゆびさして言った。

「かれらは自然とともに、自然と適合して暮らすことを知っていました。人間と動物とのちがいを、それほどには強調しようとはしなかった。それこそ、ダーウィンが現われて以後、わたしたちの犯したあやまちなのです。わたしたちは、にこにこして、ダーウィンや、ハクスレーや、フロイトを歓迎しました。それから、ダーウィンとわたしたちの宗教がまじりあわないことに気がついた。あるいは、すくなくとも、まじりあわないと思った。わたしたちは馬鹿者でした。ダーウィンや、ハクスレーや、フロイトを、ほんのすこし動かそうとした。しかし、かれらは動こうとはしませんでした。で、わたしたちは馬鹿者だから、宗教を打ち倒そうとしたのです。

その試みは成功でした。わたしたちは信仰を失い、人生とはなんだろうという疑問を抱き始めました。芸術が単なる挫折した欲望の装飾にすぎず、宗教が自己欺瞞にすぎないとするならば、人生に何の価値があるのでしょう。信仰はあらゆることについて答を出してくれました。しかしそれは今やフロイトやダーウィンと一緒に下水を流れています。わたしたちは迷える民であったし、今でもそうなのです」

「それで火星人たちは迷わぬ民なのかね」と、隊長が訊ねた。

「そうです。かれらは科学と宗教とをむすびつけるすべを知っていましたので、両者は平行して発展しました。一方が他方を否定することはなく、たがいに相手を豊かにし合ったのです」

「なかなか理想的な話だね」

「理想的だったのです。火星人がそれをどんなふうになしとげたか、お見せしましょうか」

「部下を待たせてあるんだ」

「三十分もあれば充分です。みんなにそう言って下さい」

隊長は、ためらったが、立ちあがり、山の麓にむかって命令を下した。

スペンダーは、隊長をともなって、ひんやりするみごとな大理石でできた火星の村へ入って行った。美しい動物たちの壁画がある。白い猫のようなものが描かれ、黄色い足の生えた太陽のシンボルがあり、牡牛に似た動物の像と、人間男女の像と、みごとな顔立ちの巨大な犬の像がある。

「これが解答です、隊長」

「よく分からんな」

「火星人は、動物の生活の秘密を発見したのです。動物は生に疑問をもったりしません。ただ生きています。生きている理由が、生そのものです。生を楽しみ、生を味わうのです。よくごらん下さい。この彫像と、動物たちのシンボル」

「なにか邪教ふうのものだね」

「それどころか、これらは神のシンボルであり、生のシンボルなのです。火星でも、人間はあまりにも人間的になり、動物ではなくなりました。そこで火星人たちは、生きのこるために、なぜ生きるのかというあの一つの疑問を忘れることにしました。生そのものが答なのです。生とは、さらに多くの生を生みだすことであり、よりよい生を生きることです。火星人は戦争と絶望のさなかに、〝いったいなぜ生きるのか〟と考え、その答が得られないことに気づいたのでした。しかし、ひとたび文化がおだやかなものになり、戦争が終わると、その疑問は新しい局面では無意味なものになりました。すでに生はよきものであり、論争の必要は消滅していたのです」

「火星人はそれほどナイーブな人たちだったのか」

「ナイーブであることが得なときはね。すべてを破壊し、すべてを台なしにすることを、火星人はきっぱりやめました。宗教と芸術と科学を融合したのも、つまるところ科学というものは、わたしたちに証明できない奇蹟を研究することであり、芸術というものは奇蹟を解釈することであるからです。火星人は、科学が美を破壊することを決して許さなかった。それは単に程度の問題です。地球人ならば、〝こんな考え方をするでしょう。〝この絵に色彩は実は存在しない。科学者の証明によれば、色彩とは、ある種の物質における、光を反射するための細胞の配置なのだ。したがって色彩とは、目に見える物質の具体的な部分ではない〟ずっと利巧な火星人はこう考えるでしょう。〝これはいい絵だ。これはインスピレーションを受けた人間の手と頭から出来あがったものだ。これの思想と色彩は、生活から出て来た。これはいいものだ〟」

沈黙が流れた。午後の日ざしのなかで、隊長は珍しそうにその静まりかえった涼しい町を見まわしていた。

「ここに住みたい」と、隊長は言った。

「ご希望なら、どうぞ」

「わ、わたしにそう言ってくれるのか」

「あなたの部下のなかで、こういうことを理解してくれる人がいるでしょうか。みんな、骨の髄までのひねくれ者で、もう手おくれです。あなたはなぜあんな連中の所へ帰るのですか。ジョーンズ一家に遅れをとらぬためですか。スミスのとおなじヘリコプターを買うためですか。内分泌腺ではなく解説書によって音楽を聴くためですか。あそこの四阿《あずまや》にはすくなくとも五万年前の火星の音楽のリールがあります。いまでも聴けます。滅多に聴けないような、すばらしい音楽ですよ。お聴きになりませんか。本もあります。解読はだいぶ進みました。ゆっくり本でもお読みになったらいかがですか」

「じつにすばらしいものだね、スペンダー」

「でも、やはり帰るのですか」

「帰る。とにかく、お礼を言うよ」

「それで、わたしをこのまま、ここにとどまらせても下さらないのですね。わたしはあなた方を一人残らず殺さなければならないのですね」

「きみの考えは楽天的だな」

「今のわたしには、戦う目的、生きる目的があるのです。だから、殺人者としてもいっそう高級になりました。ほとんど宗教にひとしいものが、今のわたしにはあります。つまり、もういちど呼吸するにはどうしたらいいかを学んだのです。寝そべって日に灼け、日光を身内にしみ通らせるにはどうしたらいいか。そして音楽を聴き、本を読むすべを、わたしは知りました。あなた方の文明は何を与えてくれます?」

隊長は、重心を片足に移して、かぶりをふった。「こんなことになって残念だ。ほんとうに残念だ」

「わたしもです。もうお帰りになって、また攻撃を始めたらいかがですか」

「そうだな」

「隊長、わたしは、あなたを殺しませんよ。ぜんぶ片がついたあとでも、あなたは生きておられるでしょう」

「なんだって？」

「初めから、あなたには害を加えないつもりでした」

「それは……」

「あなたをほかの連中から救いたいのです。みんな死んだときには、あなたも考えが変わるかもしれない」

「いいや」と、隊長は言った。「わたしの体には、やはり地球の血が流れている。だから、きみをあくまで追わなきゃならん」

「ここにとどまるチャンスがあるのに？」

「そうだ、妙なことだがね。じぶんでもわけが分からない。わけを考えてみたこともないがね。さあ、着いた」二人はさっきの場所へ戻って来ていた。「おとなしく帰ってきてくれないか、スペンダー。これが最後の頼みだ」

「おことわりします」スペンダーは片手を差し出した。「最後に一つだけ。もしあなたが勝ったら、頼みたいことがあります。この惑星があと少なくも五十年は荒らされないようにして、考古学者たちの調査の機会を与えてやって下さいませんか」

「承知した」

「それから――そう考えてお気がすむのでしたら、このわたしはある夏の日に気がふれて、とうとう正気にかえらなかった男だと思って下さい。そう思えば、すこしは気が楽になりませんか」

「よく考えてみよう。さようなら、スペンダー。幸運を祈るよ」

「あなたは変わった人ですね」と、スペンダーは言い、隊長はなまぬるい風のなか、もと来た道を帰って行った。


隊長は、迷子のような顔をして、埃に汚れた部下たちのところへ帰ってきた。日の光に目を細め、はあはあ息を弾ませている。

「飲むものはあるか」と、隊長は言い、冷たい壜を受けとった。「ありがとう」一口飲んで、口を拭った。

「よし」と、言った。「慎重にいこう。時間はいくらでもある。もう怪我人は出したくない。彼を殺すことだ。下りて来る気はないと言った。できるだけ、きれいに殺してくれ。めちゃめちゃな死体にはするな。さあ、かかろう」

「やつの頭をふっとばしてやる」と、サム・パークヒルが言った。

「いや、胸を狙え」と、隊長は言った。そしてスペンダーの決意に澄んだ顔を思い浮かべた。

「頭ですよ」と、パークヒルが言った。

隊長はパークヒルに壜を押しつけた。「貴様、きこえなかったのか。胸を狙え」

パークヒルは何かつぶやいた。

「さて」と、隊長が言った。

一同はふたたび散開し、歩き出してから、やがて走り、暑い山の中腹でまた並足に戻った。とつぜん苔の匂いのする涼しそうな洞窟があり、とつぜん石に照りつける日ざしの匂いのする枯野原がある。

利巧ぶるのは嫌なことだ、と隊長は思った。ほんとうは利巧だとも思わず、利巧になりたくもないのに。うろうろ歩きまわって、計画を立てて、計画を立てたことで、なんだかエラくなったような気持になる。ほんとうは正しいかどうか分からないのに、正しいことをしているつもりになるのは嫌だ。一体われわれとは何者だろう。多数派か？　それが答なのか。多数はつねに神聖なのか。つねに、つねに、つねに神聖で、ほんの一瞬たりとも誤りであることはないのか。一千万年経っても正しいのか。そもそも多数とはなんだろう。だれが多数なのだろう。多数は何を考え、いかに行動し、将来変わるのかどうか。そしておれがこのいまいましい多数に加わったのは、一体全体どういうわけだ。おれは居心地がよくない。閉所恐怖症か、それともただの常識か。全世界が正しいと思っているとき、一人の人間が正しいということはあり得るか。もうこんなことを考えるのはよそう。這いずりまわって、勝手に興奮して、引金をひくのだ。それ、そこだ！

男たちは、走っては伏せ、走ってはうずくまり、歯をみせてあえぎ、稀薄な大気のせいで、一度走るごとに五分間ほど休むのだった。目の前がまっくらになり、その目をつぶって大気を思うさま吸いこみ、それから立ちあがり、銃を構えて、その稀薄な夏の大気に音と熱の穴をあける。

スペンダーは同じ場所から動かず、ときどき発砲するだけだった。

「ちくしょう、みんなしっかりしやがれ！」と、パークヒルがわめいて、斜面を駆けのぼった。

隊長は拳銃をパークヒルにむけて構えた。それから狙いをそらし、ぞっとしたようにじぶんの手を見つめた。「いま何をする気だった？」と、じぶんの手と拳銃に訊ねた。

もうすこしでパークヒルをうしろから射つところだったのだ。

「ああ、なんたることだ」

パークヒルはまだ走っていたが、まもなく伏せた。

すこしずつ追ってくる男たちの環のなかに、スペンダーはとらえられていた。山の頂の二つの岩の陰に身を伏せて、稀薄な大気に息を切らし、腕の下にはぐっしょり汗をかいていた。隊長はその二つの岩を見た。岩と岩のあいだは四インチほどあいていて、そこにスペンダーの胸が見える。

「やい！」と、パークヒルが叫んだ。「てめえの頭に一発くらわしてやるぞ！」

ワイルダー隊長は待っていた。逃げろ、スペンダー。さっき言ったように逃げるんだ。あと数分しかないぞ。逃げて、あとで戻って来い。さあ。言ったとおりにしろ。その地下のトンネルに逃げこんで、何ヵ月でも何年でも好きなだけ本を読め、寺院のプールで水浴びをしろ。さあ、今だ、行け、手おくれにならないうちに。

スペンダーは動かなかった。

「どうしたんだろう」と、隊長は心のなかで訊ねた。

隊長は拳銃をとりあげた。走っては伏せる部下たちを見守った。小さな火星の村の塔を、午後の日ざしのなかのチェスの駒に似たその塔を眺めた。二つの岩を、スペンダーの胸が見えているその間隙を見つめた。

パークヒルは、わめきながら、前進をつづけていた。

「いかん、パークヒル」と、隊長は言った。「おまえは射ってはいかん。ほかの者もいかん。おれがやる」隊長は拳銃を挙げ、狙いを定めた。

これをやったあと、おれは清潔な気持でいられるだろうか、と隊長は思った。おれがこれをやるのは正しいことだろうか。そう、正しいのだ。何のために何をやるのか、おれははっきり意識している。おれが正しい人間であるから、これは正しいのだ。この仕事は立派に果たさねばならん。

隊長はスペンダーにうなずいて見せ、「逃げろ」と、部下にはきこえないささやき声で言った。「三十秒与えるから、逃げろ。三十秒だぞ！」

手首で時計が秒をきざんだ。隊長は秒針を見つめた。隊員たちは走っていた。スペンダーはうごかなかった。隊長の耳には、腕時計の秒音が、ひどく永く、音高くきこえた。

「行け、スペンダー、行け、逃げろ！」

三十秒がすぎ去った。

拳銃の狙いが定められた。隊長は深く息を吸いこんだ。「スペンダー」と、息を吐きながら言った。

引金が引かれた。

小さな岩のかけらが空中に飛び散っただけだった。銃声のこだまが消えた。

隊長は立ちあがり、部下たちに呼びかけた。「死んだぞ」

隊員たちはそれを信じなかった。角度の関係で、隊員たちには岩の隙間が見えなかったのである。隊長が一人で斜面を駆けあがるのを見て、非常に勇敢なのか、常軌を逸したのかと思ったのだった。

何分か経って、隊員たちはようやく出て行った。

死体のまわりに集まった。だれかが言った。「胸ですか」

隊長は見おろし、「胸だ」と言った。スペンダーの体の下の岩は、色が変わっていた。

「なぜ待っていたのだろう。なぜ計画どおり逃げなかったのだろう。なぜ踏みとどまって殺されたのだろう」

「さっぱり分からない」と、だれかが言った。

片手に拳銃を握りしめ、片手には日にきらめく銀の書物を持って、スペンダーは横たわっていた。

これはおれのせいか？　と隊長は思った。おれがじぶんの心の声に従わなかったせいか。スペンダーは、おれを殺したくなかったのか。おれは部下たちとどこかちがっているのか。そのためなのか。スペンダーはおれを信頼できると思ったのか。ほかに何か解釈があるか。ない。隊長は物いわぬ死体のそばにうずくまった。

とうとうやってしまった。おれのなかに彼と共通したものがあり、そのためにこそ、おれを殺せないと、スペンダーが考えたのなら、これから先、おれはどれだけ大きな仕事をしなければならないか。そう、それだ。おれは二代目のスペンダーなのだ。ただし、おれは射つ前に考える。いや、射たない、殺さない。おれはみんなとともに仕事をする。スペンダーがおれを殺せなかったのも、おれがいくらか異なる条件の下にあるスペンダー自身だったからだ。

隊長はうなじに日の光を感じた。声がひとりでに喋りだした。「仲間を殺す前に、おれと話し合ってくれたら、うまくやれたのに」

「何をうまくやれたのですか」と、パークヒルが言った。「こんな野郎といっしょに何をやれたのですか」

岩からも、青空からも、熱気が歌っていた。「きみの言うとおりだろう」と、隊長は言った。「われわれはうまが合わなかっただろう。スペンダーとわたしなら、どうにかなったかもしれない。スペンダーときみらは、とうてい駄目だ。だから、これでよかったのだ。水筒の水を飲ませてくれ」

スペンダーをからの石棺に納めようと言ったのは、隊長だった。火星古代の墓地を発見したのである。一万年昔の蠟や葡萄酒といっしょに、胸に手を組んだスペンダーは銀のケースに収められた。最後に、その平和な死顔がちらと見えた。

一同はしばらく古代の納骨堂のなかに立っていた。「ときどきスペンダーのことを思い出すのもわるくないぞ」と、隊長は言った。

納骨堂を出て、大理石のドアをしめた。

翌日の午後、パークヒルが、死滅した町の一つで射撃練習をやって、水晶の窓をこわし、脆《もろ》い塔のてっぺんを吹き飛ばした。隊長はパークヒルをとらえて、歯が折れるほどぶんなぐった。

二〇三二年八月　移住者たち

地球の人々が火星へやって来た。

こわいから来た人、こわくないから来た人、幸福だから来た人、不幸だから来た人、巡礼の気持で来た人、巡礼の気持を感じずに来た人。ひとそれぞれの理由があった。悪妻や、つらい仕事や、居心地のわるい町から逃げて来た人。何かを見つけるために、何かを見捨てるために、何かを手に入れるために、何かを掘り出すために、何かを埋めるために、小さな夢を抱き、大きな夢を抱き、あるいはまったく夢をもたずに、やって来た。だが、どの町にも四色刷りのポスターが貼られ、政府の指がさし示していた。「空にあなたの仕事がある」「火星を見よ！」そして人々は重い足をひきずった。はじめはほんの少数、たかが四十人程度だった。ロケットが発射される前に、たいていの人が気分がわるくなるのである。この病気は「さみしさ」と呼ばれた。自分の生まれた町が拳の大きさになり、レモンの大きさになり、ピンのように細くなり、遂にはロケットの煙の彼方に消えてしまうとき、あなたは自分が生まれなかったような気持になる。町もなく、あなたもなく、あたりは宇宙空間で、見馴れぬものばかり、見知らぬ仲間ばかり。イリノイ州も、アイオワ州も、ミズーリ州も、モンタナ州も、雲の海に没し、アメリカそのものが霧に覆われた小島になり、やがて地球ぜんたいが、泥まみれの野球のボールのように飛び去ると、あなたは一人になる。宇宙の牧場をさまよい、想像もつかぬ場所へ近づいてゆく。

だから初め人数が少なかったのも無理はない。火星に定住した人間の数に比例して、移住者の数も着実にふえていった。数には慰めがある。だが最初の孤独な人たちは、じぶんたちだけが頼りだった……

二〇三二年十二月　緑の朝

日が沈むと、かれは小道のそばにうずくまり、ささやかな夕食をととのえ、たべものを口に運んで、もぐもぐ嚙みしめながら、焚火のはぜる音に耳を傾けるのだった。今日も、今までのひと月となんの変わりもない一日だった。明け方、穴をたくさん掘って、それに種子を埋め、あかるい運河から水を汲んだ。今、かよわい体に鉄の疲労をかかえて、かれは横たわり、空の色が一つのくらやみから別のくらやみへ変わって行くのを眺めていた。

この男の名前は、ベンジャミン・ドリスコルといい、年は三十一歳である。この男の望みは、背の高い緑の植物で火星を覆うことだった。植物は、稀薄な空気を濃くし、季節ごとに成長するだろう。樹木は、うだるような夏に町を涼しくするし、冬の風を防ぎもするだろう。樹木の役目はとてもたくさんある。暮しにいろどりを添えること、木陰をつくること、果実を落すこと、子供らに登られたり、ぶらさがられたりして一種の遊び場になること。たべものと楽しみの建築物、それが樹木である。だが、何よりもまず、樹木は人間の肺のために、氷のような空気を発散してくれる。あなたが雪のような寝床に横たわっているとき、やさしい葉ずれの音であなたを寝かしつけてくれる。

黒い大地が凝縮してゆく音を聞きながら、かれは横たわったまま、日の出を、まだ降り出さぬ雨を待っていた。耳を大地に押しつけると、遠くで動いている未来の年月の足音がきこえる。かれは想像した。今日まいた種子が緑色に成長し、枝また枝をひろげ、空を抱くようになるさまを。やがて火星は昼さがりの森になり、光り輝く果樹園になるだろう。

朝早く、小さな太陽が重なりあった山々のあいだによわよわしくのぼると、かれはいつも起きあがり、粗末な朝食をそそくさとすませて、焚火を踏み消し、ナップザックを持って仕事に出かけるのだった。テストしたり、土を掘ったり、種子や苗木を植えたり、そっと土を踏んだり、水をやったり、あたたかい正午にむかって明るくなってゆく澄んだ空を見上げながら、口笛吹き吹き、仕事をすすめるのだった。

「おまえには空気が必要なんだ」と、夜になると焚火の火にむかって、かれは言うのだった。火は元気のよい友人である。パチパチ音を立てて返事してくれるし、ひえびえする夜でも一晩中眠そうな色で付きあってくれる。「おれたちには空気が必要なんだ。この火星の空気は薄すぎる。だから、おれたちはすぐ疲れてしまう。まるで南アメリカのアンデス山脈の高い所みたいだよ。いくら吸っても、何も入って来ない。これじゃかなわないよ」

かれは自分の肋骨にさわってみた。ひと月のあいだに、ずいぶん胸まわりがひろくなった。すこしでも余計に空気を吸いこむために、肺を大きくしなければならない。さもなければ、木を植えること。

「そのために、おれはここにいるんだよ」と、かれは言った。火ははぜた。「小学校のとき、アメリカ中にリンゴの木を植えてまわったジョニー・アプルシードの話を聞いたっけ。おれはそれよりデカいことをやるんだ。カシの木、ニレの木、カエデ、ポプラ、ヒマラヤスギ、クリ、あらゆる種類の木を植えるぞ。腹をくちくする果実の代りに、肺をみたす空気をつくるんだからな。この木が何年か経って大きくなったら、どんなにたくさん酸素を吐き出すか、考えてみろよ!」

かれは、初めて火星へ来たときのことを思い出した。ほかの千人の仲間たちとおなじように、かれもまた静かな朝の景色を眺めて、こんなところでどうやって暮らしていけるだろう、と思ったのだった。おれは何をしたらいいのだろう。おれの仕事はここにあるのか。

そして、かれは気を失った。

だれかにアンモニアを嗅がせられて、咳きこみながら、かれは意識をとりもどした。

「すぐよくなる」と、医者が言った。

「どうしたんでしょう」

「空気が薄いんだ。体質的に吸えないやつもいる。きみは地球へ帰ったほうがいい」

「いやです!」かれは起きあがった。ほとんど同時に目の前が暗くなり、火星が足の下で二度ばかり回転した。かれは小鼻をできるだけひろげて、深い虚無を肺に吸いこもうとした。「ぼくは大丈夫です。ここに残ります！」

寝かされたまま、かれは魚のように恐ろしい動き方をしてあえいだ。かれは思った。空気、空気、空気。空気のせいで、おれは送り返されるかもしれない。かれは寝返りを打ち、火星の野原や山を眺めた。よくよく瞳を凝らすと、まず気づいたのは、見渡す限りどこにも樹木がないことだ。樹木が一本もない。むきだしの黒い土はある。だが、その上には何もない。草すらない。空気、と小鼻をふるわせながら、かれは思った。空気、空気。だが、山の上にも、山陰にも、小さな掘割にも、木一本、草一つない。そう！　答は心からではなく、肺と喉から出てきた。それはとつぜん新鮮な酸素が吹きつけてきたように、かれをシャンとさせた。木と草。自分の両手を見つめ、ひっくりかえしてみた。木や草を植えるのだ。それが、かれの仕事だ。ほかならぬ、自分の滞在を妨げたそのことと戦うために、ここに滞在するのだ。かれはここで火星を相手に個人的な園芸の戦いを開始しよう。ここには古い土壌がある。そこに生えていた植物はとうに死滅してしまった。だが、新しい種を移植したらどうか。地球の木々、大きなミモザを、シダレヤナギを、マグノリアを、すばらしいユーカリの木を。そしたら、どうなる。古い羊歯《しだ》や、花や、灌木が死滅して、土中に埋もれているとすれば、どんな豊かな鉱物資源が隠されているか知れたものではない。

「起こしてくれ！」と、かれは叫んだ。「調整員に逢うんだ！」

調整員とは、昼近くまで、緑の植物について話をした。組織的な植樹にかかるまでには、何年とはいわないまでも何ヵ月かの準備が要るだろう。それまでは、冷凍食物を冷蔵ロケットで地球から運んでくる。わずかばかりの共同農園で、水栽培の植物を育てる。

「今のところ」と、調整員は言った。「それはあんた一人の仕事になるね。もちろん、種子や、道具の世話はしてあげよう。しかしロケットじゃ、まだいくらも運べないからな。この最初の町は、鉱物資源開発のために建設されたのだから、あんたの植林事業にはあまり関心が集まらないと思うよ――」

「しかし、やらせて下さいますね」

許可は下りた。たった一台のオートバイを借りて、種子や苗木を箱にぎっしり詰めこみ、谷間の荒地に下りたって、かれは仕事を始めたのだった。

それはもうひと月も前のこと。かれは決して過去をふりむかなかった。過去をふりかえれば、がっかりすることだらけなのだ。気候はあまりにも乾燥つづきだった。だから種子は芽を出しそうにも思われない。かれの試みそのものは、四週間の忍苦ぜんたいは、水泡に帰してしまうのかもしれなかった。かれは、ひたすら前を見つめ、第一の町から遠く離れたわびしい谷間で、雨のふるのを待っているのである。

今、毛布を肩に引き寄せたとき、乾ききった山の上空に、雲がむらがってくるのが眺められた。火星とは、ちょうど歳月のように予測できない場所である。かれは、焼け焦げた山々が凍った夜のなかへ沈んでいくのを感じ、豊かなインク色の土のことを思った。てのひらにのせれば、まるでうごめき始めそうな黒光りのする土。こんな肥沃な土からは、巨大な豆の木が天にのびて、恐ろしい震動音とともに、巨人が悲鳴をあげて落ちてくるかもしれない。

火がゆらめいて眠たげな灰になった。遠くの車のひびきに、大気が揺れた。雷鳴である。にわかに水の匂い。今夜こそ、とかれは思い、片手を差しのべて雨を待った。今夜こそ。

ひたいを打たれて、目をさました。

水が、鼻からくちびるへ流れた。もう一滴がまぶたにぶつかり、目がかすんだ。もう一滴があごにはねかえった。

雨だ。

生《なま》のやさしい雨が、高い空から落ちてきた。すばらしい不老不死の薬。魔術と星々と大気の匂いのする雨、かすかな埃を含み、舌の上で高級なシェリー酒のようにまろやかな雨。

雨だ。

かれは起きあがった。毛布をはねのけると、青いデニムのシャツにも雨が点々と降りそそいだ。焚火は、目に見えぬ動物に踏み消されているように、いぶりだし、腹立たしげな煙だけになった。雨は降りつづけた。空の巨大な黒い蓋が、こなごなに割れて、無数のかけらになり、いちどきに落下し始めた。かれは何百億本かの雨の水晶の柱を眺めた。これを写真に撮ったら、どんなにか美しかろう。やがて暗黒と水が世界を包んだ。かれは体の芯までズブ濡れだったが、天をふりあおぎ、笑いながら、まぶたを雨に叩かれていた。両手を叩き、小さなキャンプのまわりをうろうろ歩いた。午前一時である。

雨は二時間ほど猛烈に降ってから、ぴたりとやんだ。洗われたように一段と澄みきった星々があらわれた。

セロファンの包みから出した乾いた服に着替えて、ベンジャミン・ドリスコル氏は身を横たえ、幸福な眠りに落ちた。

山々のあいだに、太陽がゆっくりとのぼった。それは静かに大地を照らし、ドリスコル氏の眠りをさました。

起きあがる前に、かれはためらった。この暑いひと月のあいだ、粒々辛苦したかれは、やがて立ちあがり、ついに振り向いて、仕事の成果を眺めた。

緑の朝。

目の届く限り、すくすくと空にむかって伸びる樹木また樹木。一本や二本や十本ではない、かれが種子をまき、苗木を植えた数千本の木々である。それも小さな木ではない。若木でもなければ、小枝でもない。大きな木、巨大な木、人の背丈の十倍はあろうという木である。あくまでも緑で、大きくて、太くて、ずっしりした木である。金属のような葉をきらめかせる木、ささやく木、山々を覆う木。レモン、ライム、セコイア、ミモザ、カシ、ニレ、ポプラ、サラク、カエデ、トネリコ、リンゴ、オレンジ、ユーカリ。烈しい雨に刺激され、異なる惑星の魔法のような土壌に養われて、それからの木々は、かれが見守るうちにも、新しい枝をのばし、新しい蕾をひらくのである。

「夢みたいだ！」と、ベンジャミン・ドリスコル氏は叫んだ。

だが谷間は、朝は、緑だった。

そして空気！

あたり一面、流れる潮のように、谷川のように、新しい空気がただよっていた。緑の木々から噴き出てくる酸素である。それが水晶の大波のように高くきらめくのが見える。新鮮な、純粋な、緑色の、冷たい酸素、それが谷間をデルタ地帯に変える。まもなく、町の町のドアがひらき、人々がこの新しい酸素の奇蹟のなかへ飛びこんでくるだろう。鼻をくんくんいわせ、肺いっぱいに吸いこみ、頬を赤らめ、鼻を凍らせ、よみがえった肺と、躍る心臓とで、疲れた体は踊りを始めるだろう。

ベンジャミン・ドリスコル氏は、緑色の空気の液体を、ひと息だけ、長く、深く飲みくだし、気を失った。

まもなく意識を回復したとき、新たに五千本の樹木が黄色い太陽にむかって空高く伸びていたのである。

二〇三三年二月　いなご

ロケットの群れは、骨っぽい野原に火をはなち、岩石を熔岩に変え、木を炭に変え、水を蒸気に変化させ、砂と珪土を緑のガラスに加工した。ガラスは至る所、こわれた鏡の破片のように散らばって、侵入者たちの姿を映した。ロケットの群れは、夜打つ太鼓のようにやって来た。ロケットの群れは、いなごのようにかたまって来て、バラ色の煙をあげて着陸した。ロケットから走り出て来た人々は、手にハンマーを持ち、それで叩いて、見馴れぬ世界を見馴れたかたちに作り変え、あらゆる未知の要素をうちのめした。口に釘をくわえているので金属の歯をもつ肉食獣のように見えるかれらは、釘をてのひらにぷッと吐いては、ハンマーをふるって木造の小屋を建て、気味わるい星の光をさえぎるために屋根をこしらえ、夜の暗さを締め出すために緑色のカーテンを吊ったりした。そうして大工たちが仕事をすすめるうちに、女たちが花瓶や更紗やフライパンを持って来て、台所のかしましい音を立て、ドアと窓の外の火星の静寂をぶちこわすのだった。

半年のうちに、十二の小さな町がむきだしの惑星の上につくられ、パチパチというネオン管や黄色い電球が沢山もちこまれた。全部で九万人の人間が火星へやって来た。地球ではもっと大勢の人たちが旅行鞄の支度をしていた……

二〇三三年八月　夜の邂逅

青い山々へ入って行く前に、トマス・ゴメスは、ぽつんと立ったガソリン・スタンドに車をとめた。

「こんなとこじゃ淋しいだろうね、おじさん」と、トマスは言った。

老人は小さなトラックのフロントガラスを拭いてくれた。「そうでもないよ」

「火星はどうです、おじさん」

「いいね。いつも何かしら珍しいものがある。去年初めてここに来たとき決心したんだ。もう何も期待しない、何も訊ねない、何にも驚かない、とね。わたしらは、地球のことや、昔のことを忘れなきゃいけないんだ。今ここのことだけをよく見て、どれだけちがっているか、それを考えなくちゃいかん。天気ひとつとってみても、実に面白いね。火星の天気というものさ。昼は恐ろしく暑くて、夜は恐ろしく寒い。地球とはちがった花といい、ちがった雨といい、まったく刺激的ですよ。わたしは火星へ隠居に来たのさ。何もかもちがう場所に隠居したいと思ってね。老人には、昔とちがうものが必要ですよ。若い者には敬遠されるし、おなじ年頃の老人は退屈だしね。だから、わたしに一番向いた所は、目をあければ何もかも珍しい、そういう所だと思った。このガソリン・スタンドだって、あんまり景気がよくなるようだったら、どっか忙しくない淋しい所に移すつもりだよ。まあ食っていけりゃいいんで、問題はそのちがった感じを味わうことだからね」

「いい考えだなあ、おじさん」と、褐色の手をハンドルに置いて、トマスは言った。トマスは上機嫌だった。十日間、新しい植民地で働いて、二日間の休暇をとり、これからパーティへ出かけて行くところなのである。

「わたしはもう何にも驚かないね」と、老人は言った。「眺めてるだけだ。経験してるだけだ。あるがままの火星を認められないやつはさっさと地球に帰ったほうがいい。ここじゃ何もかも妙ちきりんだよ。土も、空気も、運河も、火星人も（わたしは一度も逢ったことがないが、よくその辺にいるそうだね）、時計もね。わたしの時計も変な動き方をするんだ。時間が変なんだね、ここじゃあ。ときどき、あたりに誰もいないような、この惑星の上で一人ぼっちのような気になる。いや、まったく、自分が七つ八つになっちまったような、体まで小さくなったみたいで、あたりのものがすごく大きく見える。いやあ、ここは確かに老人のための土地ですよ。わたしはなんとなく身軽になって、幸せだものね。火星とはなんだか分かりますか。七十年前のクリスマスにわたしがもらった――あんたなんか知らないだろうな――万華鏡というものがあるんだが、それですよ。ガラスと布と南京玉でこしらえたきれいな物でね。日にかざすと、息がつまるくらい面白い。いろんな模様が見えてね！　そう、火星がそれだ。火星は楽しめばいい。今のまま、これを変えずにね。あんた、あそこの街道なんか、火星人が千六百年も昔に作った道だが、今でもしっかりしているだろう。はい、お代は一ドル五十セント。ありがとうございます。お気をつけて」

トマスはひとりでくすくす笑いながら、古代の街道に車を走らせた。

くらやみと山のなかを走る長い道だった。トマスはしっかりとハンドルをにぎり、ときどきランチのバスケットに手をのばして、キャンディをつまんだ。一時間ほど車を走らせたが、ほかの車には一台もあわない。明かりも見えない。車の下をすぎてゆく道路の表面と、車のうなりだけだった。静かな火星。火星はいつも静かだが、今夜はとりわけ静かだった。砂漠と空虚な海が車の脇を走り去った。星空に映る山々の輪郭。

今夜の大気には、時間の匂いがただよっていた。トマスは微笑して、空想をかけめぐらせた。ひとつの考え。時間の匂いとは、どんなものだろう。埃や、時計や、人間に似た匂いか。時間の音とはどんな音か。暗い洞窟を流れる水の音か、泣き叫ぶ声か、うつろな箱の蓋に落ちる土くれの音か、雨の音か。そして、さらに考えれば、時間とはどんなかたちをしているのだろう。時間とは暗い部屋に音もなく降りこむ雪のようなものか、昔の映画館で見せた無声映画のようなものか、新年の風船のように虚無へ落ちて行く一千億の顔か。

時間の匂いと、かたちと、音。そして今夜は——トマスはトラックの外に手を出し、風に触れた——まるで時間に触れることができるようだ。

トラックは、時間の山々のあいだを走っていた。頸が痛み、姿勢を正したトマスは、前方を見守った。

死滅した小さな火星の町へ入ると、トマスは車をとめ、あたりの沈黙を楽しんだ。すわったまま、息を殺して、月明かりに照らされた白い建物を眺めた。何世紀も人の住まぬ建物。完璧で、欠陥がない。廃墟だが、それにもかかわらず、完璧だ。

トマスはまた車のエンジンをかけ、さらに一マイルかそこら走ってから、ふたたび車をとめ、ランチのバスケットを持って外へ出た。そしてあの埃っぽい町を見晴らせる小さな岬へ歩いて行った。魔法瓶をあけて、コーヒーを注いだ。夜の鳥が一羽、すぐそばを飛んだ。ひどく澄みきった、おだやかな気分である。

五分ほど経ったろうか、物音がした。古代の街道がカーブしている山あいに、物の動く気配があった。つづいて、かすかな光、それからつぶやき。

トマスは、コーヒー・カップを持ったまま、ゆっくりと体をひねった。

すると、山のあいだから、奇妙な物が出て来た。

それは翡翠《ひすい》色の昆虫に似た機械で、祈っているカマキリのようなかたちをしていた。冷たい空気をかきわけて、精巧に走ってきた。その体には無数の緑色のダイヤモンドがきらめき、複眼のように輝く赤い宝石がついている。六本の足は古代の街道を走るとき、俄か雨のような音を立てるのだった。その機械の背から、つやのある金色の目をした一人の火星人が、まるで井戸をのぞきこむようにトマスを見下ろした。

トマスは片手を上げて、反射的に心のなかで「こんばんは！」と言ったけれども、くちびるは動かさなかった。なにしろ相手は火星人である。だがトマスは、地球にいた頃、見知らぬ人と青い河で泳ぎ、見知らぬ家で見知らぬ人たちと食事をしたことがあるが、そんなときの武器はいつも微笑だった。トマスは拳銃を携帯したりしない。今も拳銃の必要を認めなかった。いくらか恐怖を感じたことは感じたが。

火星人も、手に何も持っていなかった。一瞬、冷たい空気をへだてて、二人は見つめ合った。

最初に動いたのはトマスだった。

「こんばんは！」と大声で言った。

「こんばんは！」と、火星人は火星語で言った。

おたがいにさっぱり分からない。

「こんばんはと言ったんですか」と、二人が同時に訊ねた。

「え、なんですって？」と、それぞれのことばで二人は訊き返した。

そして二人とも眉をひそめた。

「あなたはどなたですか」と、トマスが英語で言った。

「ここで何をしてるんですか」と、火星人のくちびるが火星語を発した。

「どこへ行くところです」と、二人は言い、困った表情になった。

「わたしはトマス・ゴメスです」

「わたしは、ムーへ・カー」

どちらも意味は分からないが、ことばで胸を叩くと、はっきりしたような気がした。

すると火星人は笑った。「ちょっと待って下さい」トマスは頭をさわられたような気がしたが、相手の手は触れなかった。「これでよし！」と、火星人が英語で言った。「これでよく分かるでしょう！」

「わたしの言葉をずいぶん早くおぼえましたね！」

「全然おぼえませんよ！」

二人はまた黙りこみ、ちょっと当惑した表情になった。トマスは湯気の立つコーヒーのカップを手に持っている。

「それはなんですか」と、コーヒーとトマスを半々に見ながら、火星人は言った。

「一杯あげましょうか」と、トマスは言った。

「ください」

火星人は乗りものから下りた。

もう一つのカップに、湯気の立つコーヒーが注がれた。トマスはそれを差し出した。二人の手が合い——霞のように——相手の手を通りぬけた。

「わあっ！」と、トマスは叫び、カップをとり落とした。

「なんたることだ！」と、火星人は火星語で言った。

「今のを見ましたか」と、二人はささやいた。

二人ともぞっと寒気を感じた。

火星人はかがみこみ、カップに触れようとしたが、触れることができない。

「ああ！」と、トマス。

「ほんとうだ」火星人は何度も何度もカップをつかもうとするが、どうしてもつかめない。立ちあがり、ちょっと考えてから、腰のベルトからナイフをとりだした。「おい！」と、トマスが叫んだ。「誤解しないで下さい、これをつかんでみてくれませんか！」と、火星人は言い、ナイフを投げた。トマスはてのひらで受けとめようとした。ナイフはトマスのてのひらを通りぬけ、地面に落ちた。トマスはそれを拾おうとしたが、拾えない。身ぶるいしながら、手を引いた。

トマスは、夜空を背景にした火星人の姿を見つめた。

「星だ！」と、叫んだ。

「星だ！」と、火星人もトマスの姿を見て叫んだ。

星々は、火星人の肉体の向こう側に、白く光っていた。それは、ゼラチン質の海魚の腹に呑みこまれた餌のように、火星人の肉体を透かして光っていた。火星人の胃や胸に、紫色の星がきらめき、手首のあたりにも宝石のような星が見えた。

「透けて見える！」と、トマスは言った。

「あなたも透けて見える！」と、火星人が一歩しりぞいて言った。

トマスは自分の体にさわり、あたたかみを感じ、安心した。おれは実在している。

火星人は、自分の鼻やくちびるにさわった。「わたしには肉体がある」と、なかば声に出して言った。「わたしは生きている」

トマスは見知らぬ相手を見つめた。「わたしが実在しているなら、あなたは死んでいるはずだ」

「いや、それはあなたです！」

「お化けだ！」

「亡霊だ！」

二人はたがいにゆびさし合い、そのあいだにも星々の光は、二人の手足のなかで、短剣のように、氷柱のように、ホタルのように燃えた。二人はもう一度、自分らの手足を確かめた。二人とも、自分は完璧で、欠けたところなく、あたたかく、血が通っていると思った。とすれば、ああ、相手は非実在なのだ。遠い世界の蓄積された光を放つ亡霊のプリズムなのだ。

おれは酔ってるのかな、トマスは思った。あしたになっても、こんな話はだれにもしないでおこう、するものか。

古代の街道の上で、身動きもせずに、二人は向き合っていた。

「あなたはどこから来たのですか」と、ようやく火星人が言った。

「地球」

「それはどこです」

「あそこですよ」トマスは空を指した。

「いつ来ました？」

「もう一年も前です、知らないんですか」

「知りません」

「あなた方は、少数をのぞいて、みんな死滅していました。あなたはその少数のなかのお一人でしょう？」

「そんなことはありません」

「いや、死滅しました。死体を見ましたからね。部屋のなかで、家のなかで、まっくろになって死んでいましたよ。何千、何万という死体でした」

「それはおかしいな。わたしたちは生きていますよ！」

「あなた方は侵入されたのに、あなたはそれを知らないんだ。どこかへ避難していたんじゃありませんか」

「避難なんかしませんよ。どこへ逃げる必要もなかった。いったいそれはなんの話です。今夜はエニマル山のそばの運河でお祭りがあるんです。それに出かけるところです。ゆうべもそこへ行きましたよ。あの町が見えませんか」火星人はゆびさした。

トマスはその方向を眺め、廃墟を見た。「あの町はもう何千年も前に死滅したんでしょう」

火星人は笑った。「死滅か。わたしがゆうべ、あそこで寝たのに!」

「わたしは先週も、先々週も、あそこへ行きました。ただの廃墟です。こわれた柱が見えるでしょう?」

「こわれた? ちゃんと立っています。月の光でよく見える。柱はまっすぐ立っています」

「街路は埃だらけだ」と、トマスは言った。

「街路はちゃんと清掃されています!」

「そこの運河には水がない」

「運河には、ラベンダー葡萄酒が、なみなみとあふれています!」

「死滅している」

「生きていますよ！」と、火星人はまた笑いながら言った。「ああ、あなたは嘘ばかりおっしゃる。あのお祭りのあかりが見えないのですか。女のようにほっそりした美しいボートがあり、ボートのようにほっそりした女たちがいます。砂の色した女、手に炎の花を持った女。あそこの街路を走っている女たちの小さな姿が、よく見えるじゃありませんか。これからあの祭りへ行くのですよ、わたしは。一晩中、舟遊びをするんです。歌ったり、飲んだり、恋をしたり。あれが、あなたには見えないのですか」

「あの町は、干からびたトカゲのように死滅しています。われわれの誰にでも訊いてごらんなさい。わたしは今晩、緑の町へ行くんです。イリノイ街道のそばに建設した新しい植民市です。あなたは、それとまちがえておられるんじゃありませんか。われわれは、オレゴン州の材木を何百万フィートも持ちこみ、鋼鉄の釘を何十トンも運び、未曾有の美しい村を二つも作ったんです。今晩は、その一つでパーティがあるんですよ。地球からロケットが二台来て、われわれの女房や恋人が着いたんです。ダンスをしたり、ウィスキーを飲んだり――」

火星人はすこし不安の色を示した。「その町は、あっちのほうなんですね」

「ロケットが見えますよ」トマスは火星人を丘のはずれまで連れて行き、ゆびさした。

「ね？」

「見えない」

「じれったいな、あるじゃありませんか！　あの細長い銀色の物ですよ」

「見えない」

今度はトマスが笑った。「あなたは、目が見えないのだ！」

「わたしの目はよく見えます。見えないのはあなただ」

「それなら、新しい町が見えるでしょう」

「海しか見えない。引潮の海です」

「冗談じゃない、四千年も昔に涸れた海なのに」

「ああ、ああ、よして下さい」

「ほんとなんですって」

火星人は非常に真剣な顔つきになった。「もう一度言って下さい。わたしがさっき描写したような町は、あなたには見えないのですね？　白い柱、ほっそりしたボート、祭りのあかり——ああ、こんなによく見えるのに！　聴いてごらんなさい！　歌声です。こんなに近く聴こえる」

トマスは耳をすまし、首を横にふった。「聴こえない」

「それで、わたしには、逆に」と、火星人は言った。「あなたのおっしゃる物が見えない。これはどういうことだろう」

二人はぞっとした。体を寒気が走った。

「ひょっとすると……？」

「なんです？」

「〝空から来た〟とおっしゃいましたね」

「地球からです」

「地球、ただの名前です、なんでもない」と、火星人は言った。「しかし……一時間ばかり前に、峠を上って来たとき……」火星人はうなじに触れた。「なんだか……」

「寒気を感じましたか」

「そうなんです」

「今は？」

「また寒気です。妙だな。明かりにも、山にも、道にも、何か妙なところがありました」と、火星人は言った。「変な気分になったのです。一瞬、自分がこの世界に住む最後の人間であるような……」

「わたしもそう感じた！」と、トマスは言った。それは竹馬の友と、共通の話題を楽しんでいるようだった。

火星人は目をとじ、またひらいた。「とすると、結論は一つです。これは何か、時間と関係のあることなのです。そう。あなたは過去の幻影なのだ！」

「いや、あなたが過去の人ですよ」と、もう余裕をもって地球人は言った。

「ずいぶん自信があるのですね。だれが過去の人間であり、だれが未来の人間であると、どうやって証明できます。今年は何年ですか」

「二〇三三年です！」

「それがわたしにはなんの意味があります？」

トマスは考え、肩をすくめた。「ないでしょうな」

「今年は四四六二八五三SECだと、あなたに言ってもなんの意味もないのと、おなじことです。無ですよ、無以上ですよ！　星の位置を教える時計はどこにありますか」

「しかし廃墟が証拠じゃないかな！　わたしが未来の人間であり、わたしが生きていて、あなたが死んでいるということは、廃墟が証明しています！」

「ところが、わたしのすべては、それを否定しています。わたしの心臓は悸《う》っているし、胃は飢えを感じるし、喉は渇きます。そう、死んでいるのではない、生きているのでもない。わたしたち二人ともそうです。しかし、生きているというほうが近いでしょう。あいだに捉えられた、といえば一番正確でしょうか。夜のなかで擦れちがった二人の見知らぬ者たち。それだけです。擦れちがった二人の見知らぬ者たち。廃墟ですって？」

「そう。こわいんですか」

「未来を見たがる人がどこにいますか。未来を見た人はどこにいますか。人は過去を見ることはできるけれども——柱がこわれているんですって？　海は涸れていて、運河は干あがって、女たちは死に、花はしぼんでいるのですか？」火星人は口をつぐんだが、すぐ前方を見つめた。「しかし、あそこにある。わたしには見える。それだけで、わたしには充分じゃないですか。あなたがなんとおっしゃろうと、みんながわたしを待っている」

　トマスも待たれていた。ロケットが、町が、地球から来た女たちが、トマスを待っているのだ。

「わたしたちは意見一致しませんね」と、トマスは言った。

「意見一致しないという点で意見一致しましょう」と、火星人は言った。「わたしたちが生きてさえいれば、だれが過去であろうと未来であろうと、そんなことがなんでしょう。来たるべきものは、いずれも来るのです。あしたか、あるいは一万年あとに、あそこの寺院が、今から一万年あとのあなた方の寺院でないと、どうして言い切れます？　言い切れないでしょう。それなら、疑問を抱かぬことです。それはそうと、夜は短い。祭りの火が空に映っています。鳥が啼いています」

　トマスは手を差し出した。火星人もそれを真似た。

　二人の手は触れなかった。相手の手を通りぬけた。

「また逢えるでしょうか」

「分かるものですか。また、いつかの晩、逢えるかもしれない」

「あなたのお祭りに行ってみたいな」

「わたしも、あなたの新しい町へ行って、そのロケットとやらを見たり、いろんな人からいろんな話を聞きたいですよ」

「さようなら」と、トマスが言った。

「おやすみなさい」

火星人は、緑色の金属の乗りものを操って、静かに山のなかへ去った。地球人はトラックに乗って、音もなく反対方向へ出発した。

「やれやれ、なんという夢だったろう」と、トマスは溜息をつき、ハンドルを握って、ロケットのこと、女たちのこと、生《き》のウィスキーのこと、ヴァージニア踊りのこと、パーティのことを考えた。

なんという奇妙なまぼろしだったろう、と火星人は乗りものを走らせ、お祭りのこと、運河のこと、ボートのこと、金色の目をした女たちのこと、唄のことを考えた。

夜は暗かった。月はすでに沈んだ。星はまたたき、街道には、物音も、車も、人も、何もなかった。冷たい暗い夜のあいだ、その光景には変化がなかった。

二〇三三年十月　岸

火星は遠い岸であり、人々は波となってそこに打ち寄せた。一打ちごとに波の性質は変化し、つよまった。第一の波は、宇宙の冷たさと孤独に馴れた人たちをもたらした。脂がぬけ、年月に肉をそぎ落された顔、釘の頭そっくりの目、古手袋の布地のような手をした無頼漢や、牛飼いたちである。火星も、この人たちを痛めつけることはできなかった。なにしろ火星の平原に匹敵する大草原を見馴れていた人たちなのである。かれらは火星へやって来て、あとにつづく人たちを元気づけるために、わずかな足場をこしらえた。がらんどうの窓にガラスをはめ、ガラスの内側に明かりをつけた。

それが最初の男たちである。

最初の女たちがどんな女であるかは、だれもが知っていた。

第二の波は、ちがった言葉と思想をもつ、ほかの国の人たちをもたらすべきだったのだ。だがロケットはアメリカ製であり、それに乗ってきた人々もアメリカ人であり、この状態は永くつづいた。ヨーロッパや、アジアや、南アメリカや、オーストラリアや、島々の人たちは、ローマ花火の打上げをただ見守っていた。ほかの世界は、戦争や、戦争準備に忙しかった。

そこで第二波の人々もアメリカ人だった。都会の安アパートや地下鉄からやって来たかれらは、草原地方から来た口数のすくない人たちと逢うと、心のやすらぎを感じるのだった。なにしろ永いことニューヨークの自動車や地下鉄や狭い部屋のなかで押しつぶされていた人たちである。

そして第二波のなかには、神への道を歩むようなまなざしの一群の人々がいた……

二〇三三年十一月　火の玉

　夏の夜の芝生に、炎が立ちのぼった。一瞬、叔父や叔母の顔が照らし出される。ポーチに腰かけた従兄弟《いとこ》の目がきらりと光り、その褐色のひとみのなかを花火が落ちてくる。燃えかすの冷たい棒は、遙か彼方の牧草地に落ちる。

　大主教ジョゼフ・ダニエル・ペレグリン神父は、目をあけた。なんという夢だろう。オハイオ州の祖父の家で、従兄弟《いとこ》たちと花火を見物したのは、あれはずいぶん昔のことである！

　横たわったままの姿勢で、神父は大きな教会の深夜の気配にじっと耳をすましていた。ほかの小部屋には、ほかの神父たちが寝ている。かれらもまた、ロケット〈十字架〉号の出発の前夜にあたって、七月四日（アメリカ独立記念日）の思い出にひたっているのだろうか。そう、この夜は、ちょうど独立記念日の夜に似ている。花火を待ちかねて、露に濡れた歩道にとびだし、ぜがひでも打ち上げの瞬間をとらえようとした、あの夜。

　今、監督《エピスコペイリアン》派の神父たちは、胸おどらせながら、夜明けを待っていた。あしたの朝、かれらは火星へ出発するのである。宇宙空間というビロード状の大伽藍に、ロケットの香煙を焚きながら、飛んで行くのである。

「やはり行かねばならぬのか」と、ペレグリン神父はつぶやいた。「われらは、われら自身の罪を、この地上で解決すべきではないのか。これは地球上の生活からの逃避ではないのか」

神父は身を起こした。イチゴと、ミルクと、ビフテキを寄せ集めたような、その肥えた体が、重々しく動いた。

「それとも、これは怠惰か」と、神父は考えた。「わたしはこの旅行をこわがっているのか」

神父は、針のようなシャワーの水に身を濡らした。

「だが、肉体よ、わたしはお前を火星へ連れて行くぞ」と、神父はおのれ自身に言った。「古い罪はここに残して行く。そして、火星では新しい罪が見つかるのか」それはほとんど喜ばしいほどの考えだった。いまだかつて誰も知らなかった罪。そう、ペレグリン神父は『他の世界における罪の問題』と題する小冊子を著わしたことがある。その著書は、監督《エピスコペィリアン》派の同僚の神父たちには、たいして評価されなかった。

ただ昨夜、寝しなに葉巻を吸いながら、ペレグリン神父はストーン神父とその問題を論じ合ったのである。

「火星では、罪は美徳として存在しているかもしれない。われらは美徳をむしろ警戒しなければなるまいね。それが実は罪であったと、あとになって判明しないともかぎらない！」と、ペレグリン神父は晴れやかな表情で言った。「なんと愉快じゃないか！　火星の歴史上初めて、われらは宣教師として入植するのだから！」

「すくなくともわたしは罪を見分けるつもりです」と、ストーン神父は曖昧な声で言った。「たとえ火星へ行っても」

「むろん、われら僧職にある者は、みずからリトマス試験紙であることを誇りにしている。罪の存在を敏感に色にしめすリトマス試験紙です」と、ペレグリン神父は答えた。「しかし、万が一にも、火星の化学からすると、われらの色がまったく変わらないとしたら？　火星に新しい感覚が存在すると仮定すれば、われらに容易に判別しがたい罪というものの可能性をも認めざるを得ない」

「主体的な悪意がないところには、罪や罰もまたあり得ません——主はわれらにそれを保証しておられます」と、ストーン神父は応じた。

「地球では、そのとおり。しかし、火星における罪は、表面的にはなんの悪意も見せずに、人間の意識に自由を許しておいて、実は無意識的に、精神感応《テレパシー》的に、悪を感染させるものかもしれない！　そうだとしたらどうするかが問題だ」

「未知の罪といっても、いったいどんなことが考えられますか」

ペレグリン神父はぐっと体を乗り出した。「いいですか、アダム一人では罪は成り立たない。イブを持ってくれれば、そこに誘惑という罪が生まれる。もう一人の男性を持ってくれば、そこにはたぶん姦通という罪が生じる。つまり性《セックス》や第三者が罪を生むのです。それから、もし腕というものがなければ、人間は他人を絞め殺すことができない。すなわち、殺人という罪はあり得ない。ところが、腕というものを人間に付け加えた途端に、そこには新しい暴力の可能性が生じる。アミーバは分裂生殖をするから、罪を犯さない。他人の妻を寝取ったり、たがいに殺し合ったりする必要がないのだからね。したがって、アミーバに性《セックス》を付け加え、腕や足を付け加えれば、殺人なり姦通なりが新たに生まれはしないだろうか。腕や足や第三者を付け加え、または取り去れば、悪を付け加え、または取り去ることになりはしないだろうか。火星の世界に、もしかりに新しい五感や、器官や、われらには思いもよらぬ透明な手足などが存在するとすれば——そこには五つの新しい罪がありはしないだろうか」

ストーン神父は喘いだ。「変なことを考えて楽しむものではありません！」

「わたしは精神を活動させているだけだ、ストーン神父。それだけですよ」

「あなたの精神はまるで手品のようですね。鏡や、松明《たいまつ》や、皿をあやつる手品です」

「そう。なぜならば、われらの教会はしばしばサーカスの活人画のように見えるからね。幕があがると、おしろいやドーランを塗りたくった人たちが、凍りついたようにじっと立って、抽象的な美というものを表現したつもりでいる。それはそれで非常に結構。しかし、わたしの希望としては、そういう凍りついた立像のなかを、自由に走りまわりたい。そうじゃないかな、ストーン神父？」

ストーン神父はそっぽを向いた。「もうそろそろ寝《やす》みましょう。数時間後には、その新しい罪を調べに出掛けねばなりません、ペレグリン神父」


ロケットの出発準備がととのった。

肌寒い朝の勤行《ごんぎょう》を終えて、神父たちがぞくぞくと集まって来た。ニューヨークや、シカゴや、ロサンジェルスから来た優秀な神父たちは——教会は選り抜きの神父を派遣するのである——町を横切って、霜のおりた空港へ急いだ。ペレグリン神父は、歩きながら、老司教のことばを思い出していた。

「ペレグリン神父、あなたはストーン神父を補佐役として、この宣教団の長《おさ》をつとめて下さい。あなたにそのような重大な役割を与える理由は、残念ながら、わたし自身にも漠としておりますが、もちろん、他の惑星における罪についてのあなたの著書というものが、見過ごされたはずもありませぬ。あなたは応用のきくお方です。そして火星は、いわば、われらが数千年にわたって放置してきた不潔な物置です。そこでは、あたかも古道具屋のように罪がひしめきあっているに相違ない。火星は地球よりも年齢が二倍も上ですから、したがって、土曜の夜の乱痴気さわぎも、白アザラシのような裸の女たちも、地球の二倍の規模で存在するにちがいないのです。不潔な物置をあけると、そういうもろもろの物がわれらに襲いかかってくる。われらに必要なのは、応用と機転のきく——敏速な人物です。あまりにも独断的な人物は、この場合、役に立たない。あなたなら弾力性に富んでおられる。ペレグリン神父、この仕事はあなたのものです」

老司教と神父たちはひざまずいた。

祝福のことばがとなえられ、ロケットにはかたちばかりの聖水が注がれた。立ちあがった老司教は、一同に語りかけた。

「あなた方は神と共に行き、火星の住人たちに神の真理を授けるがよい。思慮深い旅を祈ります」

二十人の男たちは、僧服のきぬずれの音もしめやかに、老司教の前を一列にならんで通過し、そのあたたかい手をにぎりしめてから、消毒されたロケットに乗りこんだ。

「もしかすると」と、最後の瞬間にペレグリン神父は言った。「火星はまことの地獄であるのかもしれない。われらの到着を待って、硫黄の劫火が噴出するのかもしれないよ」

「神よ、われらと共にあれ」と、ストーン神父は言った。

ロケットは動き始めた。

宇宙空間を通りすぎることは、およそ世界でいちばん美しい大伽藍の内部を歩むようなものだった。火星に接触することは、教会で神への祈りをすませたあと、ふつうの歩道の敷石に足を踏みおろすようなものだった。

神父たちは、煙を吐くロケットから出て、火星の砂にひざまずいた。ペレグリン神父は感謝の祈りを捧げた。

「主よ、あなたの部屋部屋を通りぬけたわたしどもの旅行が、ぶじに終わりましたことを感謝いたします。主よ、わたしどもは新しい土地に下り立ちましたがゆえに、新しい目をもたねばなりません。新しい音を聴くがゆえに、新しい耳をもたねばなりません。そして新しい罪のためには、より良き、より堅き、より浄き心をお授け下さいますよう。アーメン」

一同は立ちあがった。

海底の生物を研究する学者たちのように、一同はそろそろと火星の表面を歩き出した。ここは未知の罪がひそむ領域である。この新世界にあっては、注意にも注意を重ねなければならない。ひょっとすると、歩くことそのものが罪であるかもしれないではないか。呼吸すること、走ること、あらゆる行動を慎重にしなければならぬ！

〈第一の町〉の町長が手をひろげて出迎えた。「ペレグリン神父、なんの御用でございますか」

「わたくしどもは火星人について知りたいのです。火星人について知らなければ、教会を巧みに組織することはできません。火星人の身長が十フィートもあったら？　教会のドアは大きくなりましょう。火星人の肌の色が、青か、赤か、緑であったら？　教会のステンド・グラスの色を加減しなければなりますまい。火星人の体重が非常に重かったら？　教会の座席を頑丈に作らねばなりません」

「神父さん」と、町長が言った。「火星人のことは、そんなに気をおつかいになる必要はありません。火星人には、二つの種族があるのです。第一の種族は、ほとんど滅亡しかかっています。少数が人目を避けて生活しているにすぎません。そして第二の種族は——そう、第二の種族は生物ではないのです」

「ほほう」ペレグリン神父の胸の鼓動が速まった。

「まるい火の玉なのです、神父さん。あのへんの山に住んでいます。人間かけものか、正体はだれにも分かりません。しかし、噂によりますと、あたかも理性あるもののごとく行動するそうです」町長は肩をすくめた。「もちろん、それは生物ではないのですから、そんなもののことはお気にかけなくても——」

「いや」と、ペレグリン神父がすかさず言った。「あたかも理性あるもののごとく、とおっしゃいましたね」

「こんな話があります。山の調査に行っていた技師が、足を折って、動けなくなりました。

そのまま山のなかで死んだかもしれないところでした。ところが、青い火の玉が技師に近寄って来たのです。気がついてみると、技師は街道に横たえられていました。どうやって山を下ったか、まったく分からないそうです」

「酔っていたのだ」と、ストーン神父が言った。

「ただの噂話です」と、町長は言った。「ペレグリン神父、ほとんどの火星人が死に絶え、あとはその青い火の玉だけなのですから、火星人のことはあとまわしになさって、ひとまず〈第一の町〉へいらしていただけませんか。現在の火星は新開地です。昔の地球で申しますと、アメリカの西部とか、アラスカとかのような開拓地なのです。おおぜいの人間たちが集まっております。二千人ほどの機械技師や、炭坑夫や、日雇い労働者たちには、ぜひとも宗教が必要です。よこしまな女たちが町に入って来ておりますし、年代ものの火星ワインがたくさんありますし――」

ペレグリン神父は、青くつらなる山脈を凝視していた。

ストーン神父は咳払いをした。「どういたしましょう、神父？」

ペレグリン神父には、そのことばがきこえなかったらしい。「青い火の玉ですと？」

「そうです、神父さん」

「ああ」と、ペレグリン神父は溜息をついた。

「青い火の玉か」ストーン神父はあたまをふった。「まるでサーカスだ！」

ペレグリン神父は手首が脈打つのを感じた。一方には、なまなましい罪のあふれる新開地があり、他方には、古めかしい、いや、もしかすると、もっとも新しい罪のひそむ山がある。

「町長さん、あと一日だけ、労働者たちには地獄の火に焼かれていてもらえますまいか」

「かしこまりました、首をながくしてお待ちいたします」

ペレグリン神父は山の方角を指した。「では、わたしどもはあちらへ参ります」

神父一同の口からつぶやきが漏れた。

「町へ行くことは、むしろ楽なのです」と、ペレグリン神父は説明した。「もしも主がここへ来られたとして、〝この道は荒れております〟とだれかが申し上げてごらんなさい。主はたぶんこうお答えになるにちがいない。〝では草を抜きましょう。わたしは道をつくります〟」

「しかし——」

「ストーン神父、罪ある人々のかたわらを通りすぎるとき、手を差しのべることすらしなかったとすれば、それはわれらの良心の重荷となるではありませんか」

「しかし、相手は火の玉です！」

「人間も初めて地上にあらわれたときは、他の動物には奇妙なかたちに見えたでしょう。そのぶざまな恰好にもかかわらず、人間には魂がある。したがって、実際に調べてみるまでは、その火の玉にも魂があると仮定しようではありませんか」

「わかりました」と、町長は言った。「しかし、いずれにしろ、町には来ていただけるのですね」

「たぶん、そうなると思います。とにかく、先に朝食をいただきます。食事がすんだら、ストーン神父、あなたとわたしは二人だけで山へのぼります。その火の玉の火星人たちを、機械や群集でおびやかしてはならない。では、食事にしましょう」

神父たちは黙って食事をした。

日が暮れる頃、ペレグリン神父とストーン神父は、高い山のいただきに着いた。二人は足をとめ、石に腰かけて、ほっと息をついた。火星人はまだあらわれない。二人は漠然たる失望を感じていた。

「いったい——」ペレグリン神父は顔の汗をぬぐった。「もしもわれらが〝こんにちは！〟と呼びかけたら、火星人たちは返事をするだろうか」

「ペレグリン神父、いつまでこんなわるふざけをつづけるつもりですか」

「主がわるふざけをやめられるまではね。ああ、そんなにおどろかなくてもよろしい。神はふざけるのがお好きです。まったく、愛すること以外に、神は何をなさるだろう。それに、愛はユーモアとつながってはいないだろうか。だいたい、人を愛するということは、その人間を我慢できるということだ。そして、ある人間を我慢できるということは、その人間のすることを笑って許せるということだ。そうではないだろうか。われらは神の創り給うた世界というボウルのなかで浮きつ沈みつする哀れな生物です。そのわれらが神に愛されるとすれば、それはわれらが神のユーモアに訴えるところがあるために相違ない」

「ユーモアのある神などというものを、わたしは考えたことがありません」と、ストーン神父は言った。

「カモノハシや、ラクダや、ダチョウや、人間を、お創りになったお方だよ。ああ、考えるだけでも愉快じゃないかね！」ペレグリン神父は笑った。

だが、そのとき、黄昏《たそがれ》の山なみのあいだから、道案内の青いランプのように、問題の火星人たちがあらわれたのである。

ストーン神父が先に発見した。「ごらんなさい！」

ペレグリン神父はふりかえった。笑いがそのくちびるから消えた。

きらめく星たちのあいだで、まるい青い火の玉たちがゆらゆらと揺れている。

「ばけものだ！」ストーン神父は跳びあがった。だがペレグリン神父に押しとどめられた。

「待ちなさい！」

「早く町へ帰りましょう！」

「いや、ちょっと待ちなさい！」と、ペレグリン神父は言った。

「おそろしくないのですか！」

「こわがってはいけない。これもまた神の御業《みわざ》です！」

「悪魔の仕業です！」

「ちがう。まあ、しずかに！」ペレグリン神父はストーン神父をなだめ、二人は地面にうずくまって、おぼろげな青色の光を見上げた。火の玉はだんだん近寄って来た。

　またもや独立記念日の夜だ、と身ぶるいしながらペレグリン神父は思った。七月四日の夜を迎えた子供の興奮が、ふたたび神父の心によみがえった。夜空に炸裂する花火、星とまごう火の粉。震動にふるえる窓ガラスは、池のおもての氷のようだ。空にむかって「ああ！」と叫ぶ叔父、叔母、従兄弟《いとこ》たち。夏の夜空の色。そして、やさしい祖父が火をともし、大きなやさしい両手で支えた火気風船（球のなかの空気を熱して上昇させる）。ああ、あのきれいな風船の思い出。ほのかに光り、あたたかく波打つ、昆虫の翅《はね》に似た布地。それは、きちんと折りたたまれ、箱におさめられている。興奮の一日が暮れる頃、そっと箱から出され、注意ぶかく拡げられる。青や、赤や、白の、古めかしい火気風船！　とうにあの世へ行った、なつかしい人たちのおぼろげな顔。やさしい祖父は、ちいさなロウソクに火をともす。あたたかい空気が、祖父の手の中の風船を、すこしずつふくらます。風船はキラキラ光り始める。今にも飛び立ちそう。いったん人の手から離れれば、もうおさらばだ。来年の七月四日まで。ちいさな「美」が消える。あがってゆく、あがってゆく。あたたかい夏の夜の星座のなかを、火気風船がただよってゆく。見送る人々はことばもなく、ひたすらその姿を目で追う。草ぶかいイリノイ州の田園を越えて、夜の河を越えて、眠ったような大邸宅を越えて、永遠に去ってゆく火気風船……

ペレグリン神父は、目に涙があふれてくるのを感じた。頭上には、火星人がいる。一個ではない、千個もある風船の群れ。それがゆらゆら揺れている。ふりかえれば、なつかしい祖父の姿が見えるのではあるまいか。「美」を凝視する祖父の姿が。

しかし、そこにいたのはストーン神父だった。

「逃げましょう、ペレグリン神父！」

「いや、かれらに話しかけてみる」ペレグリン神父は立ちあがった。けれども、何を話しかけたらよいのか。その昔、火気風船を見上げたとき、ペレグリン神父は心のなかで、「お前たちは美しい、お前たちは美しい」とつぶやいたものだった。だが、今の場合は、それでは用が足りない。ペレグリン神父はやむなく両手を高く差し上げ、空にむかって叫んだ。

「こんばんは！」

火の玉の群れは、暗い鏡にうつった火影《ほかげ》のように燃えている。とこしえに虚空にただようガス状の奇蹟。

「わたしどもは神の教えを伝えに来ました」と、ペレグリン神父は空にむかって言った。

「馬鹿な、馬鹿な、馬鹿な」ストーン神父は、手の甲を噛んだ。「お願いですから、ペレグリン神父、やめてください！」

と、燐のような火球たちは、山頂の方へ移動し始めた。みるみるうちに、それらの姿はかき消えた。

ペレグリン神父は、もういちど呼びかけた。その声のこだまが、山頂の岩をゆるがした。次の瞬間、ちいさな岩がパラパラと落ちて来た。と見るまに、雷のような音を立てて、巨大な岩のかたまりがなだれ落ちてくる。

「ごらんなさい、だから言わないこっちゃない！」と、ストーン神父が叫んだ。

うっとりしていたペレグリン神父は、たちまち蒼白になった。走らなければ、岩に押しつぶされる。あと数フィート。ああ、主よ、とつぶやいた刹那、岩がのしかかって来た！

「ああ！」

二人の神父は小麦のモミガラのようにはねとばされた。一瞬、青い火の玉がゆらめき、つめたい星の光が見え、轟音が鳴りわたった。二人は二百フィートほど離れた岩棚から、自分たちの体が埋められてしまったはずの数トンの岩塊を、茫然と見つめた。

青い火の玉は、影もかたちもない。

二人の神父は抱き合った。「どうしたんだろう」

「青い火の玉が助けてくれたんだ！」

「走って逃げたのです。それで助かったのです!」

「いや、火の玉に救われたんだ」

「まさか!」

「それにまちがいない」

空はがらんとしていた。巨大な鐘が鳴りやんだあとのような感じ。しびれるような反響が、二人の歯や骨にのこっている。

「ここから逃げましょう。こんなことをしていては、いのちがあぶない」

「ストーン神父、わたしは死を恐れぬ生活をつづけてきたのだ」

「しかし無益です。あの青い火の玉は、こちらが呼びかけると、すぐ逃げてしまう。無駄です」

「いや」ペレグリン神父はかたくなに言った。「とにかく、われらのいのちの恩人だ。それをもってしても、あの火の玉たちに魂があることは証明された」

「それはただの可能性です。さっきは何もかも混沌《こんとん》としていました。われわれ自身が走って逃げおおせたのかもしれないのに」

「ストーン神父、かれらはやはり動物じゃない。動物はいのちを救ったりしない。特に見知らぬ人間のいのちを。ここには憐れみと同情がある。あしたになれば、もっといろいろなことが分かるかもしれない」

「どんなことが分かるのです？　どうやれば分かるのです？」ストーン神父は疲れきっていた。心身ともに疲労していることは、その不機嫌な顔にあらわれていた。「ヘリコプターであの連中を追いかけて行って、聖書を読んできかせますか？　あの連中は人間ではないのですよ。われわれのような目や、耳や、肉体を持っていないのですよ」

「しかし、何かしら予感がする」と、ペレグリン神父は答えた。「偉大な啓示がまぢかに迫っているような気がする。かれらは、わたしたちを救ってくれた。つまりかれらには思考があるということだ。すなわち、われらを生かすか殺すか選択するだけの能力がある。すなわち、自由意志の存在が証明されたのだ！」

ストーン神父は煙にむせながら、焚き火をたき始めた。「それなら、ガチョウのための修道院でもつくりますか。ブタのための教会を建てますか。顕微鏡のなかに礼拝堂をしつらえて、ゾウリムシにお祈りをさせますか。鞭毛虫に福音を説きますか」

「なんということを、ストーン神父」

「申しわけありません」ストーン神父は煙にいぶされた赤い目をしばたたいた。「しかし、まったく、これは自分が食われる前にワニを祝福してやるようなものです。宣教団ぜんたいの運命はどうなりますか。われわれは〈第一の町〉へ行って、男たちの喉からアルコールを洗い流し、その手から香水の匂いをとりのぞくべきです！」

「あなたには、非人間的なものにおける人間性ということが分からんのだな」

「わたしが分かりたいのは、むしろ人間的なものにおける非人間性です」

「だが、あの火の玉にも罪があり、道徳があり、自由意志があり、知性があることが証明されたら？　そしたらどうするね、ストーン神父？」

「それがはっきり分かれば、もちろん事情はちがってくるでしょうね」

夜の空気は急速に冷え始めた。二人の神父は、さまざまなことを空想しながら、焚き火をかこんでビスケットとイチゴを食べ、まもなく服を着たまま横になった。頭上には、星がきらめいている。眠りにおちるまえに、何かペレグリン神父を困らすことを言ってやりたいと、あれこれ考えていたストーン神父は、やがて寝返りをうち、燃えつきた焚き火の跡を見つめながら言った。「火星にはアダムもイブもいません。原罪がない。あの火星人たちは、ひょっとすると、神の恵みをいっぱいに受けて生きているのではないでしょうか。だとすれば、われわれは町へ戻って、地球人の救済にとりかかってもいいはずです」

ストーン神父は腹立ちまぎれに、わたしを困らせる気だ、とペレグリン神父は思い、神よ許したまえ、と心のなかで祈った。「そうだ、ストーン神父。しかし火星人は、われわれ地球人の開拓者を殺したことがある。それは罪にまちがいない。そのほかにも、何かしら原罪があり、火星独特のアダムとイブがあるはずだ。それを見つけなくてはいけない。不幸なことに、生きものは、たとえどんなかたちをしていようと生きものであり、罪におちいりやすいのです」

だがストーン神父は眠ったふりをしていた。

ペレグリン神父は目をとじなかった。

あの火星人たちを地獄へ堕としてはならない。それはもちろんのことだ。だが、新開地の町では、目を光らせ、白い牡蠣《かき》のような体をした女たちが、孤独な労働者たちと一つのベッドに寝て、罪にふけっている。われらはいささか良心と妥協して、町へ帰るべきではないのか。町こそ聖職者の行くべき場所ではないのか。こんな山のなかへ入って来たのは、わたしの個人的な気まぐれではないのか。わたしは本当に神の福音を思っているのか。これが単に個人的な好奇心の渇をいやすための行為であるとしたら？　あの青い火の玉たち――あれらはわたしの心のなかの思い出と符合していた！　なんというむずかしい課題だろう、仮面の下の人間を見つけ出すとは。非人間の裏側の人間性を見いだすとは。だが、もしもわたしが、わたしは青い火の玉をすら信仰にみちびいたと自慢するとしたら？　なんという虚栄の罪だろう！　まさに苦行に価する罪だ！　けれども人は愛ゆえの虚栄におちいることが珍しくない。わたしは神を愛している。わたしはほんとうに幸せだ。ほかの誰も彼もが幸せであってほしい。

眠りにおちるとき、ペレグリン神父は、青い火の玉たちが戻ってくるのを見た。やさしく子守唄を歌ってくれる天使たちのように、ゆらゆら群がってくる火の玉たち。

朝早く、ペレグリン神父が目をさますと、青い火の玉たちはまだそこにいた。

ストーン神父は前後不覚に眠っている。ペレグリン神父は、虚空に浮かび、こちらを眺めている火星人たちを見守った。かれらは人間だ——まちがいない。しかし、そのことをなんとか証明せねばならぬ。さもないと、あの頑固な老司教は、初めから信用してくれないだろう。

だが、空高くふわふわ浮いているかれらの人間性を、どうやって証明する？　かれらをもうすこし近寄らせ、質問に答えてもらうには、どのようにしたらいいのか。

「かれらはわたしたちを岩なだれから救ってくれた」

ペレグリン神父は起きあがり、近くの崖を登り始めた。その崖は二百フィートほどの高さに、そそりたっている。冷たい朝の空気のなか、ペレグリン神父は咳をした。喘ぎながら、てっぺんにたどりついた。

「ここから落ちたら、死ぬことは確実だ」

ペレグリン神父は小石を落としてみた。一瞬の間があり、小石は岩にあたって砕けた。

「主は決してわたしをお許し下さるまい」

ペレグリン神父はもう一つ小石を落とした。

「これを、愛ゆえにしたとしても、自殺になるのだろうか……」

ペレグリン神父は、青い火の玉を見上げた。「しかし、その前に、もういちど試してみよう」神父は呼びかけた。「おはよう、おはよう！」

こだまが返って来た。だが、青い火の玉たちは、またたきもしなければ、動きもしない。

神父は火の玉たちに、たっぷり五分間語った。それがすむと、崖の下をのぞいた。ストーン神父はまだぐっすり眠っている。

「わたしはすべてを知りたい」ペレグリン神父は崖っぷちに歩み出た。「わたしは老人だ。恐怖は感じない。主よ。分かって下さいますね。あなたのためにこれをいたします」

神父は深く息を吸いこんだ。過去がいちどきに心のなかに群がってきた。わたしは一瞬のうちに死ぬのだろうか。わたしとて生を愛している。だが、そのほかのものへの愛は、いっそう強く烈しいのだ。

そう考えながら、神父は崖っぷちから一歩踏み出した。

落ちる。

「愚か者！」と、ペレグリン神父は叫んだ。空中で体が一回転した。「誤りだった！」巨大な岩がみるみる迫ってくる。すぐ叩きつけられる。あの世へ行く。「なぜこんなことをしたのだ」その答はペレグリン神父には明白だった。とつぜん気持が鎮まった。落下はつづいた。耳もとで風が叫び、岩が眼前にひろがった。

そのとき、星たちの位置が変わり、青い光がきらめいた。あたり一面が青くなり、ペレグリン神父は自分の体がふわりと支えられるのを感じた。次の瞬間、神父はしずかに岩の上に着地した。死ななかった。生きている。神父は見上げた。青い火の玉たちは、すぐに遠ざかって行く。

「あなた方は救って下さった！」と、神父はささやいた。「わたしを死なせなかった。これが悪であることをご存知なのだ」

まだ眠りこけているストーン神父に、ペレグリン神父は駆け寄った。「神父、神父、起きなさい！」そしてストーン神父の体をゆすぶった。「神父、わたしはかれらに救われたんだ！」

「だれに救われたんですって」ストーン神父は目をこすりながら起きあがった。

ペレグリン神父は、たった今の体験を物語った。

「夢でしょう。悪い夢にうなされたんでしょう。すこし横におなりなさい」と、ストーン神父はじれったそうに言った。「あなたの火の玉の話はもうたくさんです」

「しかし、わたしは、これ、このとおり、ちゃんと起きている！」

「まあまあ、ペレグリン神父、落ち着いて下さい。わかりました」

「わたしを信じないのだね？　拳銃があったはずだ。そう、それを貸してみなさい」

「何をするのです」ストーン神父は小さなピストルを手渡した。蛇その他の予想できぬ動物から身を守るために持って来た武器である。

ペレグリン神父はピストルを摑んだ。「証明しよう！」

神父はピストルを自分のてのひらにむけて発射した。

「おやめなさい！」

光がきらめいた。二人の神父の目の前で、弾丸がとつぜん停止した。ペレグリン神父のてのひらの一インチほど手前のところで、空中にとまっている。あたりは青い燐光。それから、弾丸はポトリと地面に落ちた。

ペレグリン神父は三度ピストルを撃った。手に、足に、体に。三発とも弾丸はキラリと光って、空中にとまり、それから死んだ昆虫のように、地面に落ちた。

「ね？」と、ペレグリン神父は腕をおろし、ピストルを放り出した。「かれらには分かるのだ。理解力があるのだ。かれらは動物じゃない。道徳的な精神風土のなかで、考えたり、判断したりするのだ。動物だったら、こんなふうに、わたしを救ってくれるだろうか。そんな動物はいはしない。やはり人間なのだよ、ストーン神父。さあ、これでもまだ信じないかね」

空に浮かぶ青い光を眺めていたストーン神父は、おもむろに片膝をついて、まだあたたかい弾丸を拾いあげ、てのひらに握りしめた。

朝日がのぼり始めた。

「山を下りて、みんなにこのことを話し、ここへ来てもらおう」と、ペレグリン神父は言

いた。

った。

太陽がのぼりきった頃、二人の神父はすでに山を下り、ロケットめざして歩きつづけていた。

ペレグリン神父は、黒板のまんなかに円を描いた。

「これが神の御子《みこ》キリストです」

ほかの神父たちがぎょっとした様子に、ペレグリン神父は気づかぬふりをした。

「これが栄光に輝くキリストです」と、ペレグリン神父は説明をつづけた。

「幾何の問題のように見えますね」と、ストーン神父が言った。

「それはうまい比較です。なぜなら、この場合、われわれはシンボルを扱っているのですから。丸であらわされようと、四角であらわされようと、キリストにちがいないではありませんか。たとえば十字架は、数十世紀にわたって、キリストはキリストの愛と苦悩のシンボルでした。同様に、この円が火星のキリストになります。われらは、このようにして火星にキリストを導き入れるのです」

神父たちは気むずかしそうに体を動かし、たがいに視線をかわした。

「マサイアス神父、あなたはこの円そっくりのものをガラスで作って下さい。つまり、よく輝くガラス玉を作ってもらいたい。それを祭壇に置くことにします」

「安っぽい手品のトリックだ」と、ストーン神父がつぶやいた。「その逆です。かれらには、かれら
ペレグリン神父は辛抱づよく、ことばをつづけた。「その逆です。かれらには、かれら
に理解できるイメージの神を与えなくてはいけない。もし地球上のわれらに、タコのかた
ちをしたキリストが来臨したら、われらはそれを受け入れる気になりますか？」ペレグリ
ン神父は両手をひろげた。「してみれば、人間イエスのかたちをしたキリストをおつかわ
しになったことは、主の安っぽい手品だったと言えますか？　われらが教会に祝福を祈り、
このシンボルをそなえた祭壇を浄めれば、キリストはその球のなかに宿られることを拒み
給うだろうか。そんなことはあるまい。みなさんにもお分かりのはずです」
「しかし、魂をもたぬ動物の肉体は！」と、マサイアス神父が言った。
「マサイアス神父、そのことは今朝ここに帰って来てから、何度も話したとおりです。そ
れらの生きものは、われわれを岩なだれから救ってくれた。しかも自殺が罪であることを
知っていて、一度ならずそれを妨げたのです。したがって、われらは山の上に教会を建て、
かれらと共に住み、かれら独特の罪を発見し、神のみ教えをかれらに説かねばなりませ
ん」
神父たちは不服そうに沈黙している。
「かれらが異形のものであることが、それほど気になりますか」と、ペレグリン神父は言
った。「かたちとはいったいなんです。神の与え給うた魂を入れるうつわにすぎない。も

し、あしたにも、イルカが出しぬけに自由意志や知性を獲得し、罪や生命のなんたるかを知り、正義と愛を求めるようになったとすれば、わたしは海底に大伽藍を建てるつもりです。もしもスズメが神の意志によって、奇蹟的に、永遠の魂を得たとすれば、ヘリウムを詰めた空中教会をつくらねばならない。なぜといって、あらゆる魂は、たとえどのような外見であろうとも、自由意志と罪の意識をそなえている限り、聖餐拝受《コミュニオン》をしないと地獄へ堕ちるさだめにあるのです。たとえ火の玉の火星人であろうと、そのかたちが異様であるからといって、地獄へ堕ちるのを放任しておくわけにはいかない。目をとじれば、かれらの知性が、愛が、魂が、わたしの心眼にははっきり見えるのです。そのことだけは否定できない」

「しかし、祭壇にガラスの球などそなえるのは」と、ストーン神父が抗議した。

「中国人のことを考えてみなさい」と、ペレグリン神父は熱心にことばをつづけた。「中国のクリスチャンは、どんなキリストを拝みますか。むろん、東洋人の姿をしたキリストをです。東洋の教会をみなさんはご存知でしょう。キリストはどんな服を着せられているか。東洋の衣服をです。いかなる場所をキリストは歩むか。竹や曲がりくねった樹木のある中国風の仙境をです。目が小さく、頰骨が出っぱったキリストです。このように、各国、各人種は、われらの主にさまざまな要素を付け加えます。そう、今思い出したが、たとえばメキシコ人たちが崇めるグアダルーペのマリア。あの肌の色を知っていますか。それは信者たちとおなじ褐色の肌なのです。これは神を汚すことになるか。否である。人間が自分と肌の色のちがう神を受け入れねばならぬというのは、論理にあわないことです。わたしが昔から考えていたことですが、われらの教会の宣教師は、なぜアフリカに白人のキリストを持って行くのでしょう。白は、たとえば白子《しらこ》の場合のように、アフリカの部族にとっては、何か特殊な、神聖な色彩にちがいない。しかし、それが黒であってはいけないという理由も、全然ありはしない。かたちは問題外です。中身がすべてである。火星人たちにしても、まったく異質のかたちを受け入れることはむずかしいでしょう。かれら自身とおなじイメージのキリストを与えることが賢明です」

「ペレグリン神父、あなたのお話には疑問があります」と、ストーン神父が言った。「火星人たちは、われらを偽善者だとは思わないでしょうか。球形のキリストなど、われらは拝まないことが、もしかれらに知れたらどうなります。その差異を、どう説明します」

「差異などありはしないと言うのです。いかなるうつわをも満たすものが、キリストである。人間の肉体であろうが、ガラスの球であろうが、キリストはそこにおられる。したがって、異なるかたちのものを拝んでも、礼拝の対象は同一なのです。そして、われらは火星人用のその球を、ほんとうに信じなければいけない。われらにとっては無意味なそのかたちを信じるべきです。その球はキリストその人であられる。そして、われらの地球上のキリストは、火星人たちには無意味であり、ナンセンスであることを、われらはつねに念頭におかねばならないのです」

ペレグリン神父は白墨を置いた。「さあ、山へ行って、教会を建てませんか」

神父たちは荷物をまとめ始めた。

教会といっても、それは山頂の平坦な地面から岩をとりのぞいただけの場所だった。地面はていねいに均《な》らされ、祭壇には、マサイアス神父が作ったガラスの球が置かれる。

六日間の労働ののちに、この「教会」は完成した。

「これをどうします」ストーン神父は地球からはるばる持って来た鉄の鐘をゆびさした。

「かれらには鐘はどんな意味があるのですか」

「それはわれらの慰めにしかなるまいね」と、ペレグリン神父は折れた。「すこし気分をひきたたせないといけない。この教会は、あまりにも教会らしくないからね。なんだか馬鹿げたことをやっているような——わたしさえそんな気分になってくる。異なる世界の住民に福音を説くのは、まったく新しい仕事なのだから。それも当然だが、といっても、喜劇役者になったような気持はいやだね。そんなとき、わたしは、力を与え給えと神に祈ることにしている」

「みんな、いやいやながら、この仕事をしたのです。あからさまに冗談めかして言っている者もおりますよ、ペレグリン神父」

「わかっている。とにかく、みんなの慰めになるなら、この鐘を小さな塔にとりつけよう」

「オルガンはどうします」

「あした、第一回のおつとめのときに鳴らせばいい」

「しかし、火星人たちは――」

「わかっているというのに。これも、われらの気休めさ。火星人にどんな音楽がいいのかは、あとで調べればいい」

日曜日の朝、一同は早く起きて、蒼ざめた亡霊たちのように、冷たい大気のなかを歩いて行った。霜が法衣にこびりつくような感じである。塔からは、鐘の音が銀色の滝のように落ちてくる。

「今日は果たして火星でも日曜なのかな」と、ペレグリン神父はひとりごちたが、ストーン神父が顔をしかめるのに気づいて、あわてて言い足した。「火曜かもしれないし、木曜かもしれない――わからんね。しかし、そんなことはどうでもいい。わたしのつまらん空想だ。われらにはあくまで日曜なんだから。さあ、行こう」

神父たちは、がらんとだだっぴろい「教会」に入り、紫色のくちびるで、ガタガタふるえながら、ひざまずいた。

ペレグリン神父はみじかい祈りを捧げ、冷たい指をオルガンの鍵《キー》にふれた。美しい小鳥の群れのように、音楽が舞いあがった。神父の指は、庭の雑草をかきわけるように動き、美しい音楽は山頂にまでいっぱいにひろがった。

音楽は山の大気を鎮めた。朝の新鮮な香りがただよってきた。

神父たちは待っていた。

「どうしたのでしょう、ペレグリン神父」まっかな太陽がのぼってきた大空をうかがいながら、ストーン神父が言った。「われらの友人の姿が見えません」

「もういちど試してみよう」ペレグリン神父の額に汗がにじみ出た。

雄大なバッハの音楽を、ペレグリン神父は弾き始めた。それは巨大な伽藍のように、小さな石材が一つまた一つと積みかさねられ、遂には天と地にかかる大建築となってそびえ立った。音楽が鳴りやんでも、それは崩れ去りはしなかった。いくつかの白い雲に誘われて、しずかに彼方へ移動して行くように思われた。

空には依然としてなんの影もない。

「かれらは必ず来る!」だがペレグリン神父の胸中には小さな不安がわだかまり始めた。「祈ろう。来て下さいとお願いしよう。かれらは人の心を読むのだ。きっと分かってくれる」神父たちはふたたびひざまずいて、祈りの文句をとなえ始めた。

と、東の方、日曜(いや、火星では木曜かもしれないし、月曜かもしれない)午前七時の冷たい山頂のあたりから、火の玉たちがやって来た。

そして、ふわふわと揺れながら、下降して、寒さにふるえる神父たちをとりかこんだ。

「ありがとうございます、ああ、主よ、ありがとうございます」ペレグリン神父は目をかたくとじて、音楽を演奏した。

オルガンを弾き終わると、目をあけて、このおどろくべき会衆を見わたした。

すると一つの声が神父の心に触れた。その声は言った。

「わたしたちはすぐ帰ります」

「ゆっくりして下さってよろしいのです」と、ペレグリン神父が言った。

「ここにはすこししか居られません」と、声はしずかに言った。「あなた方にお話ししたいことがあって参りました。もっと早くお話しすればよかったのです。しかし、黙っていれば、あなた方はあきらめるだろうと思ったのです」

ペレグリン神父は口をひらきかけたが、その声にさえぎられた。

「わたしたちは昔の火星人です」と、声は言った。その声はペレグリン神父の体内にしみわたり、青い火のように燃えるかと思われた。「わたしたちは、かつての物質的な生活を見かぎり、大理石の都を去って山へかくれたのです。もうずいぶん以前から、わたしたちの姿はこんなふうになりました。でも、昔はわたしたちも人間のかたちをしていて、あなた方とおなじように手や足や胴があったのです。言い伝えによると、わたしたちのなかの一人、それは立派な人でしたが、その人が、わたしたちの精神や知性を解放し、肉体の病気や、メランコリーや、死や、変貌や、不機嫌や、老衰や、その他もろもろの束縛からわたしたちを解き放つ方法を発見しました。それ以後わたしたちは青い火となり、風や空や山のなかを永遠の住処《すみか》と定めたのです。わたしたちには、見栄もなければプライドもない、豊かさもなければ貧しさもない、情熱もなければ冷たさもありません。下界の人々とはまったく無関係に暮らしてきましたから、わたしたちがこんな姿になった過程は、とうに忘れ去られました。でも、わたしたちは決して死にませんし、決して人に危害を加えないのです。わたしたちは肉体にかかわりのある罪をしりぞけ、神のみ恵みの下に暮らしています。わたしたちは他人の所有物を欲しがったりしません。わたしたちには所有物がないのですから。盗んだり、殺したり、欲情したり、憎んだりもしません。わたしたちは幸せに暮らしています。ただし種族をふやすことはできません。食べたり、飲んだり、喧嘩したりしないのですから。わたしたちの肉体が見かぎられたとき、肉体につきものの欲望や子供らしさや罪もまた拭い去られました。ペレグリン神父、わたしたちは罪というものを捨ててきたのです。それは秋の木の葉のように燃えました。それは邪悪な冬の厚い雪のように溶けました。それは赤と黄に輝く春の淫らな花びらのように、しぼみました。それは暑い夏の息苦しい夜のように立ち去りました。わたしたちの四季は温和です。わたしたちの精神風土は豊かです」

ペレグリン神父は立ちあがっていた。声は神父の五感をゆすぶるように響きわたった。その声は一種のエクスタシーであり、神父の体をつらぬいて走る火の流れだった。

「あなた方がこの場所に教会を建ててくださったことは感謝します。けれども、わたしたちに教会の必要はないのです。わたしたちの一人ひとりは、それぞれの教会そのものであって、身を浄める場所を他に必要としないのです。さっき、すぐあらわれなかったことは許して下さい。わたしたちはもう何千年ものあいだ誰とも交際しませんでしたし、誰とも語り合いませんでした。この惑星の生活とは無関係に生きてきました。もうお分かりと思いますが、わたしたちは、いわば野の百合です。働きもしないし、話もしない。ですから、この教会はあなた方の町へ運んで、そこの人たちを浄めるために使って下さい。わたしたちは、今のままで充分に幸福ですし、平和なのです」

広大な青いきらめきに囲まれて、神父たちはひざまずいていた。ペレグリン神父もひざまずいていた。一同の頬を涙が流れていた。これははなはだしい時間の浪費であると分かっていても、そんなことはもはや問題ではなかった。

青い火の玉たちは、何かつぶやいて、ふたたび朝の大気のなかへ舞い上がり始めた。

「わたしが、そのうち」――相手に直接たのむことをはばかって、目をとじたままペレグリン神父は叫んだ――「そのうち、あなた方に教えていただきに来てもよろしいですか」

青い火がきらめいた。大気がふるえた。

そう。そのうち、来てもかまいません。そのうち。

それから火の玉たちは行ってしまった。ペレグリン神父はひざまずいたまま、子供のように泣き叫んだ。「戻ってきて下さい、戻ってきて下さい！」

今にも、やさしい祖父が彼を抱きあげ、二階の寝室へ運んでくれるのではあるまいか。はるか昔、オハイオ州の田舎町で……


日が沈む頃、一行は列をつくって山を下りた。ペレグリン神父はふりむいた。青い火が燃えている。ほんとうに、あなた方には教会の必要はない、とペレグリン神父は思った。あなた方は「美」そのものだ。どんな教会が太刀打ちできるだろう。相手は純粋な精神の火なのである。

ストーン神父は何も言わずに、かたわらを歩んでいた。やがて口をひらいた。

「どんな惑星にも、それぞれの真理があるのだと、ようやく分かりました。それは一つの偉大な真理の各部分なのです。いつの日か、それは嵌絵《はめえ》パズルのように、一つに組みあわされるでしょう。今日の経験は驚天動地でした。ペレグリン神父、わたしは、もはや二度と疑いますまい。ここの真理もまた、地球の真理とおなじく真《まこと》であり、二つの真理は共存するのです。わたしたちはさらに他の世界へ行って、真理をすこしずつ、つなぎ合わせましょう。やがて、あたかも新しい日の光のように、それらの総計が立ちあらわれるでしょ

「ストーン神父、あなたがそんなことを言うのははじめてだね」

「ある意味では、これから町へ行って、伝道の仕事を始めるのは、いかにも残念です。あの青い光。あの青い光が下りて来て、語り始めたときの、あの声……」ストーン神父はぞくっとふるえた。

ペレグリン神父は相手の腕をとった。二人は歩調をそろえた。

「それから、わたしの考えでは」と、ガラスの球をかかえて二人の前を歩むマサイアス神父を見つめながら、ストーン神父はやがて言った。「ペレグリン神父、あの球は――」

「なんだね？」

「あの球は、あの方なのです。つまるところ、やはり、あの方なのです」

ペレグリン神父は微笑した。一行は山を下り、新しい町へむかった。

二〇三四年二月　とかくするうちに

かれらはオレゴン松一万五千フィートを運びこんで、第十の町を建設し、カリフォルニア・セコイア材七万九千フィートを持ちこんで、石の運河の縁に小ざっぱりした町をつくった。日曜の夜になると、教会のステンド・グラスの赤、青、緑のあかりが見え、讃美歌を歌う声がきこえた。「こんどは七十九番を歌いましょう。こんどは九十四番を歌いましょう」そしてある家ではタイプライターを叩く音、これは小説家が仕事をしているのである。ペンの軋む音、これは詩人が仕事をしているのである。なんの物音もきこえないのは、昔の浜辺の物拾いが仕事をしているのだろうか。それは、まるで、大地震がアイオワ州の一つの町を根こそぎにして、オズの魔法のようにつむじ風に巻きあげられた町ぜんたいが、そっと火星に根をおろしたようだった……

二〇三四年四月　音楽家たち

　少年たちはよく火星の奥地までハイキングに出かけた。匂いのいい紙袋を持って、永いこと歩くと、ときどきその袋に鼻をつっこみ、ハムやマヨネーズ・ピックルスの豊かな香りをかぎ、ぬるくなった水筒のなかのオレンジ・ソーダがたぷたぷいう音に耳傾けた。新鮮でみずみずしい葉タマネギや、匂いのいいソーセージや、赤いケチャップや、白いパンを詰めこんだ袋をふりまわしながら、少年たちは母親たちに固く禁じられた限界の向こうへ出て行くのだった。走りながら、こう叫ぶ。

「一番乗りしたやつが、最初に叩くんだよ!」

　ハイキングは、夏にも、秋にも、冬にも行なわれた。秋はなかでも一番おもしろかった。地球のハイキングのように、枯葉を蹴ちらして歩く気分を味わえたからである。

　運河の脇の大理石の平らなところを、少年たちは石蹴りの石のように走った。キャンディのような頬をして、青い目をぱっちり見ひらき、タマネギくさい息で、たがいに号令をかけ合う少年たちである。死滅した町、禁じられた町へ着けば、もう一番乗りも何もありはしなかった。死んだ町の家々のドアはあけはなたれ、中からは枯葉のかさこそいう音がきこえるような気もする。手をつなぎ、棒をつかんで、息を殺しながら歩いて行く少年たちは、両親の言いつけを思い出していた。「あそこは駄目よ。そう、古い町へ行ってはいけません！　ハイキングのときは気をつけるのよ。靴を調べれば行ったかどうかすぐ分かるから、うんとぶつわよ、分かった？」

一群の少年たちは、死滅した町のまんなかに立っている。ハイキングのお弁当は半分たべてしまい、ひそひそ話をかわしている。

「平気だよ、構やしないよ！」とつぜん一人の少年が、そばの石の家に駆けこむ。ドアから入って、居間を横切り、寝室に入って、よく見もせずに、あたり構わずいろんなものを蹴とばす。夜空の一片を切りとったような、脆い、薄い、黒い枯葉が舞いあがる。うしろから、仲間の六人の少年も駆けこんできた。一番乗りした子は音楽家になって、黒い枯葉に覆われた白骨を木琴のように叩く。大きな頭蓋骨は雪の球のようにころがり、少年たちは喚声をあげる。肋骨は、クモの脚みたいで、ハープみたいに鈍い響きを立てる。そして黒い枯葉そっくりの肉片が、おどりまわる少年たちのまわりに舞いあがる。少年たちは押し合い、折りかさなって、枯葉のなかへ、死人をかさかさの物質に変えてしまった死のなかへ、どさりと倒れる。少年たちが走りまわると、その胃のなかではオレンジ・ソーダが、がぼがぼ揺れている。

それから家を跳び出して、ほかの家へ。十七軒の家を一軒ずつ荒らしてゆく。少年たちは知っていた。どの町でも、消防士たちが恐ろしいものを片付けているのである。消毒液とシャベルと箱を持った消防士たちは、黒い肉片や、ハッカ・キャンディにも似た骨をさらって行ってしまう。ゆっくりと、だが確実に、恐ろしいものと普通のものを区別しているのである。だから、消防士が来ないうちに、少年たちは一生懸命遊んでおかなければならない。

やがて、汗をぎらぎら光らせた少年たちは、サンドイッチの一切れにかじりつく。それからまた、ひとしきりマリンバの合奏をやり、枯葉を蹴ちらして、家へ帰る。

母親たちは、子供らの靴を調べ、黒い腐肉がついているのを見つけると、恐ろしく熱いお湯に少年たちを入れる。父親は折檻をする。

だが、その年の終わり頃までに、消防士たちは枯葉と白い木琴をすっかり片付けてしまった。もう、おもしろいことはなくなった。

二〇三四年五月　荒　野

「おお、その時はついに来た――」

黄昏《たそがれ》どき、ジャニスとレオノーラは別荘で荷作りしながら、唄をくちずさみ、たべものはほとんど口にせず、ときどきおたがいに手を貸しあったりしていた。けれども決して窓の外を眺めようとはしなかった。戸外では夜の闇がくろぐろと集まり、冷たく光る星々が姿を見せ始めていた。

「あの音！」と、ジャニスが言った。

河をさかのぼる蒸気船のような音だが、それは空を飛ぶロケットだった。そのむこうからきこえてくるのは――バンジョーの音か。いや、この西暦二〇三四年の夏の夜を啼きかわすコオロギの声にすぎない。この町と、この天候をつらぬいて、数万のさまざまな音が息づいていた。ジャニスはうなだれて耳を傾けた。ずっと、ずっと昔、一八四九年には、この街路は、腹話術師や、説教師や、占い師や、道化師や、学者や、賭博師の声々に満ちあふれていたのだ。かれらはこのミズーリ州のインディペンデンスに集まり、湿った大地が乾くのを待っていたのだった。その地面に草が生い育ち、かれらの荷車や手押し車、かれらの途方もない運命や夢を支えるに充分なだけ生い茂ってくれるのを、待ちうけていたのだ。

おお、その時はついに来た、
火星めざしてわれらは進む、
空には五千の女たち、
春の畑の種まきのよう！

「あれは古いワイオミング州の唄よ」と、レオノーラが言った。「ちょっと歌詞を変えれば、二〇三四年でも通用するわね」

ジャニスは、丸薬状のたべもの《フード・ピル》を入れたマッチ箱を取り上げ、昔のぶざまな荷馬車と、それに積みこまれた品物のことを思った。男女一人ひとりについて、莫大なかさの食糧が必要だったのである。ハム、ベーコン、砂糖、塩、小麦粉、乾燥野菜、堅パン、クエン酸、水、生姜《しょうが》、胡椒《こしょう》——まるで大陸のように厖大な品目だ！　それなのに、今日では腕時計ほどの大きさの容器に入る丸薬さえあれば、ララミー砦からハングタウンまでどころか、広大な星々の荒野を横切るあいだの食糧は充分なのだ。

ジャニスはクロゼットのドアを勢いよくあけて、あやうく悲鳴をあげそうになった。暗黒と、夜と、宇宙空間のすべてが、ジャニスをにらみつけていた。

その昔、二つの事件があった。一つは、泣き叫ぶジャニスを、姉がクロゼットに閉じこめた事件。もう一つは、パーティで隠れん坊をしていたときのこと。ジャニスが台所を駆けぬけると、そこは長い暗い廊下だった。ところが、そこは廊下ではなくて、電灯のついていない階段であり、すべてを呑みこむ暗黒だった。ジャニスは、からっぽの空間に走り出たのである。ジャニスはむなしく両足を動かし、悲鳴をあげ、落ちた！　深夜の暗黒へ落ちた。地下室へ落ちた。落ちるには長い時間がかかった。心臓が一鼓動する時間。そしてまた、あのクロゼットのなかで、長い長い時間、光もなく、友もなく、泣き声を聞いてくれる第三者もなく、ジャニスは息を殺していたのだった。あらゆるものから遠ざけられた、暗黒のなかの監禁。暗黒への墜落。そして悲鳴！

二つの記憶である。

いま、クロゼットのドアをあけると、暗黒はビロードの帷《とばり》のように目の前にぶらさがり、黒豹《ひょう》のように息づき、ジャニスをまっくろな目でにらみつけ、途端に二つの記憶がよみがえった。空間と墜落。空間と監禁。ジャニスとレオノーラは、荷作りをしているあいだ、窓の外のあの恐ろしい銀河や、広大な空間を見ないように心掛けていたのである。けれども、昔なじみのクロゼットをあけ、その小さな暗黒を見ただけで、忘れられぬ運命がひしひしと迫って来るのを感じるのだった。

星々にむかって、夜のなか、恐ろしい巨大なクロゼットのなかを飛んで行くときも、きっとおなじ気持にちがいない。悲鳴をあげても、だれにもきこえない。流れ星の雲と、神のいない箒星《ほうき》のあいだを、永久に落ちて行くのだ。エレベーターの竪坑を。悪夢のコンベヤーを伝って、虚無へ。

ジャニスは悲鳴をあげた。それはくちびるの外へ出てこなかった。それはジャニスの胸と頭につっかえた。それでもジャニスは悲鳴をあげた。クロゼットのドアをぴしゃりとしめ、ドアに背中を押しつけた。背中のうしろで荒々しい息を吐き、わめきたてる暗黒の存在がはっきりと感じられた。ジャニスは目に涙を浮かべて、背中をドアに押しつけた。そのままの姿勢で、ふるえがとまるまで、レオノーラの荷作りを見守った。やがてヒステリーの波はしりぞき、かき消えた。時計の秒を刻む音だけが、清潔に、正常に、部屋のしずけさを満たしていた。

「六千万マイル」ジャニスはようやくクロゼットのドアからはなれ、深い井戸をのぞくように窓に近寄った。「火星にいる男の人たちが、今晩も町を建設して、わたしたちを待っているなんて、とても信じられない」

「あしたロケットに乗ることだけ信じればいいのよ」

ジャニスは幽霊のように白いガウンの肩をもちあげた。

「へんだわ、へんよ。別の世界で結婚するなんて」

「もう寝ましょう」

「いや！　夜中に電話がかかってくるの。とてもねむれないわ。火星ロケットに乗る決心をしたってこと、ウィルにどう言ったらいいの。ねえ、レオノーラ、想像してごらんなさい。わたしの声が六千万マイルも旅をするのよ。こんなに早く決めてしまって、よかったのかしら。わたし、こわい！」

「今晩で地球ともお別れね」

それを今あらためて感じるのだった。事実が二人に迫ってきたのだ。二人はもうけっして地球へは帰れないかもしれない。二人が後にするこの場所は、北アメリカ大陸のミズーリ州の町インディペンデンス。大陸の両側には、大西洋と呼ばれる海と、太平洋と呼ばれる海がある。どちらも旅行鞄に入れて持って行くわけにはいかない。二人はこの最終的な事実にすくみあがった。事実は容赦なく迫ってくる。しびれるような感じ。

「わたしたちの子供は、アメリカ人でも、地球人でもないのね。わたしたちは、これからあと死ぬまで、火星人になるのね」

「わたし行きたくない！」と、とつぜんジャニスが叫んだ。

体は恐怖に凍るようである。

「こわいわ！　宇宙、暗闇、ロケット、流れ星！　何もかも失くなってしまう！　なぜ行かなくちゃいけないの」

レオノーラはジャニスの肩を抱き、あやすように揺り動かした。「むこうは新世界よ。昔とおなじことじゃないの。まず男が行って、それから女が行く」

「でも、なぜ、わたしが行かなくちゃならないの」

「それは」と、ジャニスをベッドに腰掛けさせて、レオノーラは静かに言った。「ウィルがむこうにいるからよ」

その名前は耳にここちよかった。ジャニスは鎮まった。

「むこうの男の人たちは一生懸命働いているわ」と、レオノーラは言った。「昔だって、女が二百マイルも追っかけて行けば、男は感激して張り切ったわ。その二百マイルがやがて千マイルになり、今じゃ全宇宙でしょう。それでもわたしたちは追っかけて行くのね」

「わたし、ロケットに乗ったって、西も東も分からない」

「わたしだっておなじよ」レオノーラは立ちあがった。「さあ、町を一まわりしてきましょう。これが見おさめよ」

ジャニスは町を眺めた。「あしたの晩になれば、町はこのままで、わたしたちだけいないのね。町の人たちは目をさまして、食事をして、仕事をして、眠って、また目をさまして、わたしたちのことなんか忘れてしまうのね」

レオノーラとジャニスは、まるでドアが見つからないときのように、おたがいのまわりをぐるぐるまわった。

「行きましょう」

二人はドアをあけ、電灯を消し、戸外に出て、後ろ手にドアをしめた。


空には絶え間なく到着の気配があった。巨大な花がひらくような動き、高い口笛、そして吹雪に似て降りしきるもの。たくさんのヘリコプターが、雪片のように音もなく降下した。西から、東から、北から、南から、女たちがやって来る、やって来る。夜空のいたるところから、ヘリコプターの吹雪。ホテルはどこも満員で、民家も宿を提供し、牧草地には奇妙な醜い花のようにテント村が誕生し、町も村もふだんの夏の夜以上に暑かった。女たちのピンクの顔や、空を見守る男たちの陽にやけた顔が、その暑さの原因である。丘のむこうでは、ロケットがエンジンのテストをしていた。あらゆるボタンは一どきに押され、その巨大なオルガンのような音は、すべての窓ガラスを、隠れたすべての骨をふるわせた。顎にも、足指にも、手の指にも、その音が反響する。

レオノーラとジャニスは、見知らぬ女たちにまじって、ドラッグストアに坐っていた。

「あんた方、どっちも美人なのに、なんでそんな悲しそうな顔をしてるんだね」と、ドラッグストアの男が言った。

「麦芽チョコレートを二つ」と、レオノーラが、ぼんやりしているジャニスの代わりにほほえんでみせた。

珍しい美術品でも眺めるように、二人はチョコレートをまじまじと見た。火星へ行ったら、あと何年か麦芽にはお目にかかれないだろう。

ジャニスは、バッグをかきまわし、一枚の封筒を取り出すと、それを大理石のカウンターに置いた。

「これはウィルの手紙。おとといロケット便で来たの。これを読んだら決心がついたわ。行く気になったのよ。あなたには話さなかったけど。ちょっと読んでみて。いいのよ、遠慮しなくても」

レオノーラは封筒を振って中身を出し、声を出して読みあげた。

愛するジャニス、これがぼくらの家だ。きみが火星へ来る決心をしてくれればね。

ウィルより

レオノーラが封筒をもう一度軽く叩くと、カラー写真がきらりと光ってカウンターに落ちた。それは、苔むした、古めかしい、キャラメルのような褐色の家の写真だった。庭には赤い花が咲き、緑色のつめたい羊歯《しだ》が垣根を飾り、不恰好な蔦《つた》がポーチにからみついた、住みごこちのよさそうな家である。

「でも、ジャニス！」

「なあに」

「これはあなたの家の写真じゃないの。この地球の、ここのエルム街の！」

「ちがうわよ。よく見てごらんなさい」

二人は額を寄せてのぞきこんだ。住みごこちのよさそうな家の両側やうしろ側の風景は、地球の風景ではなかった。土は奇妙な紫色で、草は赤味がかり、空は灰色のダイヤモンドのように光り、かたわらの妙にねじくれた樹は、白髪の老婆のように見えた。

「これはウィルが火星に建ててくれた家なのよ」と、ジャニスは言った。「この写真を見ていると、元気が出るわ。きのうも、一人ぼっちになって、こわくなるたびに、この写真を出しては見ていたの」

六千万マイル離れた家、見おぼえのある、それでいて見知らぬ家、古いけれども新しい家、赤い居間の窓に黄色い光のきらめいているその家を、二人は凝視した。

「ウィルって」と、レオノーラはうなずきながら言った。「しっかりした人ね」

二人はチョコレートを飲み終えた。外では見知らぬ人たちが暑い群集となってひしめきあい、雪片のようなヘリコプターは絶え間なく夏の空から降ってきた。

二人はこまごました物をたくさん買った。レモン・キャンディーの袋、大阪の婦人雑誌、こわれやすい香水瓶、それから二人は町の目抜き通りで無重力ベルトを借り、小さなボタンを押して、花びらのようにふわりと町の上空に浮かびあがった。「どこへでも行けるのよ」と、レオノーラが言った。

「どこへでも」

風のまにまに二人はただよった。風は二人を運んで、夏のリンゴの木の夜を、暑い出発準備の夜を通りぬけ、愛らしい町の上を、幼時をすごした家の上を、学校や並木道の上を、掘割や牧草地や農場の上を通りすぎた。農場では小麦の一粒一粒が、黄金の貨幣のように輝いていた。熱風におびやかされ、予告するように囁きながら、夏の稲妻をともなって皺ぶかい丘のあいだを飛ぶ木の葉のように二人は飛んだ。眼下にミルク色の田舎道が見えた。月夜のヘリコプターに乗って、その道ばたの冷たい流れに下り立ち、もはやこの地球にはいない男たちと抱きあったのは、それほど昔のことでもないのである。

二人は町の上空、広大な溜息のなかに浮かんでいた。町は二人と地球の間の小さな空間によってへだてられていた。あるいは黒い河となって背後に遠ざかり、あるいは光と色彩の波となって前方にあらわれる町は、すでにして触れられぬ夢であり、二人の目のなかでノスタルジアにかすんでいた。それは対象が失せるより早く始まる思い出の発作だった。

おだやかに渦巻く風に吹かれながら、二人は別れを告げねばならぬ百人あまりの友人たちの顔を、ひそかに見つめていた。あかりに照らし出されたそれらの顔は、それぞれの窓枠のなかに嵌《は》めこまれているように見えた。そのあたりにはありとあらゆる時間が息づいていた。どの樹木にも昔の恋の告白を彫りつけた記憶があり、どの歩道にも雲母の野原を走るように駆けぬけた足跡が残っていた。この町が美しいこと、まばらな街灯や古めかしい煉瓦が美しいことを、二人はいま初めて感じ、みずからひらいたこの祝宴の美しさに目を見張った。何もかもが夜の回転木馬の上をただよい、時折あちこちから音楽の一ふしが浮かびあがり、テレビの白い亡霊が出没する家からは、呼び声や呟きがきこえてくる。

二人の女は針のように、香水で樹木を一本一本縫いながら通りすぎた。目はすでに満たされていたが、それでも一つ一つのディテールを記憶にとどめようと努力した。すべての陰影を、すべての孤独なニレの木を、カシの木を、蛇のようにまがりくねった道を通りすぎるすべての車を。やがて目ばかりか、二人の頭脳や心まで満たされるのだった。

わたしは死人のようだ、とジャニスは思った。ここは春の夜の墓場のよう。わたし以外の物は、何もかも生き生きとして、だれもが動きまわって、わたしなしの生活を営もうとしている。むかし、十六の年だったか、墓地を歩いたとき、わたしは死人が可哀そうでたまらなかった。だって、あんなにおだやかな夜、死人は死んでいて、わたしは生きていて、それが不公平に思えたからだ。あのときのわたしは、生きることがうしろめたい気持だった。そうして今、ここで、わたしは自分を墓場から出てきた死人のように感じている。生きることとはどんなものか、町や人々とはどんなものか、それをもう一度だけ見せつけられてから、わたしはふたたび墓場に入れられ、まっくろなドアをしめられるのだわ。

しずかに、しずかに、夜風にただよう二つの白いちょうちんのように、二人の女は生活の上を、過去の上を、テント村のあかりがきらめく牧草地の上を、食糧を積んだトラックが一晩中走りつづける街道の上を、移動した。それらすべての上を、ながいこと飛びまわった。

星から吐き出された蜘蛛の糸のように、二人がジャニスの家の前の月明かりの歩道に下り立ったとき、裁判所の時計は十一時四十五分を指していた。町は眠っていた。ジャニスの家は、二人がありもせぬ眠りを探しに来るのを待ちうけていた。

「ここにいるのはわたしたちなの？」と、ジャニスが訊ねた。「今は二〇三四年で、わたしたちはジャニス・スミスとレオノーラ・ホームズなの？」

「そうよ」

ジャニスはくちびるを舐め、茫然と立っていた。「ほかの年ならよかった」

「一四九二年（コロンブスがアメリカ大陸を発見した年）？　一六二〇年（ピルグリム・ファーザーズがメイフラワー号で渡米してプリマスに居を定めた年）？」レオノーラは溜息をついた。梢を渡る風もいっしょに溜息をついた。「いつだって、コロンブス・デーか、さもなきゃプリマス・ロック・デーだわ。わたしたちには、どうにもできやしないことなのよ」

「わたし、このままだとオールド・ミスになってしまう」

「それがいやなら、予定どおり行動することね」

町の騒音は耳のなかですこしずつ消えて行き、二人はあたたかい夜の家のドアをあけた。ドアをしめた途端に、電話が鳴り始めた。

「電話だわ！」と、ジャニスは叫び、走り出した。

レオノーラがあとをついて寝室に入ると、ジャニスはもう受話器を取り上げ、「もしもし、もしもし！」と、叫んでいた。遠くの大都会では、交換手が二つの世界をつなぐ巨大な機械をあやつり、二人の女は待っていた。一人は蒼白なおももちで腰をおろし、もう一人は立っているが、負けず劣らず蒼い顔で、電話の方にかがみこんでいる。

星々と時間にあふれた永い間だった。過去三年間にどこか似たところのある待ち時間だった。やがてそのときが来た。初めはジャニスが喋る番だった。流星と箒星《ほうき》にあふれる数千万マイルの彼方へ、ことばを焼き、その意味を焦がすおそれのある黄色い太陽を避けて、うまく話を通じさせねばならない。だがジャニスの声は銀の針のようにすべてをつらぬき、巨大な夜を越えて、火星の月にぶつかった。そこから声は屈折して、新世界の町に住む一人の男に伝わった。その間、所要時間は五分。

「もしもし、ウィル。わたし、ジャニスよ！」

ジャニスは唾を呑みこんだ。

「時間があまりないんですって。一分間しか喋れないの」

目をとじた。

「ゆっくり喋りたいんだけど、早く喋って、いろんなことを言ったほうがいいんですって。それで――わたし決心したわ。そちらへ行きます。あしたロケットに乗るの。やっぱりあなたのところへ行きます。あなたを愛してるわ。きこえてる？　あなたを愛してるわ。ずっと前から……」

ジャニスの声は未知の世界へ飛んで行った。いったんことばを送り出してしまうと、ジャニスはそれらのことばを呼び戻し、検閲し、並べ直し、もっと美しい文章を作り、自分の精神状態をもっとみごとに説明したいという衝動に襲われるのだった。しかし、ことばはすでに惑星間の空間にあり、もしもなんらかの宇宙の光輝によって照らし出されたそれらのことばが、熱に耐えかねて発火したとするならば、ジャニスの愛はいくつかの惑星を照らし、地球の夜の側を時ならぬ夜明けの光でおどろかせるかもしれない。ジャニスは思った。もうあのことばはわたしのものではない。それらは宇宙のものなのであって、到着するまでは誰のものでもない。ことばは一秒間に十八万六千マイルの速さで目的地へ飛んで行く。

あの人はわたしになんと言うだろう。一分間のうちになんと答えてくれるだろう。ジャニスは腕時計をにらみ、受話器を耳に押しあてた。宇宙は電波の踊りとオーロラの音でジャニスに話しかけた。

「返事はまだ？」と、レオノーラが囁いた。

「しいっ！」とジャニスは気分がわるいときのようにかがみこんだ。

するとと男の声が空間の彼方からきこえた。

「きこえたわ！」とジャニスが叫んだ。

「なんて言ってる？」

その声は火星から発し、日の出も日没もない場所、常闇のなかに太陽が輝いている場所を通過して、地球に届いたのである。そして火星と地球の中間のどこかに、何か電波を妨害するものがあるらしかった。それは流星雨のようなものかもしれない。いずれにせよ、些細なことばや、重要性をもたぬことばは洗い落とされてしまい、男の声はただ一つのことばを語った。

「……愛……」

そのあとは、ふたたび巨大な夜、回転する星々の音、独り言をいう無数の太陽、そしてジャニスの心臓の鼓動がまるで別世界の音のようにイヤホーンを満たすのだった。

「きこえたの？」と、レオノーラが訊ねた。

ジャニスは無言でうなずいた。

「なんて言った、なんて言ったの？」と、レオノーラが叫んだ。

だがジャニスはだれにも話したくなかった。あんまりすばらしくて話せない。記憶の録音テープを再生するように、ジャニスはその一つのことばに何度も耳を傾けた。レオノーラはジャニスの手から受話器を取り上げ、電話を切り、それでもジャニスは耳を傾けていた。

それから二人はベッドに入り、明かりが消え、夜の風は暗黒と星々のあいだの長旅の匂いを部屋に満たし、二人の声は、あすのことを、あさってのことを語った。あすも、あさっても、もはや日ではなく、時間をもたぬ時間の、日と呼ばれる夜であるだろう。二人の声は徐々にうすれて、眠りのなかへ、あるいは目覚めがちな思考のなかへ落ちこみ、ジャニスはベッドのなかに一人横たわっていた。

百年前もこんなふうだったのだろうか、とジャニスは思った。東部の小さな町で、その前夜、女たちは眠れず、眠ろうと努力し、出発準備をととのえる荷車の軋みを、馬たちのいななきを、樹につながれた牛の啼き声を、泣きわめく子供たちの声を、聞くともなく聞いていたのだろうか。到着の音、出発の音が深い森や野原にこだまし、鍛冶屋たちはその赤い地獄で一晩中仕事をつづけたのだろうか。ベーコンやハムの匂いがあたりにただよい、荷車には船のような荷物が積みこまれ、平原を横切るとき水の樽は揺れ、籠のなかで雛鳥たちはヒステリーを起こし、犬たちは先に立って荒野へ走り出し、茫然とした目で、こわそうに戻ってきたのだろうか。昔も、今のこの気持そのままだったのだろうか。ここは断崖のきわ、星々の崖の上。昔は野牛の匂い、今はロケットの匂い。してみれば、昔も今もおなじ気持なのだろうか。

眠りがおもむろに夢を保証し、ジャニスは思った。そうよ、そうなのよ、そのとおりよ、まちがいないわ。いつだってこうだったし、これからあとも、これが永久につづくんだわ。

二〇三五―三六年　名前をつける

かれらは見馴れぬ青い土地へ来て、かれらの名前をその土地につけた。ヒンクストン・クリーク、ラスティグ・コーナー、ブラック河、ドリスコルの森、ペリグリン山、ワイルダー市。すべて人の名前か、人々の業績からとった名前だった。たとえば、初めて火星人が地球人を殺した場所は、その血の色にちなんで「赤い町」であり、第二の探検隊がほろぼされた場所は「第二の試み」であり、ロケットがその炎で地表を焦がしたすべての場所には、燃えかすのように名前が残された。もちろん、スペンダー丘があり、ナサニエル・ヨーク市がある……

昔の火星人がつけた名は、水や空気や丘の名前だった。それは南の石の運河をからっぽにし、からっぽの海を満たした雪の名だった。封印され、とじこめられた魔法使の名であり、塔やオベリスクの名だった。それらの名前を、ロケットどもはハンマーのように打ちくだき、大理石を頁岩《けつがん》に変え、古い町の名をしるした陶器の道標をとりはらって、そのあとに新しい名前を書きつけた安っぽい立札を立てるのだった。「鉄の町」「鋼の町」「アルミニウム市」「電気村」「とうもろこし町」「穀物荘」「第二デトロイト」。どれもこれも地球から持ってきた機械や金属の名である。

そして町が建設され名づけられたあと、墓場もつくられ、名づけられた、「緑の丘」「苔の町」「靴の丘」「ちょっと待て」。そして最初の死人が墓に入った……

だが、何もかも安定し、小ざっぱり配置され、すべてが安全確実になり、町が繁栄し、さびしさが少なくなると、すれっからした連中が地球からやって来た。パーティのために、休暇を楽しみに、買物や、写真の撮影に、あるいは単なる「ムード」を求めて、やって来た。社会学の法則を研究したり、適用したりするために、やって来た。星章や、バッジや、規則や、掟を持って、やって来た。雑草のように地球を覆っていた公文書を持ちこんで、それを火星に植えつけた。人々の生活を規制し、図書館を規制した。命令され、掟に縛られ、小突きまわされるのが嫌で火星へ来た人々が、命令され、掟に縛られ、小突きまわされるようになった。

だから、必然的に、そういう人たちの一部は反抗を企てたのである……

二〇三六年四月　第二のアッシャー邸

「〝物憂く、陰鬱に、物音もなくひそまり返って、空には低く雲の垂れこめた秋のある日、わたしは奇妙に荒涼とした土地をただひとり馬で日もすがら通りすぎていた。そして夕やみの次第にせまってくるころ、ついに陰鬱なアッシャー邸の見えるところまでやってきた……〟」

ウィリアム・スタンダール氏は、引用を途中でやめた。そこ、低い黒い丘のうえに、その家は立っていた。礎石には、「西暦二〇三六年」と刻まれていた。

建築家のビジェロー氏が言った。「できあがりました。鍵はこれです、スタンダールさん」

もの静かな、秋の日の午後、ふたりの男は、黙ったまま、いっしょに立っていた。青写真が、ふたりの足もとのオオガラスソウのうえで、カサコソと音をたてた。

「アッシャー邸だ」と、スタンダール氏は、嬉しくなって言った。「設計し、建築し、買い、支払いもすませた。ポーさんだって喜んでくれようじゃないか？」

ビジェロー氏は、横目でみた。「それだけのために、この家をお建てになったんですか?」

「そうだとも!」

「塗り色はよろしいでしょうか? 〝荒涼として〟それで〝すさまじい〟でしょうか?」

「い、い、とても荒涼として、とてもすさまじい」

「壁は――〝うらさびて〟いますね?」

「どぎもをぬかれるくらい、だよ」

「あの沼、あれは、じゅうぶん〝不気味に黒ずんで光って〟いますでしょうか?」

「とても信じられないくらい不気味に黒ずんで光ってる」

「それから、あのスゲなんですけれど――ご存知のとおり、わたしどもで染めましたんですが――あの灰色と漆黒の色とは、ちょうどいい色でしょうか?」

「すごいよ!」

ビジェロー氏は、設計書をしらべてみた。その一部を読んでいった。「建物全体で〝氷のような冷たさ、胸が悪くなる感じ、もの悲しい思い〟にならせてますね? 家と、沼と、土地でもって、スタンダールさん?」

「非のうちどころがないですな、ビジェローさん! いや、まったく、美しい!」

「ありがとうございます。わたしは、まるで予備知識なしにこの仕事をお引受けしなきゃなりませんでした。あなたが、ごじぶんの個人ロケットを持っておられたので、ありがたいことにおかげでなんとかなりました。さもなかったら、ここの設備はたいてい、わたしどもでは持ってくることを許可してもらえなかったんです。お気づきでしょうが、ここでは、いつも薄明かりなんです。この土地は、いつも十月、荒れ果てて、不毛で、息絶えているのです。そのためには、ちょいと仕掛けがいりましたがね。何もかも、殺しちまったんです。一万トン、DDTをつかいました。ヘビ一四、カエル一四、火星バエ一四、のこっちゃいません！　いつも薄明かりですよ、スタンダールさん。わたしは、これが自慢なんです。機械が隠してありましてね、それが太陽の光をボウーッとさせるんです、だから、いつもうまいぐあいに〝荒涼とした〟感じになるんです」

スタンダールは、その荒涼とした感じ、陰鬱さ、悪臭を放つ沼気――そんなにも精巧に工夫し、ぴたりの感じにされた〝雰囲気〟ぜんたいに、じいっと見とれた。それに、あの家ときたら！　あの崩れかかっている怖ろしさ、あの不吉な沼、かび、広くいきわたる腐朽のいきおい！　作りものだろうと、なんであろうと、誰にもそんなことがわかるものか。

かれは、秋の空を眺めた。どこか頭上の、かなた、はるか遠くに、太陽があった。火星では、四月だった。青空のみられる、黄色い月。どこか頭上で、ロケットがいくつも、美しく死滅した惑星を文明化しようと、焔をあげて降りていった。その通っていくときの甲高いひびきは、この薄暗い防音装置をした世界、古代の秋の世界には、きこえてこなかった。

「さあこれでわたしの仕事は完成ですから」と、ビジェロー氏は、不安そうに言った。

「お尋ねしてもいいという感じがするんですがね、こういうものみんなで、あなたが何をなさろうとしているのか」

「アッシャー邸でかい？　想像つかんのかね？」

「ええ」

「アッシャーという名前で、ぴんとくるものはないのかね？」

「ええ、何も」

「ふうん、じゃ、この名前じゃ、どうかね、エドガー・アラン・ポーというのじゃ？」

ビジェロー氏は、首を横に振った。

「そうさな」スタンダールは微妙な鼻のならしかたをした、困惑と侮蔑のいりまじった調子だ。「あの有名なポー氏を知っているだろうと思うほうが無理だったんだろうな？　ずっと昔に死んだんだもの、リンカーンより前にね。かれの本はぜんぶ、あの大焚書で焼かれたんだ。三十年前——二〇〇六年だ」

「あー」と、ビジェロー氏はしたり気に言った。「あの時のひとりですか！」

「そう、あの時のひとりなんだよ。かれも、ラヴクラフトも、ホーソーンも、アンブローズ・ビアスも、あらゆる恐怖と幻想の物語はみんな、だから当然、未来の物語というのもみんな、焼かれたんだ。無情にも、ね。かれらは、法律を通した。ああ、最初は、小さなことから始まった。一九九九年には、一粒の小さな砂にすぎなかった。かれらは、まず、漫画の本の統制から始めた、それから探偵小説の統制、もちろん映画におよんだ、いろんなやりかたで、つぎつぎとね、政治的偏見もあれば、宗教的偏見もあり、組合の圧力というのもあった。つねに何かを恐れている少数者がいたし、暗黒を、未来を、過去を、現在を、じぶんじしんを、じぶんじしんの影を恐れている大多数の者がいたんだ」

「なるほど」

「〝政治〟ということばを恐れたんだ（このことばは、結局、いっそう反動的な連中のあいだでは共産主義と同じ意味になったっていうことだから、この言葉をつかうと命がなかったんだよ！）。で、ここでネジを締め、あそこで釘をさし、押すやら、引くやら、ねじるやら、文学も美術も、ひねったり結んだり引き伸ばしたりしたでかいタフィーみたいになり、いつか弾力も香気もなくなってしまった。それから、映画はぶったぎられるし、劇場は暗くなる、で、ものすごいナイアガラ瀑布みたいな出版物が、毒にも薬にもならぬ〝純粋な〟材料だけの滴《したた》りになって、とぎれとぎれに流れる始末。ああ、〝逃避〟ということばも、過激だってことになったんだよ！」

「ほんとですか？」

「ほんとだとも！　だれでも現実に直面しなきゃいかん、とかれらは言った。この現在の場所と時間に直面しなきゃいかん！　とね。そうでないものはいっさい存在してはいかんのだ。で、美しい文学上の嘘や、空想の飛躍は、中空で射殺されなければならない。こうして、三十年前の、二〇〇六年のある日曜日の朝、かれらは、ある図書館の壁にならべたてたのだ。かれらは、〈サンタ・クロース〉や〈首のない騎兵〉（ワシントン・アーヴィングの『スリーピー・ホロウの伝説』に出てくる小人。独立戦争にやとわれたドイツの騎兵で、砲弾にとばされたじぶんの首をもとめてさまよったという）や、〈白雪姫〉や〈ルンペルシュティルツキン〉（グリム童話などに出てくる小人の妖精）や『マザー・グース』をならべたてて、――ああ、なんという情ないことだ！――そしてかれらは射ち倒したのだ。紙のお城や、妖精のカエルや、年老いた王さまや、その後めでたしめでたしで暮らしたひとびとはみんな、燃してしまった（だれひとりもうその後めでたしめでたしで暮らしたものがいないのは、むろん事実となっているんだからね）。で、むかしむかしは、二度とこんなことは起こらないになってしまった！　そして、かれらは、「幽霊人力車」（リチャード・キップリングの短篇小説）の灰を、〈オズの国〉（ライマン・フランク・ボームの『オズの魔法使い』から。以下の四つも同様）のかけらといっしょに撒きちらした。〈善き魔女グリンダ〉と〈オズマ姫〉の骨を飾った。〈虹の娘〉を分光器にかけて分析した。〈かぼちゃ頭のジャック〉にメレンゲ菓子を添えて生物学者の舞踏会で御馳走に出した！　〈豆の木〉は禁制の茨のなかで枯れてしまった！　〈眠れる美女〉は、科学者の接吻で目をさまし、その注射器の致命的な一刺しで息をひきとった。そして、かれらはアリスに瓶から何かを飲ませたので、そのため彼女は、身体がどんどん小さくなって〝もっときてれつ、もっともっときてれつ〞なんてことを言っておれなくなった。そして、〈鏡〉には、かれらはハンマーの一撃をくわえて、〈赤いキング〉も〈かき〉もみんな、ふっとばしてしまったんだ！」

スタンダールは、拳を握りしめた。みると、すぐさま、その顔には赤味がさし、もうハアハア息をあえぎだしていた。

ビジェロー氏はというと、スタンダールのこの長々とやってのけた猛烈なまくしたてに、仰天していた。かれは、まばたきをして、ついにこう言った。「すみません。じつはなんのことをおっしゃっているのか、わからないんです。ただ名前ばっかり、ならんでいるだけで。わたしの聞いているところでは、あの焚書はいいことだった、ということですが」

「出ていけ！」スタンダールは、きいきい声で叫んだ。「おまえの仕事は終わったんだ。だから、放っといてくれ、阿呆めが！」

ビジェロー氏は、部下の大工たちを呼んで、立ち去った。

スタンダール氏は、ひとりっきり、かれの〝邸〞のまえに立っていた。

「よく聴きたまえ」と、かれは、見えないロケットにむかって言った。「わたしは、おまえたち精神を掃除しちまった連中から逃れようと、火星にきたんだ。だのに、おまえたちは、屑肉にあつまるハエみたいに、日ましにたくさん群がりだしている。だから、わたしはおまえたちに、見せしめをしようというのだ。地球でおまえたちがポー氏にしたことに対して、わたしは、ひとつみごとな教訓をおまえたちにさずけようというのだ、今日からは、気をつけるがいい。アッシャー邸が、仕事を始めているのだ！」

彼は空にむけて拳を突きだした。

ロケットが着陸した。ひとりの男が、颯爽《さっそう》とおりてきた。かれは、ちらっとアッシャー邸をみると、その灰色の目には、不快と困惑の色がうかんだ。かれは、大股に濠《ほり》をこえると、そこに立っている小柄な男に面と向った。

「きみの名前はスタンダールだね？」

「そう」

「わたしはギャレット、道徳風潮調査官です」

「そうか、じゃいよいよ、きみたち道徳風潮局のひとたちも、火星についたんだね？ いつ現われるのかな、と思ってたんですよ」

「先週、われわれは到着した。すぐにも、ここを地球とおなじように、清潔に、整然としてしまうからね」かれは、苛々しながら身分証明書を〝邸〟のほうへ振ってみせた。「そのことは説明してくれるだろうね、スタンダール？」

「お化けのでる城、とでもいえば、お気にめすところですかね」

「いやだね。スタンダール、わたしは好かん。その〝お化けのでる〟という言葉のひびきなんてのは」

「簡単きわまることですよ。今年、キリスト紀元二〇三六年に、わたしは、ひとつの機械じかけの神殿を建てたんです。そのなかでは、信号電波で銅のコウモリが飛び、プラスチックの穴倉のなかを真鍮のネズミがチョコチョコ走り、ロボットの骸骨が踊ってる。化学薬品と創意でもって合成されたロボットの吸血鬼や、道化や、オオカミや、白い幽霊が、ここに住んでいるんでね」

「そいつが、まさしくわたしの恐れてたものなんだ」と、ギャレットは静かに微笑しながらいった。「きみのところは取り壊しをやらにゃいかんだろうな」

「工事がはかどっているのを見つけたら、すぐいらっしゃるだろうと思ってましたよ」

「もっと早く来るはずだったのだがね。だが、われわれ道徳風潮局のほうでは、措置をとるまえに、きみの意図をたしかめたかったのだ。夕飯時までには撤去員たちや焼却員がここに来るはずになっている。真夜中までには、きみのところは地下室まで完全に破壊することになる。スタンダール君、わたしは、きみをすこし馬鹿だと思うな。一所懸命かせいだ金を、くだらんことに浪費なんかして。だって、三百万ドルはかかったでしょうが──」

「四百万ドルですよ！　ですが、ギャレットさん、わたしは、ごく若い時に二千五百万ドル相続したんですから、そいつを撒き散らすことができるんです。でも完成してから、たった一時間にもならないうちに、あなたが撤去員たちを連れて駆けつけて来るなんて、まったく、やりきれませんね。どうでしょう、二十四時間でいいから、わたしに、このおもちゃで遊ばせてくれるってわけにはいきませんかね？」

「きみは法律を知っているだろう。厳密に文字どおりなんだな、書籍といわず、建築物といわず、或いはその他のいかなるものにせよ、およそ幽霊とか、吸血鬼とか、妖精とか、その他、想像上の生物を示唆するようなものはいっさい生産してはいかんのだ」

「このつぎには、バビット（シンクレア・ルイスの作中人物）みたいなひとたちを焼くんでしょうね！」

「きみは、これまでさんざんわれわれに手数をかけたよ、スタンダール君。それは記録に残ってる。二十年前のことだ。地球で。きみと、きみの蔵書のことだ」

「そう、わたしとわたしの蔵書。それにわたしのようなひとが何人か。ああ、ポーは、もう永い年月のあいだ忘れられている。オズや、その他の生きものも、そうだ。だが、わたしや何人かの市民は、書庫という隠し場所を持っていた。だがついに、あなたがたは、松明《たい まつ》と焼却炉を持った人たちをつれてきて、わたしの五万冊の本を引き裂いて、焼き棄ててしまったのだ。そいでまた、ハロウィーンのどまんなかに棒くいをぶちこんでめちゃめちゃにしたし、映画制作者たちには、そもそも映画を作るならアーネスト・ヘミングウェイを何度も作らにゃいかん、というお達しだった。ああ、いったい何度わたしは『誰がために鐘は鳴る』が作られるのを見たことだ！　三十種類もだ。みんな写実的でね。ああ、写実主義ですよ！　現在、いまここでのできごとでね、くそっ！」

「いまさら、うらみごとを言ったって、始まらんよ！」

「ギャレットさん、あなたは、詳しい報告をもっていかなきゃいけないのでしょう？」

「そうだ」

「じゃあ、好奇心のためにも、ひとつなかへ入ってあちこち御覧になったらどうです。一分もかかりはしません」

「よろしい。案内したまえ、ただし、変なまねはよせ。わたしはピストルを持っているんだからね」

アッシャー邸への扉は、軋みながら、いっぱいに開いた。湿っぽい風が流れ出てきた。失われた墓場で息づいている地下のうなり声のように、多くのため息やうめき声がきこえた。

床の石の上をネズミが跳ねた。ギャレットは、ワッと叫びながら、それを蹴飛ばした。ネズミはひっくり返って死んでしまった。と、そのナイロンの毛皮から信じられないほどの金属のノミの群れがゾロゾロとはいだした。

「これは驚いた！」ギャレットは身をかがめて、のぞきこんだ。

部屋の隅にひとりの魔女がすわって、蠟製の手を、オレンジ色と青色のタロット・カードの札のうえにふるわせていた。魔女は頭をヒョイと動かし、脂じみたカードをコツコツと叩きながら、歯のない口から、しわがれ声をだした。

「死んだね！」とその女は叫んだ。

「これだよ、困ったものだっていうのは」と、ギャレットは言った。「いかんねえ！」

「あの魔女は、あなたの手で焼かせてあげますよ」

「ほんとかね？」ギャレットは喜んだ。そして、それから顔をしかめた。「なかなか見事にやってのけてる、と認めんわけにはいかんね」

「この家を創ることが出来たというだけで、わたしは充分だったんです。わたしがそれをやったんだと言えるだけで、――この現代の疑りぶかい世界に中世の雰囲気をじっくり育てあげてきたと言えるだけで、わたしはほんとうに満足だったのです」

「わたしは、きみの天才には、不承不承ながら感歎の念を抱かざるを得ないな」ギャレットは、美しい、ぼやっとした女の姿をしてささやきながらそばを流れてゆく霧を、まじまじと見まもった。しめっぽい廊下に、機械のうなる音がした。遠心分離機から出る綿菓子のように、静まりかえった広間を、霧は、つぶやきながら湧き上り、そして流れた。

どこからともなく、一匹の大ザルがあらわれた。

「待て！」と、ギャレットが叫んだ。

「大丈夫ですよ」スタンダールは、大ザルの黒い胸を叩いてみせた。「ロボットなんです。銅の骨格なんでね、さっきの魔女とおんなじことです。ね、そうでしょう？」そういいなから、毛皮を撫でてみせると、下から銅の管が見えた。

「そうか」ギャレットも、おずおずと手を差し伸べて、そいつをあやそうとした。「だが、スタンダール君、これは、みんな、どうしたわけなんだ？　何が、いったい、きみに取り憑いたのだ？」

「官僚政治のせいですよ、ギャレットさん。だがその説明をしている余裕はありません。政府が、すぐそのうちに発見するでしょうからね」かれは大ザルにうなずいてみせた。

「よし、今だ」

大ザルはギャレット氏を殺した。


「もう準備はいいのかな、パイクス？」

パイクスはテーブルから見上げて答えた。「いいです」

「すばらしい出来栄えだぞ」

「それでお給料をいただいております」ロボットの合成樹脂のまぶたをあげてガラスの眼球を入れ、ゴムの筋肉を手ぎわよく結びつけながら、パイクスは優しく言った。「さあ出来ました」

「ギャレット氏に生き写しだな」

「そっちの方は、どうしましょう？」パイクスは、本物のギャレット氏の死骸が横たわっている石の板のほうを顎でしめした。

「焼いたほうがいいだろう。パイクス。まさか、ギャレット氏が二人必要かな？」

パイクスは、ギャレット氏を手車にのせて、煉瓦造りの焼却炉へ運んでいった。「あばよ」かれは、ギャレット氏を焼却炉に押しこむと、炉の扉をピシャッと閉めた。

スタンダールは、ロボットのギャレットに向って立った。「ギャレット、命令しておいたな」

「はい」ロボットは起き上がった。「わたしは道徳風潮局へ帰ります。そして補足報告書を提出します。措置は、すくなくとも四十八時間おくらせます。もっと充分に調査するということにするつもりです」

「よし、ギャレット。じゃ、行きたまえ」

ロボットは、急ぎ足でギャレットのロケットのところへ行き、なかに入り、飛び去った。

スタンダールは、振り向いた。「さあパイクス、今夜の招待状の残りの分を発送しよう。今夜は楽しいだろうな、え？」

「そりゃ、二十年間わたしたちは待ったんですから、とてつもなく楽しいでしょうよ！」

かれらは、たがいにウインクしあった。

七時。スタンダールはじぶんの時計をしらべた。そろそろ時間だ。かれは、シェリー酒の杯を手の中でひねくり回しながら静かにすわった。頭の上では、樫の梁のあいだで、コウモリどもが——銅の骨格にゴムの肉を着せた精巧なのが、目をしばたたいてかれを見て、叫び声をあげた。かれは、そのコウモリどもにむけて杯を挙げ、乾杯した。「われわれの成功のために」それから、ゆったりと椅子の背によりかかり、両眼を閉じて、この計画全体を考えた。こんなに老年になって、この喜びを味わうことが出来ようとは。これは文学上の恐怖とその燃えたちにたいして防衛の手をうった政府への復讐なのだ。ああ、長年月のあいだに、どのくらい憤怒と憎悪とがかれの胸中に生い育ったことか。この計画は、かれのしびれた心のなかで、ゆっくりと形を取ってきたものなのだ、三年前あのパイクスに会ったときまでに。

ああ、そうだ。パイクス。心のなかに、緑色の酸の黒く焼け焦げた井戸のように深い痛烈さを抱いているパイクス。パイクスとは何者であったのか？　それは、ただ、かれらのなかの最も偉大な人物のことだ！　パイクス、一万の顔を持った男、怒り、煙、青い霧、白い雨、コウモリ、妖怪、巨魔、それがパイクスなのだ！　生みの親とも言うべきロン・チェイニー（コロラド生れのアメリカ映画俳優。メーキャップで有名で、『ノートルダムのせむし男』が代表作。一八八三～一九三〇。息子も俳優）以上であろうか？　スタンダールは黙想に沈んだ。くる晩もくる晩も、かれは古い古いフィルムのなかで、そのロン・チェイニーをみつめてきたのであった。そうだ。たしかにチェイニー以上だ。それから、あの古い昔の性格俳優以上かな？　何という名前だったかな？　そうだ、カーロフ（一八八七～一九六九。イギリス生れの映画俳優。フランケンシュタインなどに扮す）だったかな？　パイクスの方がはるかに上だ。ルゴシ（一八八二～一九五六。ハンガリー生れの俳優。カーロフと同じく、フランケンシュタインなどに扮す）は？　くらべることすら不愉快だ！　パイクスの前にパイクスなく、パイクスの後にパイクスはない。そのかれがいまはかれの幻想をはぎとられ、地上に、身をおくところもなく、芸を見せるひと一人ない。いまは、鏡の前でひとり秘かに演技することすら、禁じられている！

あわれな、考えられもしない、戦い敗れたパイクス！　その晩、あいつらがやってきて、きみのフィルムを押収し、腸みたいにカメラの中から、きみの腹のなかから、ズルズル引きずり出し、押しまるめ、ストーヴのなかに詰めこんで焼き棄てたとき、きみはどんな気持がしただろう！　それは五万冊もの本を、代償もなく焼き棄てられた者が感じたのと、おなじであったろうか？　そうだ。おなじだとも、スタンダールは、狂おしい憤怒に拳が冷たくなるのを感じた。だから、かれらが、ある日、コーヒーをのんで時の移るのも知らずに語りくらし、ついに数え切れぬ夜々の密議を重ねて、あげく、その語りあいと痛烈なたくらみとから、現われたとしても当然すぎるほど当然のことなのだ――このアッシャー邸が。

大きな教会の時計が鳴った。客たちが到着したのだ。

ほほえみながら、かれは、来客に挨拶するために立ちあがって迎えに行った。

記憶もなしに成人したロボットたちが、待っていた。森の沼の色の緑の絹に包まれて、カエルの色、シダの色の絹に包まれて、かれらは待っていた。陽の光と砂の色の黄色い髪の毛をして、ロボットたちは待っていた。油を差されて、青銅の管の骨格をして、ゼラチンに埋められて、ロボットたちは横たわっていた。死人のためでも生きもののためでもない柩の中に収められて、板ばりの箱のなかで、メトロノームたちは動かされるのを待っていた。潤滑油と、旋盤にかけられた真鍮の匂いがしていた。そこには墓場の静寂があった。性は与えられながら、性を持たぬもの、ロボットたち。名は与えられながら、名を持たず、人間からあらゆるものを借りながら、人間性だけは借りていない、そのロボットたちは、じぶんたちを収めた釘づけの箱の、F・O・B（積込渡し）の貼札をした蓋を睨んでいた。それは死であるが、また、死でさえないともいえよう、そもそもの生命というものがいまだかつてなかったのだから。いま、しきりに釘を引き抜く叫び声がする。箱の蓋が開けられている。そして、箱の上の影、罐から油をほとばしらせる手の圧力。いま、一つの時計仕掛けが誰かの手で動き出した。かすかなチクタク、チクタクという音。それから、また一つ、また一つ。やがて、このあたりはさかんに音をたてる広大な時計屋になった。大理石の眼が、ゴムのまぶたをパッチリと見ひらいた。小鼻がピクピクと動いた。大ザルの毛皮を着たロボットと、白いウサギの毛皮を着たロボットがたち上がった、――トゥイードルディーの後にはトゥイードルダムがつづいた（ルイス・キャロルの『鏡の国』の登場人物）。ニセスッポン。ヤマネズミ。塩と白い海草のまつわりついた、海から引きあげたばかりのユラユラ揺れてる土左衛門。白い目をむいて、のけぞっている、咽喉が青くなった首吊りの男たち。氷と燃える金属でつくった生きものたち。へな土《ローム》の小人たち。こしょうの小妖精たち。チクタク。岩の精の王。自分で雪あらしを巻き起こしてゆくサンタ・クロース。アセチレンの焔のような髯をなびかせた青髯。緑色の焔がつきでてくる硫黄の雲。そして、腹に炉をもったうろこのあるでかい蛇体の竜。それらが、叫び声、カチカチいう音、うなり声、沈黙、突貫、そしてさっと風をまきおこしつつ、扉のあいだを揺るぎ通った。一万の箱の蓋が、パタン、パタンと閉まっていった。この時計店は、アッシャー邸内へ動いてゆく。今夜は魔法がかかっているのだ。

暖かい風が陸を吹いてきた。お客たちのロケットが、噴き出す焔に空を焦がして、秋の気候を春に変えながら到着した。

男たちは夜会服を着てロケットを降りてきた。女たちは、髪を丹念に結い上げて、その後につづいた。

「ははあ、あれがアッシャー邸だ！」

「だけど、入口はどこにあるんだ？」

その瞬間にスタンダールがあらわれた。女たちは笑いさざめいて、おしゃべりをしていた。スタンダールは片手をあげてかれらを静かにさせていた。そして、クルッと後ろ向きになると、高い城の窓の一つを見上げ、呼んだ。

「ラプンツェル、ラプンツェル、髪をおろせ」

すると、上から、ひとりの美しい乙女が夜風に身を乗り出し、黄金色の髪の毛を垂らしてよこした。髪は、もつれてそよぎ、美しい梯子になった。客たちは笑いさざめきながら、その髪の梯子をのぼって邸内に入れるようになっていた。

なんという有名な社会学者たち！　なんというかしこい心理学者たちであろう！　なんとおそろしく重要な地位の政治家たち、細菌学者たち、神経学者たちだ！　かれらは、しめっぽい壁の内側に立っていた。

「みなさま、よくお越しくださいました！」

タイロン氏、オウエン氏、ダン氏、ラング氏、ステッフェン氏、フレッチャー氏。そのほか二十数名。

「どうぞお入りください。さあ、どうぞ！」

ギブス嬢、ポープ嬢、チャーチル嬢、ブラント嬢、ドラモンド嬢、そのほか二十人ほどの、きらびやかな女性たち、一人のこらず、有名な、有名な人たちであった。

空想防止協会の会員、ハロウィーンとガイ・フォークス・デイ追放の張本人、コウモリたちの殺害者、焚書の当人たち、松明の持手たち。どれもこれも善良な清潔な市民たちであった。この人たちは、みな、粗野な人びとが来て火星人を埋め、都市を清めて町を建て、街道を修理し何もかも安全にするまで待っていた人たちであった。何もかもうまく安全なようにして、この利権屋たちは、血の代りにマーキュロクロームが身うちを流れ、ヨード色の目をしたこの人たちは、やっといまごろやって来てかれらの道徳風潮局を設立し、善を世の人びとに分け施そうというわけだ。そして、この人たちは、みな、スタンダールの友人であった。そうなのだ、去年一年をついやして、かれは、慎重に慎重にかれらに近づき、かれらと交わりを結んだのであった。

「この広大な死の広間へ、ようこそ、おいで下さいました！」と、スタンダールは叫んだ。

「やあ、スタンダール君、これはいったい何ごとなのだ？」

「いまに分かるよ。どうぞ諸君、お召物をお脱ぎになって下さい。こちら側にたくさんの小部屋が並んでおります。そこにある衣裳に、どうか、お召しかえねがいます。男子の方がたは、こちら側、ご婦人は向こう側です」

人びとは不安げに、そのあたりに立っていた。

「こんな所にいつまでもいていいのかしら」と、ポープ嬢が言った。「このありさまは、よろしくありませんわ。これはもうすんでのことで――神を瀆《けが》すことになりそうね」

「馬鹿な、仮装舞踏会ですよ！」

「まったく、これは違法行為のようだね」ステッフェン氏はあたりを嗅ぎまわった。

「さあ、そんなことはよしにして、思う存分、お楽しみください」スタンダールは笑った。

「明日は、この家は廃墟になるんです。どうぞ小部屋へお入り下さい」

〝邸〟は、生き生きと美しい彩りで輝いた。道化師たちが、帽子の鈴をチリチリと鳴らしながら、人びとの傍を通っていった。小さな弓でバイオリンを弾いている小人たちの音楽に合せて、白いネズミたちがカドリールを踊った。焦げた梁からは色々な旗がさざなみをたて、そのあいだ、雲みたいにコウモリの群れが、冷たく、荒く、泡立つ酒を吐いている妖怪の口のあたりを飛びまわった。その仮面舞踏会の七つの部屋をつらぬいて、一すじの小川がさまよい流れていた。客の人びとがすすってみると、それはシェリー酒であった。客は、小部屋から、年恰好をすっかり変えて、流れ出てきた。顔には仮面《ドミノ》を着けていた。仮面を着けたというそのことは、空想と恐怖とを征伐するかれらの鑑札を無効にしたということであった。女たちは、赤いガウンを着て、笑いながら、そのすそをなびかせた。男どもはその相手をしておどった。壁の上には、主のない影が映り、あちらこちらに、のぞいてみてもなんの姿もみえぬ鏡があった。「われわれは、みんな吸血鬼だ！」と、フレッチャー氏が笑った。「死んでるんだ！」

部屋は七つあって、色は、みな、違っていた。ひとつは、青、ひとつは紫、ひとつは緑、ひとつは橙色、さらにひとつは白、第六は、菫色、そして最後の第七は、漆黒のビロードでおおわれていた。その黒い部屋には、また、音たかく時を打つ黒檀の大時計があった。そのような部屋を、客の人びとはつい酔い痴れて、ロボットの幻想のなか、ヤマネズミやいかれた帽子屋といっしょに、小人や巨人、黒猫や、白い女王にまじって駆け歩いた。踊るかれらの足もとでは、床が、一つの秘められた、おのずときこえてくる心臓の重い鼓動をひびかせるのであった。

「スタンダールさま!」

ひとつのささやき声。

「スタンダールさま!」

〝死〟の面をかぶった一個の怪物が、スタンダールのすぐ傍へ来て立った。それはパイクスであった。「内密に申し上げたいことがございます」

「なんだね?」

「これです」パイクスは、骸骨の手をひとつ差し出した。そこには、いくつかの、溶けかけた黒焦げのホイールとナットと歯車とボルトがあった。

スタンダールは、ながいあいだそれらを見つめていた。それからかれは、パイクスを廊下へ連れだした。そして、「ギャレットかい?」と、小声で訊ねた。

パイクスは、うなずいた。「あいつめ、ロボットを身代りによこしたんですよ。つい先ほど焼却炉の中を掃除したところ、こういうのが見つかったんです」

ふたりとも、しばらくの間は、それらの運命の歯車を睨んでいた。

「これは、つまり、警察がいつ踏みこんで来るかも知れんということです」と、パイクスは言った。「われわれの計画は水泡に帰するでしょうね」

「なんとも言えん」スタンダールは、渦を描いて舞い踊っている黄や青や橙色の人たちをチラとのぞきこんだ。音楽が、霞むいくつもの広間を、さあっと流れていた。「ギャレットがのこのこひとりでじぶんからやって来るほど馬鹿でないことに、気がつけばよかったんだな。だが、待てよ！」

「なんですか？」

「なんでもない。なんでもないんだ。ギャレットは、われわれのところへロボットをよこした。ははん、それで、われわれも、ロボットを送り返したと。仔細に点検して見なきゃ、やつは、この入れ換えには、気がつかんだろう」

「もちろんそうです！」

「すると、この次は、やつは、ごじぶんでやって来るぜ。安全だと見きわめをつけたんだからな。いつなんどき、ひとりでのこのこ入口にあらわれるかも分からんさ！——パイクス、もっと酒をくれ！」

大きな鐘が、このとき、また鳴りひびいた。

「さあ、おいでなすったぞ。かけていい。あいつだ。行ってギャレット氏を入れてやってくれたまえ」

ラプンツェルが、また、黄金色の長い髪の毛を垂らした。

「スタンダール氏だね？」

「やあ、ギャレットさん。本物のギャレットさんでしょうね？」

「そう」ギャレットは、しめっぽい壁と、渦まいて踊っているひとびとを眺めた。「じぶんで来て見たほうがよかろうと思ったのでね。ロボットじゃ、あてにならんからね。とくに、他人のロボットなんかじゃね。ついでに、撤去作業員も呼んでおいたよ。一時間もしたら、やって来て、このいやらしい場所を、土台ごと、叩きこわしてしまうだろう」

スタンダールは一礼した。「わざわざお知らせねがってありがとう」そう言いながら、片手を振った。「ところで、こいつを一つ味わってみられませんか。酒はどうです？」

「いや結構だ。いったい、これは何をやってるんだ？　人間、こうまで堕落できるもんかね？」

「どうぞごじぶんで御覧ください、ギャレットさん」

「殺人だ」と、ギャレットが言った。

「最も汚らしい殺人ですよ」と、スタンダール。

ひとりの女が悲鳴をあげた。ポープ嬢が、血の気のまったくない顔色をして、駆け上がってきた。「とても恐ろしいことが、たったいま起こったの！　ブラントさんが大ザルに絞め殺されて、煙突の中へ突っこまれるのを見たわ！」

ひとびとが見上げると、長い黄色い髪が煙突の穴から垂れ下っているのが見えた。ギャレットは、大声をあげた。

「こわいわ！」ポープ嬢はすすり泣いた。だが、すぐに泣くのをやめた。目をパチパチさせながら振り返った。「あら、ブラントさん！」

「はい」そこには、ブラント嬢が立っていた。

「だって、たったいま、あなたが煙突の穴へ押しこまれるのを、わたし見てたのよ！」

「ちがうわ」と、ブラント嬢は笑った。「わたしそっくりのロボットなのよ。みごとな模型ね！」

「だって、だって……」

「さ、あんたったら、泣くんじゃないの。わたしは、どこもなんともないわよ。じゃ、わたしに、わたしが殺されてるところを見せてね。ほら、あそこにいるわ！　煙突の上に。あなたの言ったとおりね。おもしろいじゃないの？」

　ブラント嬢は笑いながら歩み去った。

「召し上がりますか、一杯？　ギャレットさん」

「いただこうかね。いまの事件で、神経の張りがなくなったよ。どうにも、なんというところだ。これは叩き壊すだけのことはあるね。しばらくは、まあ……」

　ギャレットは飲んだ。

　またしても悲鳴。ステッフェン氏が、四匹のシロウサギの肩に担がれて、床のなかに魔法のように現われた階段を運び降ろされた。ステッフェン氏は手も足も縛られたまま、その階段の下へ転がされた。すると、縁が鋭い刃になった大きな振子が一つ、左に右に大きく揺れながら、ジリジリとそれを見て狂いまわるステッフェン氏の身体の上に迫っていく。

「あの下にいるのは、わしかい？」ステッフェン氏が、ギャレットの肘のすぐそばに現われて、そう言った。かれは、落し穴の上に身をかがめた。「じぶんが死ぬところを見るなんて、なんて変な、なんて妙な感じだ」

振子は、とどめの一撃をやってのけた。

「なんとも真に迫るよ！」そういうと、ステッフェン氏も、向こうを向いて去っていった。

「もう一杯どうです。ギャレットさん？」

「うん、もらおう」

「長くつづくことじゃありません。撤去作業員が、じきにやってくるでしょう」

「やれやれってとこだ！」

と、またしても三つめの悲鳴だ。

「こんどは誰かね？」ギャレット氏は、気づかわしげに言った。

「こんどは、わたくしの番ですわ」と、ドラモンド嬢が言った。「ごらん、ね」

もう一人のドラモンド嬢が、悲鳴をあげながら、棺の中へ押しこまれ、上に蓋をおろして、釘付けにされた。そして、床下の荒土の中へ突っこまれた。

「そうか、昔の禁制の書物で憶えてるぞ。『早すぎる埋葬』だ。そのほかも。『落し穴』、『振子』、それに大ザル、煙突、『モルグ街の殺人』。わたしが焼き棄てた書物にあったたな。そうだ、あれだ！」と、道徳風潮局調査官はあえいだ。

「さあ、もう一杯、ギャレットさん。ほら、しっかりと杯をお持ちなさい」

「ふうむ、きみには想像力があるんだな？」

かれらは、なおそこに立って、さらに五人のひとが死ぬのを見守っていた。その一人は巨竜の口で、ほかの四人は、黒い湖水の中へ投げ込まれて、かれらはみるみる沈んで見えなくなってしまった。

「あなた用のも計画してあるんですが、ごらんになりたいですか？」と、スタンダールが訊ねた。

「見せていただこう」と、ギャレットは答えた。「どっちみち、残らず叩き壊してしまうものだからね。おなじことじゃないか。きみは意地が悪いよ」

「じゃ、どうぞ。こちらです」

いくつもの廊下を通り、また螺旋形の階段を下って、かれはギャレットを、床下の、地下埋葬所へ案内していった。

「こんな下までおりてきて、なにを見せたいっていうんだね？」と、ギャレットが言った。

「あなたじしんが殺されるところですよ」

「わたしのロボットだね？」

「そうです。それに、ほかにもね」

「なに？」

「アモンティリヤード（「愛する人」を意味するスペイン語）」きらめくランタンを高くかかげて先に歩みながら、スタンダールが言った。骸骨たちが、棺桶から半身をのぞかせて凍りついた。ギャレットは、嫌悪の色もあらわに、手で鼻をおさえた。

「アモーなんだって？」

「アモンティリヤードというスペイン産のシェリー酒のことを、聞かれたことはないんですか？」

「ないね！」

「これはなんだか、おわかりですか？」スタンダールは、密閉した小部屋を指さした。

「分かるもんかね」

「じゃ、これは？」スタンダールは、笑いながら、ケープの下から、鏝《こて》を出してみせた。

「それはなんだ？」

「まあ、いらっしゃい」と、スタンダールは言った。

かれらは、その小部屋へ入った。暗闇のなかで、スタンダールは、鉄鎖を、半分酔っている男にかけた。

「おいおい、なにをするんだ？」ギャレットは、鎖をガラガラ音たてて引きずりながら、わめいた。

「わたしはね、皮肉な気持になってるんですよ。皮肉な気持になってるものを、邪魔するもんじゃありませんよ。そりゃ礼儀ではありませんよ。さあ！」

「鎖で縛り上げたな！」

「そう、縛り上げましたよ」

「なにをしようというのだ？」

「あなたを、ここに、おいてけぼりにするんです」

「冗談を言ってるんだな」

「すばらしい冗談でね」

「わたしのロボットは、どこにいるんだ。ロボットが殺されるところを見物するんじゃないのか？」

「ロボットなんか、ありゃしませんよ」

「だが、他の人たちは！」

「他の人たちは、死んでしまいました。殺されるところをさきほどあなたがごらんになったのは、みんな、本物のほうなんです。ロボット、生き写しのほうが、そばに立って見てたってわけですね」

ギャレットは、なにも言わなかった。

「さあ、あなたは、〝神の御名《みな》にかけて、モントレソー！〟と言うんです」と、スタンダールが言った。「そうすると、わたしが〝そうだ、神の御名にかけて〟と返事をする。言わないんですか？　さあ、お言いなさい」

「きさま、馬鹿野郎」

「なだめたり、すかしたりしなきゃいかんのですか？　さあ、言うんですよ。言いなさい、〝神の御名にかけて、モントレソー！〟と」

「いやだ、きさま、この阿呆め。はやくここから出してくれ」かれは、酒の酔いもすでに醒めていた。

「ほら。これをかぶるんだ」スタンダールは、なにかチリチリ鈴の鳴るものを投げこんだ。

「こりゃなんだ？」

「鈴のたくさんついた帽子さ。それをかぶりな。そしたら出してあげる」

「スタンダール！」

「かぶれっていってるんだ！」

ギャレットは、言われるとおりした。帽子の鈴がチリンチリン鳴った。

「こういうことが、みんな、前にあったような気持がしないかね？」鏝とモルタルと煉瓦とではや仕事を始めながら、スタンダールがそう訊いた。

「なにをしてるんだ？」

「あなたを閉じ込める壁を造っているんですよ。さあこれで一列できた。つぎはもう一列できた。つぎはもう一列だ」

「きみは狂っている！」

「その点はとやかく議論しないつもりだ」

「こんなことをして、——告発するぞ！」

スタンダールは、鼻唄を歌いながら、煉瓦を平手で叩いては、しめったモルタルの上に置き並べていった。

さて、だんだん暗くなってゆく中から、のたうち、動きまわり、叫ぶ声がきこえていた。煉瓦の壁は、しだいに高くなった。「どうぞ、もっとのたうってください」と、スタンダールは言った。「たいへん面白い見世物《ショウ》ですからね」

「出してくれ、おい、出してくれ！」

あとには、たった一枚の煉瓦を塗り込む仕事だけが残った。悲鳴は、ひっきりなしだった。

「ギャレットさん？」スタンダールが、やさしく呼んだ。ギャレットはしずかになった。

「ギャレットさん、あなたは、わたしが何故あなたにこんなことをしたか、おわかりですか？　それは、あなたが、ろくすっぽ読みもしないで、ポーの作品を焼き棄てたからですよ。あなたは、人が、ああいう本は焼き棄てなければいけないと言うのをきいて、その勧告に従ったのだ。そうでなければ、さっきわれわれがここに来たときに、あなたは、もうわたしが何をしようとするのか分かったはずなんでね。無知ってのは致命的ですよ、ギャレットさん」

ギャレットは、黙っていた。

「わたしは、これを、完全なものにしたいんだ」スタンダールは、ランタンを高くかかげて、その光をぐったりとなった姿のうえに注ぎながら、言った。「しずかに鈴を鳴らしなさい」すると、鈴がかすかに鳴った。「さあ、それから〝神の御名にかけて、モントレソー〟と言うんです。そしたら、自由の身にさせてあげられるかもしれません」

男の顔が、ランタンの光の中に浮かび上がってきた。ためらいが見られた。それから、グロテスクな調子で言った。「神の御名にかけて、モントレソー」

「ああ」両眼をとじて、スタンダールは言った。かれは最後の煉瓦を嵌めこんで、モルタルでしっかり塗りこんだ。「願わくは、やすらかに眠れかし、懐かしのわが友よ」

かれは急いで地下の墓場から出た。

真夜中の大時計の音が響きわたると、七つの部屋で、物の動きはみな、ぴたりと止まった。

〝赤死病〟が、あらわれた。

スタンダールは、戸のところで、しばらく振り返って眺めていた。それからかれは、大きな邸を走り出て濠を越え、ヘリコプターが待っているところへ走っていった。

「用意はいいかね、パイクス？」

「いいですよ」

「じゃこわれるぞ！」

かれらは、微笑しながら大きな邸をながめた。その邸は、いまや、まるで地震ででも崩れるように、真中から裂けはじめた。その壮大な光景をみまもっているとき、スタンダールは、うしろの座席でパイクスが、低い抑揚のある声でポーの『アッシャー家の崩壊』の最後の一節を朗読しているのを聞いた。

「〝……邸の大きな壁がはげしい勢いで裂けてゆくさまをながめて、わたしの頭はくらくらとなった。――おびただしい滝のひびきのような、ごうごうととどろく音響が久しくつづいた。やがてわたしの足許の深く黒ずんだ沼は、「アッシャー家」の残影をことごとく呑み込んだまま、また静かによどんだようにたたえているばかりであった〟」（中野好夫訳『アッシャー家の崩壊』より）

ヘリコプターは、霧たちこめる沼の上たかく昇って、西のほうへ飛び去った。

二〇三六年八月　年老いた人たち

そして、それよりもいっそう当然なことなのだけれども、あたらしい儲け口をさがしにやって来た、そうぞうしい開拓者たちや、気取ったすれっからしどもや、旅行を商売にしている連中や、ロマンチックな講演者たちの後を追うようにして、とうとう、年老いた人たちまでも火星へやって来る。

だからして、しなびてひびのはいった人たち、心臓の音を聴いてみたり、脈搏に触れてみたり、ゆがんだ口にスプーンでシロップを少しずつ運んでいる人たち、むかしなら十一月になると寝椅子のついた客車に乗ってカリフォルニアに行き、四月には三等の汽船に乗ってイタリーへ行くというようなことをしていた、そういう人たち、乾し杏《あんず》みたいな人たち、ミイラみたいな人たちが、とうとう火星へやって来たのである……

二〇三六年九月　火星の人

青い山脈が雨のなかに消え、雨は長い運河の中に降りそそいだ。老いたラ・ファージュとその妻は家の中から出てきて、眺めた。

「この季節で最初の雨だな」と、ラ・ファージュが言った。

「いい雨だわね」と、その妻も答えた。

「ほんとに、よく降ってくれた」

ふたりは戸をしめた。家の中で、かれらは、両手を火で暖めた。ふたりとも、ふるえていた。窓をとおして、遠くの方に、かれらは地球から乗ってきたロケット船の横腹に、雨が光っているのを見ていた。

「たった一つ、それだけだな」と、ラ・ファージュがじぶんの両手を見ながら言った。

「なんですの？」と、妻がたずねた。

「トムを連れて来ることができたらな」

「あら、また言った、あなたったら！」

「もう言わないよ。ごめん」

「わたしたち、ここへ静かに余生を送りに来たんでしょう。トムのことなんか考えまいって、ね。あの子は、もうずっと以前に死んだんですよ。あの子のことも、地球の上であったことも、何もかも忘れるようにしないと」

「そうだね」そう言って、かれは、両手をまた炉の方へ差し出し、火をじっと見つめた。

「そのことは、もう言わんよ。グリーン・ローン・パークにあったあの子の墓へ、日曜日ごとに花を手向けにドライヴしたもんだけど、それができんのだけが残念だ。あれが、たった一つの楽しい遠出だったね」

青い雨が、しずかに、家の上に降っていた。

九時になると、ふたりは寝床に入って、おだやかに眠ろうとした。夫は五十五、妻は六十、雨の降る暗闇のなかで、手と手を取りあって。

「アンナ?」夫が、やさしく呼んだ。

「なんですの?」と、妻が答えた。

「なにかきこえなかったかね?」

雨と風の音に、ふたりは耳を澄ませた。

「いいえ、なんとも」と、妻が言った。

「誰かが口笛を吹いていた」と、夫。

「いいえ、聞きませんでしたわ」

「とにかく、起きて見に行ってこよう」

かれはローブを着て、家の中を横切り、玄関の戸口のところまで行った。ためらいながらかれがドアを大きくひらくと、顔に雨が冷たく降りかかった。風が吹き込んできた。

戸口の前に、小さな人影が立っていた。

稲妻が空をつんざいて、さっと白い光が入りこみ、戸口のところに立っている老いたラ・ファージュを見上げている小さな顔が、照らし出された。

「そこにいるのは誰だ？」ふるえながらラ・ファージュは呼んだ。

返事はない。

「誰だ？　なんの用だ？」

それでも、一言の返事もない。

かれは気が遠くなり、ぐったりして、しびれるような心地がした。「誰だ、おまえは？」かれは叫んだ。

妻が、うしろへ立って来て、かれの腕をとった。「なんで怒鳴ってらっしゃるの？」

「ちっちゃな男の子が玄関に立ってて、返事をしないんだ」老人は、ふるえながら、そう言った。「トムみたいなんだ！」

「ベッドへいらっしゃい。夢を見てらっしゃるのよ」

「でも、そこにいるんだよ。じぶんで見てごらん」

夫は、ドアをもっと広くあけて、妻に見せた。冷たい風が吹きこみ、薄い雨が土に落ちて、その人影は、遠くを見るような目でふたりを見ながら立っていた。老婦人は、戸口にしがみついた。

「あっちへお行き！」片手を振りながら、彼女は言った。「あっちへお行き！」

「トムに似てないかね？」老人がたずねた。

その影は身うごきしなかった。

「こわいわ」と、老婦人は言った。「ね、ドアに錠をおろして、ベッドへいらっしゃいよ！　わたし、そんなのにかまいたくないわ」

老婦人は、ひとりごとをいって歎きながら、寝室の方へ消えていった。

老人は、風が両手に冷たい雨を吹きつけてくるにまかせて立っていた。

「トムや」かれが、やさしく、そう言った。「トム、もし、おまえなら、もしも、ひょっとして、おまえなら、トムや、このドアにはかんぬきをかけないでおくからね。もしも寒くて、あったまりたかったら、あとで入ってきて、炉のそばで寝るんだよ。あそこには毛皮の敷物があるからね」

かれは、ドアを閉めたけれど、鍵はかけなかった。

妻は、夫がベッドへもどってきたのを感じて、身ぶるいした。「いやな晩だわ。とても

よ」
「しいっ、しずかにおし」かれは、妻をなだめ、両の腕に抱きしめてやった。「眠るんだ
老けこんだ感じになるの」彼女は、すすり泣きをしながら、そう言った。

ずいぶん長い時間かかってから、妻は、眠った。

それから、かれは、玄関のドアが非常に静かに開く音を聞いた。雨と風が吹きこんでく
る音、ドアの閉まる音がした。静かな足音が炉のところでして、軽い息遣いもきこえた。

「トムだな」彼は、ひとりごとを言った。

稲妻が空を走って暗闇をつんざいた。

朝になってみると、太陽は、たいへん暑かった。

ラ・ファージュ氏は、居間へつづくドアを開けて、すばやくまわりをみまわした。

炉ばたの敷物の上には、何もなかった。

ラ・ファージュは、溜息をついた。「おれも年だな」と、かれは言った。

かれは、顔を洗う水を汲みに運河まで歩いていこうと思って外へでた。玄関のところで、
かれは、あやうくバケツの縁まで水をいっぱい汲んで運んできたトムを突き倒すところだ
った。

「おはよう、お父さん！」

「おはよう、トム」老人は横をむいて伏目になった。少年は、はだしのままで部屋を横切

って行って、バケツを下におき、ニコニコしながら振りむいた。「いいお天気だね！」「うん、いい天気だ」信じられないような顔で、老人は、そう言った。少年は、すこしも変わったことがなかったようにふるまった。かれは、バケツの水で、顔を洗い始めた。

老人は進み出た。「トム、どうしてここへ来たんだい？　おまえ、生きてるのかい？」「生きてちゃいけないの？」少年は顔を上げた。

「だけど、トム、グリーン・ローン・パークに、毎日曜日に、お花を供えて……」ラ・ファージュはやむをえずすわりこんでしまった。少年は、かれの前に来て立つと、その手を取った。その指が温かくて固いのを、老人は触れて感じとった。「ほんとにおまえだ。夢じゃないだろうな？」

「お父さんは、ぼくにここにいてもらいたいんでしょう？」少年は困ったような顔をした。

「そりゃ、そうだとも」

「それじゃ、どうして、そんなことといろいろきくの？　ぼくを受けいれてったら！」

「でも、おまえのお母さんがね。あんまりびっくりして……」

「お母さんのことなら、心配いらないよ。一晩中、ぼくは二人に唄を歌ってあげたんだ。だから大丈夫、ぼくに慣れたよ。ことにお母さんはね。どんなにびっくりされるか、ぼく、わかってる。お母さんがくれれば、わかるよ」そう言って、少年は銅色の巻毛の頭を振りながら笑った。その目は、とても青くて、澄んでいた。

「おはよう、あなた、トムや」髪の毛をくるくると頭の上で束ねながら、寝室から母親が出てきた。「お天気がいいじゃない？」

トムは、ふりむいて、父親の顔をのぞきこんで笑った。「ね、そうでしょ？」

三人そろって、家のうしろの木陰で、とてもおいしい朝食をたべた。ラ・ファージュ夫人は、とっておきの古いヒマワリ酒をとり出して、みんなで一杯ずつ飲んだ。ラ・ファージュ氏は、じぶんの妻がこんなにも晴ればれとした顔をしているのを、これまで見たことがなかった。トムのことで疑いをいだいているにしても、彼女はそれを声に出さなかった。まったく自然なできごとだったのだ、彼女にとっては。そして、ラ・ファージュにもあたりまえのことみたいに、なりかかっていた。

母親が食卓のあとかたづけをしているあいだ、ラ・ファージュは、息子のほうに身を乗り出してコッソリときいた。「ねえおまえ、いくつになったんだい？」

「知らないの、お父さん？　十四だよ、もちろん」

「おまえ、ほんとうは、誰なんだい？　おまえはトムであるわけがないものね。誰か、ほかの人なんだ。誰なんだ、いったい？」

「やめて」びっくりして、少年は、両手で顔を掩った。

「教えておくれ」と、老人は言った。「わたしは分かるつもりだ。おまえは火星人なんだね？　わたしは火星人のことをきいたことがある。はっきりした話じゃないけれどね。火星人が、もう、とても数が少ないということや、火星人がわれわれのあいだへ出てくるときには、地球人として出てくるという話をね。おまえには、どこやら、すこし——おまえはトムだけれど、おまえはトムじゃない」

「どうして、そんなことを言ってばかりいて、受けいれてくれることができないの？」両手でしっかりと顔を掩ったまま、少年は泣きだした。「疑わないで、ね、おねがいだから、疑わないで！」彼は、振りむきざま、テーブルから走り去った。

「トム、帰っておいで！」

だが、少年は運河に沿って遠い町のほうへ駆けていってしまった。

「トムは、どこへ行くんですか？」皿を取りにきたアンナがきいた。彼女は夫の顔を見た。

「あなた、なにか、あの子の気に障ることをおっしゃったのね？」

「アンナ」かれは、妻の手をとって言った。「アンナ、グリーン・ローン・パークのことを何か憶えているかい？　市場のこと、それに、トムが肺炎をやったことを？」

「なんの話をしてらっしゃるの？」彼女は笑った。

「気にしないでくれ」かれは静かに言った。

遠くのほうで、トムが運河の縁を走り去ったあとに、砂埃が舞い、やがて静まっていった。

午後の五時、陽が沈むころ、トムは帰ってきた。かれは、疑わしげに、父親を見た。

「また何かきくの？」それを、知りたがった。

「いいや、なんにもきかないよ」と、ラ・ファージュは答えた。

少年は、にっこり笑った。「よかった」

「どこへ行ってたんだい？」

「町の近くへ。すんでのことで、帰れなくなるところだった。すんでのことで」――少年は適当な言葉をみつけだそうとしていたのだ――「罠にかけられるところだったよ」

「どういうことだい、〝罠にかけられるところだった〟って？」

「運河のそばの小ちゃなブリキの家のまえを通ったんだよ。そこで、もうすこしのことで、ここへ帰ってきてお父さんの顔をみることが、できなくなるところだったの。お父さんにわかるように説明するのむずかしいや。どうしようもないよ、言えないんだもの。とても変だったんだよ。ぼく、もうその話したくない」

「じゃあ、止そう。それより手を洗っておいで。晩御飯だから」

少年は走っていった。

十分ほど経ってから、一隻のボートが運河の澄んだ表面を流れてきた。背の高い、ほっそりとした、髪の毛の黒い男が乗っていて、ゆっくりと腕をうごかして舟を竿さしていた。

「こんばんは、ラ・ファージュさん」竿の手をやすめて、男は言った。

「こんばんは、サウル。なんの知らせだね？」

「今夜は、いっぱいお知らせがあるんでね。この運河の下手のブリキ小屋に住んでるノムランドって男をご存知でしょう？」

ラ・ファージュは、かたくなった。「知ってるが？」

「あいつ、どういう悪党だかご存知でしょう？」

「地球で人殺しをしたんでやって来たそうだな、噂だと」

サウルは濡れた竿に身をもたせかけながら、ラ・ファージュをみつめた。「あいつが殺した男の名を、憶えていますか？」

「ギリングズ、というんじゃなかったかね？」

「そうです。ギリングズです。それがね、二時間ほどまえ、ノムランド先生、今日、この昼すぎ、この火星で、生きてるギリングズに会ったってわめきながら町へやって来たんでさあ！　先生、じぶんを監獄へすっぽり放りこんでもらおうと思ったんですがね。監獄の方でうんと言わなかったんでさ。それでノムランドは、家へ帰って、二十分ほどまえ、わたしの聞いたところでは、ピストルで頭をぶち抜いたってことでさあ。わたしは、今そこから来たばかりですがね」

「ふうん、そうかい」と、ラ・ファージュは言った。

「とてつもないことが起こりますよ」と、サウルは言って、「それじゃ、おやすみなさい、ラ・ファージュさん」

「おやすみ」

小舟は、澄んだ運河の水の面を流れていった。

「御飯ができてますよ」と、老婦人が呼んだ。

ラ・ファージュは、夕飯のテーブルについて、ナイフを手に、テーブル越しにトムを見た。「トム、おまえ、この昼すぎ、なにをしたのだい？」

「何もしないよ」食べ物を口にいっぱい詰めこみながら、トムが答えた。「どうして？」

「聞いてみたかっただけさ」そう言って、老人は、ナプキンの端を押し込んだ。

その晩の七時に、老婦人は、町へ行きたがった。「もう何カ月も町へ行っていないわ」と、彼女は言った。だが、トムは行こうとしなかった。「ぼく、町が怖いんだ。ひとびとが。行きたくないよ」

「大きな子のくせに、そんなこと言って」と、アンナが言った。「いいですね。一緒に来るんですよ。お母さんのいうとおり」

「アンナ、この子がいやがるんなら……」と、老人は言いはじめた。

だが、つべこべ言うことはなかった。アンナは、二人を押しこむようにして運河のボートに乗り込ませた、三人は、夕星のもとを運河をさかのぼっていった。トムは仰向けに寝て、両眼を閉じていた。眠っているのか、それとも起きているのか、わからなかった。老人は、その子を、ふしぎな気持でじいっと見た。いったい、これは誰なんだ、われわれとおなじように愛に飢えて孤独に堪えかね、異星人の住むところへ入りこみ、記憶に残る声と顔とをじぶんのものにして、われわれの間に立ち、受けいれられ、ついに最後に幸福となったこの者は誰なのか、また何者なのか？　地球からロケットがこの火星に着いたとき、どういう山から、どういう洞穴から、この世界にのこるわずかばかりのどういう最後の種族から、あらわれてきたのか？　老人は頭を振った。知るすべはないのだ。これは、あらゆる意味で、トムなのだ。

老人は、前方の町を見た、好きになれない町だった。だが、それからまた、トムのこと、アンナのことに思いは戻った。かれは心の中で考えた。トムをほんのしばらくでも止めておくというのは、いけないことなのだろう。その結果は、ただ、面倒と悲しみが生まれるだけなのだから。だが、たとえただ一日しか止まらずに行ってしまって、空虚さがいっそう空虚になり、暗黒の夜がいっそう暗黒になり、雨の夜がいっそう湿っぽくなろうとも、われわれの求めていたまさにこの当の者を、どうして思いあきらめることができようか？

この者を、われわれから奪い去ることは、食べ物を、われわれの口から力ずくでもぎ取るのとおなじことだ。

かれは、舟底にやすらかに寝ている少年を見た。少年は、なにか夢でもみたのか、すすり泣きをした。「ひとが」夢のなかでつぶやいた。「変わって、変わって。罠にかける」「トムや」ラ・ファージュは少年のやわらかい巻毛の髪をなでてやった。トムの寝言はとまった。

ラ・ファージュは、手を貸して妻と子をボートからおろした。

「さあ、着いたわ！」アンナは、酒場からながれてくる音楽や、ピアノや、レコードに耳をかたむけ、腕を組み合って大股に雑踏の通りを歩いてすぎてゆく人びとをみまもりながら、街灯にほほえみかけた。

「家にいたほうがよかったな」と、トムが言った。

「以前は、そんなこと、決していわなかったよ、おまえ」と母親は言った。「土曜の夜は、いつも町へ出るのが好きだったもの」

「ぼくのそばを離れないでね」と、トムは小声で言った。「罠にかけられたくないんだ」

アンナは、それを小耳にはさんだ。「そんな馬鹿なことを言うのおよし。さあ、いらっしゃいったら！」

ラ・ファージュは、少年がじぶんの手にすがっているのに気がついた。ラ・ファージュはその手を握りしめてやった。「トム坊や、離れやしないから」かれは雑踏が往来するのをながめて、じぶんも心配になった。「早く帰るからな」

「馬鹿おっしゃい。今夜は、たっぷり遊んでくのよ」と、アンナが言った。

かれらは、ある通りをよぎった。と、三人の酔っぱらいがかれらのなかへ割って入った。たいへんな混乱だ。別れ別れになって、車の輪みたいにまわった。と、ラ・ファージュは呆気に取られて立っていた。

トムがいなくなっていた。

「どこへ行ったんでしょう?」アンナは、いらいらして、たずねた。「ちょっとでもすきがあると、ひとりで逃げて行ってしまうのね。いつも。トム!」彼女は呼んだ。

ラ・ファージュは急いで群衆を掻きわけて探しまわったが、トムはいなくなっていた。「帰ってくるわよ。わたしたちが帰るときには、ボートのところにいるわ」アンナは、確信をもったようにそう言って、夫を促して映画館の方へつれていった。そのとき、群衆のなかに、とつぜん激しいざわめきが起き、一組の男女が、ラ・ファージュの傍をさっと通りすぎた。ラ・ファージュはその二人がだれかわかっていた。ジョー・スポールディングとその妻。二人はラ・ファージュが話しかけもできないうちに、もう見えなくなっていた。

心配そうにうしろを振りかえりながら、かれはその映画館の切符を買った。そして、妻のうながすままに、うれしくもない暗闇に入っていった。

その夜、十一時になっても、トムは舟着場に来なかった。ラ・ファージュ夫人は、真蒼になった。

「さあ、かあさん、心配するんじゃない」と、ラ・ファージュが言った。「わたしが見つけてくる。ここに待っておいで」

「はやく帰ってね」彼女の声は運河の水のさざ波のなかに消えた。

かれは両手をポケットに突っ込んで、夜の通りを歩きぬけた。あたりでは街灯がひとつひとつ消えていくところだった。それでも、まだ、わずかの人たちが、窓から身を乗り出していた。夜空の星と星とのあいだを雨雲がまだ蔽っていたけれど、暖かい晩だった。歩きながら、かれは、少年が、たえず「罠にかけられる、罠にかけられる」と言っていたことを想い出した。少年が、あんなにも都会と群衆を怖れていたことを想い出した。あれにはなんの意味もない。少年が、老人は、ぐったりしながらそう思った。たぶん、あの子は、もう二度とは帰ってくるまい。ラ・ファージュは、番地を読みながら、とある横町へ曲った。

「やあ、ラ・ファージュさん」

ひとりの男が、家の入口で、パイプをくゆらせながらすわっていた。

「やあ、マイクさん」

「夫婦喧嘩でもしたんですかい？　それで、こんなに遅く歩いてるんですね？」

「いや。ただの散歩ですよ」

「何か落し物でもしたって様子だね。ところで落し物といえばね」と、マイクが言った。

「今夜は見つかった人がいるんだよ。ジョー・スポールディングを知ってるでしょ？　かれのラヴィニアという娘のこと、憶えてるかね？」

「ああ」ラ・ファージュは、冷淡だった。それは、何度も見た夢のようだった。そのあと、マイクが言い出すことばが、ちゃんと分かっていた。

「ラヴィニアがね、今夜、家へ帰って来たんだ」と、マイクは煙草をふかしながら言った。

「想い出すだろ、あの娘がひと月ほど前に、よどんだ海の底で行方不明になってたのを。あの娘の死体らしいものは発見したんだがね、ひどくやられてて、それからというものスポールディングの家には、いいことはなかった。ジョーは、あの娘は死んではいないんだ、あれはあの娘の死体ではないんだと言ってまわってさ。ところが、みろ、あいつのいってたとおりだったんだ。ラヴィニアが、今日、出て来たのさ」

「どこで？」ラ・ファージュは、呼吸が早くなり、心臓が動悸を打ちだすのを感じた。

「本通りでだよ。スポールディングの夫婦は、ショウの切符を買っていたんだ。すると、まったくだしぬけに、人ごみのなかにラヴィニアがいたんだな。こりゃとっても見物だったにちがいないぜ。娘は、最初ふたりに気がつかなかった。街の通りの半分ほど、あとをつけて、話しかけた。そうすると、娘も、想いだしたのだ」

「その娘を見たのかね？」

「いいや、だが、歌ってる声は聞いたよ。憶えているかい、あの娘よく〝ロッホ・ローモンド〟の唄を歌ってたものだったろ？　さっきそこのスポールディングの家で、あの娘が、父親のために、その〝ロッホ・ローモンド〟を震え声で歌っていたのを聞いたのさ。いいもんだね、唄を聞くのは。それに美しい女の子だからね。あの娘が死んだなんて、ひどいよ。後姿がまたきれいでね。……どうしたい、元気がないが気分でも悪いのかね？　中へ入って、ウィスキーでも一杯ひっかけないか……」

「ありがとう、けっこうだ、マイク」老人は立ち去った。かれはマイクが「おやすみ」というのを聞いたけれど、返事をしないで、ひたすらその目を、高い水晶の屋根の上に真紅の火星の花房が乱れ咲いている、二階造りの建物に注いだ。家の後の、庭に面した二階には、ねじまげた鉄のバルコニーがあって、その上の窓には、あかりがついていた。夜はとても更けてはいたが、ラ・ファージュは、ひとり考えに耽った。——もしもトムを連れて帰らなかったら、アンナはどうなるだろう？　この二度目のショック、この二度目の死は、あの女に、どんな結果をもたらすだろう？　最初の死もまた想い出すんじゃないか？　この夢と、突然の失踪も忘れられなくなるんじゃないか？　どうしてもトムを見つけて帰らなければならない。でないと、アンナはどうなる？　かわいそうなアンナ、いまも舟着場で、待っているだろう。

彼はふと考えるのをやめ、顔をあげた。どこか頭の上の方で、一つの声が、ほかのやさしい声に「おやすみ」といった。ドアが開いて、また、しまった。あかりが暗くなってやさしい歌声が、つづいていた。しばらくすると、まだやっと十八ぐらいの非常に美しい少女が、バルコニーへ出て来た。

ラ・ファージュは、吹いている風のなかから、その少女に呼びかけた。

少女は、振り向いて、見おろした。「だあれ、そこにいるのは？」彼女は叫んだ。

「わたしだ」そう答えながら、老人は、そのじぶんの答を、ひどく愚かしい、奇妙なものに思って、口をつぐんだ。唇だけは動いたが、声にはならなかった。「トム。おまえのお父さんだよ」と言うべきだろうか？　どう言ってこの少女に呼びかけたらいいのだろうか？　この少女はかれを完全に気がちがってると思って、両親を呼ぶだろう。

少女は、音を立てている灯りのなかに身を乗り出した。

「わたし、あなたを知ってます」少女は、やさしく答えた。「でも、どうぞ、お帰りになって。ここでできることはありませんわ」

「帰って来てくれなければいけないよ！」抑える暇もないうちに、言葉がラ・ファージュの口を洩れた。

頭上の月光を浴びた姿は、物陰へ引っ込んだ。だから、もはや姿は見えなくて、ただ声だけがきこえた。「わたし、もう、あなたの息子ではありません」と、その声がいった。

「町へなんか来るんじゃなかったんだわ」

「かあさんが、舟着場で待っているんだよ！」

「すみません」静かな声が、そういった。「でも、わたし、他にどうしようもないんですもの。わたしはここで幸せなのです。あなたがたがわたしを愛してくださったのと同じように、愛されているのです。わたしは、つまりいまのわたしなの。なるようにしかなりませんわ。もう遅すぎました。わたしはつかまえられたんですもの」

「だけど、かあさんのことを考えておくれ。どんなにショックか」

「この家の中の思いが、とてもとても強いのです。まるで牢屋に捕えられているみたい。わたし、もとの姿に戻れないの」

「おまえはトムだ。トムだったんだ。そうじゃなかったのか？　老人をからかわないでおくれ。おまえは、ほんとうはラヴィニア・スポールディングではないのだろう？」

「わたしは、誰でもありません。わたしは、ただ、わたしなんです。どこにいても、わたしは、何かになっている。そして、いまは、あなたにどうすることもできない物になってるんです」

「おまえは町にいては危い、誰も危害を加えることのできない運河に行ったほうがいいよ」と、訴えるようにして、老人がいった。

「そのとおりですわ」と、その声はためらいをみせた。「でも、いまは、ここの人たちのことを考えなければいけません。朝になって、わたしがまた、こんどは永久に行ってしまったら、ここの人たちはどんな感じがするかしら？　とにかく、お母さまは、わたしの正体を知ってるわ。あなたとおなじように、お母さまも分かったの。たぶん、ここのみなさんも想像してはいるけれど、口にだして言わないだけなのだわ。あなたがたは神の摂理を疑いはしないでしょう。もし実在というものをもてないのなら、夢だって、りっぱに用をたすんですもの。たぶん、わたしは、あの人たちの死んだ息子や娘が帰って来たというだけではなくて、それよりも、もっとよいものなんだわ。その人たちの心がつくった理想ですもの。わたしは、あの人たちを悲しませるか、あなたの奥さまを悲しませるか、どちらかを取らなければなりません」

「スポールディングの家は五人家族だ。おまえのいない寂しさにまだ堪えられるよ！」

「どうぞ、もう。わたしは疲れました」と、声がいった。

老人は声を強めた。「帰らなければいけない。もう一度アンナを悲しませたくないのだ。おまえは、わたしたちの息子だ。わたしたちのものなんだ」

「いいえ、どうか！」影は、おののいた。

「おまえは、この家のものでも、ここの人たちのものでもない！」

「いや。そんなふうに言わないで！」

「トムよ、トム、よくお聴き。帰ってくるのだ。その蔓にすがって、すべり降りておいで、お母さんが待っている。いい家をあげるよ。なんでもほしいものをあげよう、ね」かれはまじまじと、ただまじまじと見上げていた、なんとか思いをかなえてくれ、と。

影が動いた。蔦《ツタ》の葉がかすかに鳴った。

とうとう、静かな声がいった。「いいよ、お父さん」

「トム！」

月光のなかを、少年のすばやい姿が、蔦の葉のあいだをすべり降りて来た。ラ・ファージュは、両腕をのばして、その姿を抱きとめた。

頭上の部屋のあかりがさっとついた。格子窓のひとつから声がした。「誰だい、下にいるのは？」

「急ごう、坊や！」

あかりがもっとつき、もっと多くの大声がした。「止まれ。こっちは銃をもってるぞ！ヴィニー、大丈夫か？」走ってくる足音。

老人と少年は、一緒になって、庭を横切った。

銃声がひびいた。ふたりが門をピシャッとしめたとき、銃弾が塀にあたった。

「トム、おまえはそっちへお行き。わたしはこっちへ行ってあいつらをはぐらかすから！運河の方へ走るんだよ。十分たったら、運河で会うからね！」

ふたりは別れた。

月は雲にかくれた。老人は、暗闇のなかを駆けた。

「アンナ、わたしだよ！」

老婦人は、震えているかれを助けて、ボートにのせた。「トムは、どこなの？」「一分たったらここに来る」と、ラ・ファージュは息を切らした。

かれらは、ふりかえって、横町と、眠っている町とを見た。夜遊びの人たちが、まだ、すこしは外を歩いていた。巡査がひとり、夜番の男がひとり、ロケットのパイロットが一人、夜のランデヴーからの帰りらしい四、五人のさびしそうなひとたち、笑いさざめいてバーから出てきた男女四人。どこかで音楽が微かに鳴っていた。

「どうしてあの子、来ないんでしょうね？」老婦人がたずねた。

「来るよ、来るよ」だが、ラ・ファージュにも確信がなかった。どういうものか、どこかでまた、捕まったのかもしれない。舟着場まで、暗い家々のあいだの、真夜中の通りを、走って来る途中で、捕まったのかもしれない。子供にとっても、ずいぶん長い駈け足なのだ。だが、それにしても、あの子が、先にここに着いていなければならないはずなのに。

するると、はるか向こう、月光のさす並木路を、一つの人影が走ってきた。

ラ・ファージュは大声をあげたが、すぐ声を呑んだ。ずっと向うに、もうひとつ別の呼声と、走る足音がきこえたからだった。家々の窓から窓へ、つぎつぎとあかりがついた。舟着場へつづく広場を横切って、さっきの一つの人影が走ってきた。それはトムではなかった。それは、顔が、広場のまわりに群がり立っている街灯の光を浴びて、銀のように輝いて走っている形でしかなかった。そして、さっと駆けて近づいてくるにつれて、それは、だんだん見覚えのあるものに変わり、舟着場へ着いたときには、それは、トムだった！　だが、アンナは両手をさっと差しだした。ラ・ファージュは急いでボートを出そうとした。すでにもう遅すぎた。

並木路から、静まった広場を抜けて、いま一人の男が出てきたからだ。つづいて、もう一人、女が一人、さらにもう二人の男、スポールディング、みんな走っていた。かれらは、あっけにとられて立ち止まった。これは悪夢としか考えようがない、狂気じみてると、あきらめて帰ろうとしながら、目をギョロつかせてあたりを見まわした。だが、かれらは、また、やって来た。ためらいながら、立ち止まりながら、急に足を早めながら。

もう遅すぎた。夜は、事は、終わったのだ。ラ・ファージュは、舫《もや》い綱をひねっていた。かれは、非常に冷淡で、孤独だった。ひとびとは、月光のなかを、目をいっぱいに見ひらいて、猛烈なスピードでドタドタと駆け寄ってきた。そして、十人の人が残らず、舟着場に立ち止まった。かれらは、荒々しくボートのなかをのぞきこんだ。大声をあげた。

「動くな、ラ・ファージュ！」スポールディングは銃を持っていた。

いまや、何事がおこったのか、明らかだった。トムは、月光の街を、人びとの前をすりぬけてさっと走っていたのだ。ひとりの巡査が、その影がさっと通るのを見た。その巡査は、身体をめぐらして、その顔をじいっと見つめ、だしぬけにある名前を呼んで、追いかけだした。「おい、止まるんだ！」ある犯人の顔を見たのだ。走ってくる道のあいだで、つぎつぎに、おなじようなことがおこった。ここでは男たちが、そこでは女たちが、そして夜番の男が、ロケットのパイロットが。かれらはみな、その走ってゆく姿にあらゆる大事な物、あらゆる人、あらゆる名前を見たのだった。たったこの五分間に、どれくらい多くの名前が口にされたことだろうか？　そしてそのたびに、どれくらい多くの異なった形にトムの顔は変わっていったことであろうか？　しかも、みんなまちがって。

ずっとはるばる、追う者と追われる者と、夢と夢見る者と、獲物と猟犬と。意外な出会い、懐かしいまなざしのきらめき、遠いとおい想い出の人の名を呼び、昔を思い出し、人の数は増してきた。ことごとくが夢中で追った。一万の眼、一万の鏡の面に映る一つの像のように。走っている夢が、やってきて、また去っていったのだ、前方の人たちにも、後につづく人たちにも、または、まだ会わぬ人たちにも、それは、みな、それぞれに違った顔に見えたのだ。

そして、いまここに、このボートに、みんなが集まって、その夢をわがものにしようとしている、ちょうどわたしたちが、ラヴィニアでも、ウィリアムでも、ロジャーでも、あるいはそのほかのどんな名前でもない、ただトムであってほしいと望んだみたいにだ。と、ラ・ファージュは思った。だが、いまは、万事すでに休した。

「みんな、上って来い！」スポールディングが命令した。

トムがボートから上った。スポールディングが、その手首をとらえた。「一緒に家へ帰ろう。わかってるんだ」

「ちょっと持て」と、巡査が叫んだ。「これはわたしの犯人だ。名前をデクスターといって、殺人容疑で手配中なんだ」

「ちがいます！」一人の女が、すすり泣きをした。「これはわたしの夫です！　わたしの夫にちがいないわ！」

ほかの声がいくつも、異議を唱えた。群集が、近づき寄ってきた。

ラ・ファージュ夫人は、トムを後ろにかばった。「これは、わたしの息子です。あなたがたは、この子にどんな罪をきせる権利もありません。わたしたちは、いま家へ帰るところなんです！」

トムはといえば、はげしくふるえて、ガクガクしていた。ひどく気分が悪そうだった。群衆は、かれのまわりに群がり、荒々しい手をいくつものばして、つかまえよう求めようとした。

トムは悲鳴をあげた。

人びとの眼前で、かれは変身した。かれはトムであった。ジェームズであった。スウィッチマンという名の男であった。バタフィールドという名の男でもあった。かれは市長であり、ジュディスという少女であり、夫のウィリアムであり、妻のクラリッスであった。かれは、人びとの心のままに形をとる熔蠟であった。人びとは叫び声をあげ、ひしめき寄り、泣いて訴えた。かれは両手をひろげて、悲鳴をあげた。その顔は、一つ一つの要求につれて、変わった。「トム!」ラ・ファージュが叫んだ。「アリス!」もう一人が叫んだ。「ウィリアム!」人びとはかれの手首をつかんで、旋風のようにぐるぐる引きずりまわした。とうとう最後のおそろしい悲鳴をあげるや、かれは地面に倒れた。

かれは石の上に横たわっていた。冷えてゆく熔蠟、その顔は、あらゆる顔、片目は青く、片目は金色、髪の毛は、茶色で、赤で、黄で、黒で、片方の眉は濃く、片方は薄い、片手は大きく、片手は小さい。

人びとは、かれのうえに身をかがめ、そしてかれらの口にかれらの指をあてがっていた。人びとはひざまずいた。

「死んでしまった」誰かが、とうとういった。

雨が降り始めた。

雨は人びとのうえに降り、人びとは、だまって空を仰いだ。

ゆっくりと、それからしだいに早く、人びとはくるりと振りむいて歩み去った。それから、さっと駆け出して、その場から遠ざかっていった。一分もたたぬうちに、その場所に人影はなくなった。ただ、ラ・ファージュ夫妻だけが残っていた。手に手をとりあい、目を伏せ、おののきながら。

雨は、仰むけの、もう誰とも見わけがつかぬ顔のうえに、降っていた。

アンナは、なにもいわずに、泣きだした。

「さ、家へ帰ろう、アンナ。しようがないじゃないか」と、老人はいった。

かれらは、またボートへ降りて、暗闇のなかを運河に沿って帰っていった。ふたりの家へ入ると、わずかな火をおこして、手をあたためた。ふたりはベッドに入って、またも屋根に降りそそぐ雨の音を聴きながら、やつれてさむざむとしながら、寝た。

「一緒に聴いてごらん！」ラ・ファージュが真夜中にいった。「なにかきこえたろ？」

「なんにも、なんにも」

「とにかく、行って見てくる」

かれは暗闇を手さぐりで横切って、表の戸口のそばで長いあいだ待ってから、やっとドアをあけた。

かれはドアを大きくひらくと、外をのぞいた。

人影もない表の戸口に、雨は黒い空から叩きつけるように降っていた。運河に降りそそぎ、青い山々のあいだに降りしぶいていた。

かれは五分ほど、待っていた、それから静かに、両手を濡らしながら、ドアをしめて、かんぬきをかけた。

二〇三六年十一月　鞄　店

鞄店の主人が、はるばる地球から軽快なひびきの電波で受信した夜のラジオのニュースを聞いたときには、それは、ほんとうに遠いものであった。主人は、なんて遠いんだろうな、と感じた。

地球では、戦争が始まろうとしていたのだ。

かれは、おもてへ出て、空に目をこらした。

そう、地球は、そこにあった。夕べの天空に、沈もうとする太陽のあとを追いかけて、山々のあいだへ入るところ。ラジオの言葉と、あの緑色の星とは、おなじ一つのものだった。

「信じられんな」と、主人はいった。

「そりゃ、あなたが地球にいないからだね」夕べのひとときを過すために立ち寄ったペリグリン神父がそういった。

「どういう意味なんですか、神父さん？」

「わたしが子供だったころと、おなじようだね」と、ペリグリン神父がいった。「わたしらは中国での戦争のことを聞いた。だが、決してそんなこと信じなかった。なにしろあんまり遠すぎたものな。それに、死のうっていう人の数が、とてつもなく多すぎた、そんなことがあるわけがない。映画で見たときでさえも、信じなかった。な、それとこれとおなじことだね。地球は中国だね。あんまり遠すぎるんで信じられんのだ。ここのことじゃないんだね。触れて見ることができん。目で見ることだってできん。ただ見えるのは、緑色の光だけ。あの光のなかに、二十億の人間が住んでいるんだって？　信じられん！　爆弾の炸裂がきこえるわけでもない」

「そのうちに、きこえるかな」と、主人がいった。「あたしゃ、今週中に火星へ来ることになっている人たちのことをずっと考えるんですよ。来月かそこらには、十万ほど来ることになってますよね。戦争が始まったら、この連中はどうなるんでしょう？」

「ひきかえすと思うね。そういう人たちは地球で要るんだから」

「ははん」と主人はいった、「それじゃ、うちの店の鞄は、はたきでも掛けといたほうがいいですな。そのうちワァッと買手がつくかもしれん、ちゅう気がするな」

「もし、これがわれわれが長いあいだ予期していた大戦だとしたら、いまこの火星に来ている人が、みんな、地球へ帰っていく、とそう思われるかな？」

「妙な話ですね、神父さま、でも、そうですねえ、あたしたちぁ、みんな帰ると思いますね。そりゃ、あたしたちぁ、みんな逃げてきたんですよ——政治だの、原爆だの、戦争だの、圧力団体だの、偏見だの、法律だの、そんなものからね、——ほんと。ですがね、地球はやっぱり故郷《ホーム》だ。見てらっしゃいまし。最初の爆弾がアメリカに落っこちるって日には、ここの連中だって考え始めますから、まだ火星にきて永い年月が経ったわけじゃなし。せいぜい二年てとこでしょ。四十年もこの火星に住んでるんなら、話は別です。だが、みんな地球にゃ親類がいるし、生れ故郷の町もあるんですからね。あたしですかい。あたしゃ、地球には、もう信頼がおけないんです。地球のことをあまり心に描いてみることもできんのです。だけど、あたしは、老いぼれですからね。ものの数じゃありません。ここに残りますよ」

「どうかな、あやしいものだ」

「そう、おっしゃるとおりかも知れませんね」

ふたりは星々を眺めながら店先に立っていた。とうとう、ペリグリン神父は、ポケットからいくらかのお金を引っぱりだし、主人にわたした。「そのことなんだがね、新しい旅行鞄をひとつわけておいていただこうかな。わたしの古いやつは、もうそろそろ傷《いた》んどるんでね……」

二〇三六年十一月　オフ・シーズン

サム・パークヒルは、青い火星の砂を掃きよせながら、箒《ほうき》で身振りしてみせた。「とうとう来たぜ。どうだい、あれを見ろよ！」と、サムは指さした。「あの看板を見てみろよ。〈サムのホットドッグ〉！　きれいじゃないか、え、エルマ？」

「そうね、サム」と、サムの妻は言った。

「ああ、おれのなんという変わりかた。第四探検隊の連中に、今のおれを見せてやれたらなあ。あいつらが、あいかわらず、のらくらしているというのに、このおれは商売を始められるんだから、うれしいや。ひと財産作ってやるぞ、エルマ、ひと財産をな」

サムの妻は、だまったまま、長いことサムをみつめていた。「ワイルダー隊長は、いったいどうしたの？」とうとうエルマは訊ねた。「自分以外の〈地球人〉をみんな殺そうとしていた男を殺した隊長さん。あの男、なんという名前だったかしら？」

「スペンダー、あの変わり者か。まったく変わったやつだったな。ああ、ワイルダー隊長かい？　木星行きのロケットに乗り組んだとか、聞いたが。左遷されたんだよ。あの人もやっぱり、火星のことじゃ、ちょっとおかしかったな。怒りっぽかったよ。運が良けりゃ、あと二十年ぐらいで、木星や冥王星からもどって来られるだろう。あんまり口を出しすぎた報いなのさ。そのワイルダーが凍え死にかけてるっていうのに、おれを見ろ、この場所を見ろ！」

ここは、二本の死んだ街道が交叉して、また闇の中に消えていく十字路だった。ここに、サム・パークヒルは、白光に照り映え、ジューク・ボックスのメロディに震える、このリベット留めのアルミニウム製スタンドを建てたのだ。

サムは、歩道にそって植えこんだ、割れたガラスのふちどりを直そうと、腰をかがめた。そのガラスの破片は、丘陵地帯にある古い火星の建物を、壊して取ってきたものだ。「二つの世界を通じて、いちばん上等のホットドッグ！　ホットドッグ・スタンドの火星一番乗り！　最上のタマネギと、チリとマスタード！　おれは念を入れて検討したんだ。ここには、主要な街道が通っているし、向こうには、死んだ都市と、鉱山がある。〈第一〇一地球移民地〉から来るトラックは、一日に二十四時間、ここを通らなけりゃならないんだ！　どうだい、この土地カンのよさは？」

サムの妻は、自分の爪の先を見た。

「あの一万台の新型作業ロケットが、ほんとうに火星くんだりまで来てくれると思う？」とうとう、妻は言った。

「あとひと月たてばだ」と、サムは叫んだ。「どうして、そんな変な顔をする？」

「地球の人たちって信用できないわ。あたしは、一万台のロケットが、ほんとに十万人のメキシコ人と中国人を乗せて到着したら、信じることにするわ」

「お客さまをだよ」と、サムはゆっくり言った。「十万人の飢えたお客さま」

「もし」空を眺めながら、妻はのろのろと言った。「核戦争が起こらなかったらよ。原子爆弾は信用できないわ。今の地球には、どれくらいあるか、わかりゃしないんだから」

「ああ」と、サムは言い、また掃きつづけた。

サムは、眼の片すみで、青くひらめくものを見た。何かがサムの背後の空中に、静かに浮かんだ。サムの耳に、妻の声がきこえた。「サム。あんたのお友だちが会いにきたわよ」

サムは、さっと振り向いて、見たところ、風に乗って浮いているとしか見えぬ、その仮面を見た。

「またもどって来たな！」と、言うなりサムは、手にした箒《ほうき》を武器のように構えた。

仮面はうなずいた。仮面は、青白いガラスを切ったもので、細い首の上にくっついている。その下に、うすい黄色の絹のローブがふわふわと風にそよいでいた。絹ローブから、二本の銀の手が現われた。仮面の口は、細い割れ目で、そこから、ローブや仮面や手がある高さに上ったり、下ったりするにつれて、音楽的な音が出てきた。

「パークヒル君、わたしは、きみに話があって、もどってきたのだ」と、仮面のかげから、声が言った。

「このあたりをうろつくなと、言ったはずだぞ！」と、サムは叫んだ。「行っちまえ、〈病気〉をうつしてやるぞ！」

「〈病気〉にはもう罹《かか》ってしまったよ」と、声は言った。「わたしは、数少ない生残りの一人だった。長いあいだ病気になっていた」

「とっとと、丘陵《やま》にひっこめ、おまえの場所はあそこだ、おまえが今までいた場所はあそこだ。なぜ、わざわざここまでおりてきて、このおれを悩ますんだ？　一日に二度も、だしぬけにひょこっと出てきやがって」

「べつに危害を加えるつもりではない」

「こっちは加えるつもりだ！」あとしざりしながら、サムは言った。「他所者《よそ》は好かん。火星人は大嫌いだ。今まで一度も、見たことはなかったんだ。こりゃただごとじゃない。今までずっと隠れつづけていたおまえたちが、急におれに文句をつけだした。ほっといてくれ」

「われわれは、重大なわけがあって、やってきたのだ」と、青い仮面は言った。

「この土地のことだったら、これはおれのものだぞ。このホットドッグ・スタンドは、おれがこの手で建てたんだ」

「ある意味では、この土地のことだ」

「いいか。おれはニューヨークから来た。そのニューヨークには、おれみたいなのが、一千万人いる。おまえたち火星人は、数十人しか残っていないし、町もない。ただ丘陵《やま》をうろついているばかりで、指導者もいないし、法律もない。そのおまえたちが、おれにこの土地を返せという。古いものは、新しいものに道を譲らなければならないんだ。それが、ギヴ・アンド・テイクの法則というものだ。ここに銃がある。おまえが今朝行っちまったあとで、おれが取り出して、弾丸《たま》をこめといたんだ」

「われわれ火星人には、精神感応力《テレパシー》がある」と、冷やかな青仮面は言った。「今、死の海の向こうにある、きみたちの町の一つと接触している。きみはラジオを聞いたか？」

「おれのラジオは壊れてるんだ」

「それでは知らないね。ビッグ・ニュースなのだ。地球に関する――」

銀色の手が、ひょいと動いた。その手の中に、青銅色の管《チューブ》が現われた。

「これを見せてあげよう」

「ピストルだ！」と、サム・パークヒルは叫んだ。

即座にサムは、尻のホルスターから自分のピストルをひき抜いて、霧に、ローブに、青い仮面に射ちこんだ。

仮面は、一瞬間、そのままでいた。それから、小さなサーカスの天幕が杭を抜かれて、ふんわり折り重なってしまうように、絹ずれの音とともに、仮面はすーっと下に落ち、銀の爪が石だたみの上にかちかちんと鳴った。仮面は、物言わぬ白骨と織物の小さな堆積の上に、転がった。

サムは、あえぎながら立っていた。

サムの妻が、堆積物をのぞいてみた。

「武器じゃないわ」そう言いながら、かがみこんで、青銅色の管を拾いあげた。「あんたに、手紙を見せるつもりだったのよ。蛇みたいな書体で書いてあるわ。青い蛇よ。全然読めないわ。あんた読める？」

「いや。そんな火星人の絵文字なんか、どうでもいい。捨てちまえ！」サムはあわててあたりを見まわした。「ほかにもいるかもしれん！　やつを隠しちまわなきゃ。シャベルを持ってこい！」

「どうするの？」

「もちろん、埋めるのさ！」

「射っちゃいけなかったわ」

「まちがいだったんだ。早くしろ！」

エルマは、だまってシャベルを持ってきた。

八時になると、サムはまた、わざとらしくホットドッグ・スタンドの前を掃いていた。

サムの妻は、腕組みして、明るい戸口に立っていた。

「あんなことになっちまったことは、謝るよ」と、サムは言った。サムは妻を見やり、それから眼をそらした。「まったくもののはずみで、ああなっちまったんだ」

「わかったわよ」と、サムの妻は言った。

「やつがあの武器を取り出したのを見て、かっとなったんだ」

「何の武器を？」

「とにかく、あのときはそう思ったんだよ！　悪かった、悪かったよ！　何度言ったら気がすむんだ？」

「シッ」人差指を口にあてて、エルマが言った。「シッ」

「構うもんか。おれのうしろには、〈地球移民会社〉がついているんだ！」と、サムはいきまいた。「火星人どもなんかに——」

「ごらんなさいよ」と、エルマが言った。

サムは、死んだ海の底を見渡した。ぱったり箒をとりおとして、また拾いあげ、口をぽかんとあけた。唾液の小さな粒が、ふわりと風に乗って漂っていき、サムは、にわかに震えはじめた。

「エルマ、エルマ、エルマ！」

「やって来るわ」と、エルマ。

古代の海床の彼方に、たかだかと青い帆をあげた火星人の砂船が、青い幽霊のように、青い煙のように、十数隻浮かんでいる。

「砂船だ！　でも、もうないはずなんだ、エルマ、砂船はもう一隻も残ってないはずなんだ！」

「あれは砂船に見えるわ」

「でも、砂船は全部、当局が没収したんだ！　みんな叩きこわして、数隻だけ競売に出したんだ！　この火星じゃ、砂船を持っていて、動かし方まで知っている人間は、おれ一人だけだ」

「もう一人だけじゃないわね」エルマは海のほうにあごをしゃくった。

「さあ、ここから逃げよう！」

「なぜ？」火星の船にすっかりみとれながら、エルマはのろのろと訊ねた。

「おれは殺される！　トラックに乗るんだ、急げ！」

エルマは動かなかった。

サムはエルマを、店の裏まで引きずっていかなければならなかった。裏には、二つの機械が置いてあった。ひと月前までしょっちゅう使っていたサムのトラックと、競売でサムがまんまとせり落して、ここ三週間、ガラスのような海床を、荷物を載せて往復するのに使っていた、古い火星の砂船と。サムはトラックを見て、ふいに思い出した。エンジンが地面に置いてある。サムはそのエンジンに、ここ二日というもの取組んでいたのだ。

「トラックは故障しているらしいわね」と、エルマが言った。

「砂船のほうだ。乗れ！」

「あたしに砂船を運転させるの？　あら、だめよ」

「乗れったら！　運転はおれがやれる！」

サムはエルマを押しこむと、そのうしろに飛びこんで、舵をぱたんと鳴らし、コバルト色の帆をあげて夕風をはらませた。

星がぴかぴかと輝き、青い火星の船たちは、さらさらと、砂漠を滑走していた。サムの船のほうは、最初、動かなかったが、そのとき、サムは砂錨《いかり》をおろしてあることを思い出して、それを引きあげた。

「そうら！」

風は砂船を押し放った。砂船は泣き叫びながら、死んだ海の底を、長いあいだ埋れたままの水晶の上を、直立した柱のかげを、見捨てられた大理石と真鍮の突堤のそばを、死んだ白いチェスの駒のような町々を、紫色の丘陵を過ぎて、遠くへと進んでいった。火星の船たちの姿は、いったん遠のいてから、サムの船を追いはじめた。

「どうやら、うまく出しぬいてやったぞ！」と、サムが叫んだ。「〈ロケット会社〉に報告しよう。おれを保護してくれるだろうよ！　この船、なかなか船足が早いな」

「その気になれば、火星人たちは、あんたを捕まえられたわ」エルマは、うんざりしたように言った。「ただ、面倒くさかっただけなんだわ」

サムは笑った。「よせよ。どうしてこのおれを逃がしてくれるんだ！　そうじゃない、やつらの船がこの船ほど早くなかったというだけのことさ」

「そうかしら？」エルマはサムのうしろで、あごをしゃくってみせた。

サムは振り返らなかった。冷たい風が吹いてくるのを感じた。振り返るのが怖かった。サムは背後の座席に何かを感じた。寒い朝の息のように脆く、黄昏に漂うヒッコリー材の煙のように青く、古ぼけた白いレースのような、雪のような、折れやすいすげの木におりた冷たい霜のような何かを。

うすいガラス板が割れるような音がきこえた——笑い声。沈黙。サムは振り返った。

舵手席に、若い女がひっそりとすわっていた。その手首は、氷柱《つらら》のように細く、その眼は、火星の月のように、澄んで、大きく、落ちついていて、白かった。風が吹きよせると、女は冷たい水に映った影のように、さざなみをたてた。そのたおやかなからだから、絹が、青い雨の襤褸《ぼろ》となって、垂れさがっていた。

「もどりなさい」と、女は言った。

「いやだ」サムはふるえていた。空中に静止したスズメバチのように、恐怖とも憎悪ともつかず、微かに、こまかく身を震わせていた。「おれの船から降りろ！」

「これはあなたの船ではない」と、影が言った。「わたしたちの世界と同じくらい古いのです。一万年前、海がわすれられ、突堤に人がいなくなるまで、砂の海を航海していたのです。それを、あなたがたが来て、取ってしまった、盗んでしまった。さあ、舳先《へさき》を回して、十字路までもどりなさい。わたしたちは、あなたにお話があるんです。重大なことが起こったのです」

「おれの船から降りろ！」サムは、ホルスターから、ぎゅっと皮の音をたてて、ピストルを抜いた。注意深く狙いをつけた。「三つ数えるうちに、飛び降りろ、さもないと――」

「やめなさい」と、女が叫んだ。「わたしはあなたを傷つけはしない。仲間もそんなことはしない。わたしたちは争うつもりで来たのではない！」

「ひとつ」と、サム。

「サム！」と、エルマが言った。

「聞きなさい」女が言った。

「ふたつ」サムは頑固に言い、かちりと撃鉄をあげた。

「サムったら！」と、エルマが叫んだ。

「みっつ」と、サム。

「わたしたちはただ――」と、女が言いかけた。

ピストルが鳴った。

陽光の中で、雪が解け、水晶が蒸気と化して消えた。火明かりの中で、蒸気が踊り、消滅した。噴火口の中心で、砕けやすいものが爆発し、消失した。女は、銃火の中で、熱の中で、激動の中で、やわらかなスカーフのように崩れ、水晶人形のように溶解した。女の残り、氷、雪片、煙は、風に吹きはらわれた。舵手席は空っぽだった。

サムは、ピストルをホルスターに収め、妻のほうを見ようとしなかった。

「サム」月のような色をした砂の海を、さらさらと一分ほど走ったあとで、エルマは言った。「船を止めてよ」

サムはエルマを見た。サムの顔は蒼白だった。「よせ、言うな。あんなことがあったあとで、おれを怒らせるな」

エルマは、サムの手がピストルにかかるのを見た。「あんた本気ね。本気なのね」

サムは頭をぐいと横に向けて、舵をしっかり握りしめた。「エルマ、こりゃおどろいた。あと一分で町に着くぞ。もう安全だ！」

「そうね」と、妻は言うと、冷たい船の中に、仰向けに寝そべった。

「エルマ、聞いてくれ」

「何も聞くことはないわ、サム」

「エルマ！」

船は小さな白い、チェスの駒のような町のなかを走っていた。やけくそになり、怒りにまかせて、サムは、水晶の塔に、弾丸を六発射ちこんだ。町は、古代ガラスと砕けた水晶のにわか雨となって、消滅した。町は、刻んだ石鹸のように崩壊し、飛散した。それだけだった。サムは大笑いして、またピストルを射ち、最後の塔が、最後の碁盤の目が、火をふき、燃えはじめ、青い破片が星空へ昇っていった。

「さあ、見せてやるぞ、サム」

「どんどん見せて、やるぞ！　だれにでも見せてやるぞ！」エルマは影の中に横たわっていた。

「また町に来た！」サムは、ピストルに弾丸をこめた。「おれの射ちっぷりを見ていろ！」

青い幽霊船が、サムたちの背後に、忽然と現われ、しだいに距離をつめてきた。はじめ、サムは船の姿を見なかった。鉄が砂の上を走る、ピーッという音と、かん高い風の悲鳴に気がついただけだった。これは、青と赤の長旗《ペナント》を広げて走る砂船のするどい剃刀《かみそり》の刃のような舳先が、海底を切り裂く音だ。青く光る船の中には、青黒い姿が、仮面の男たちが見えた。銀色の顔をした男たち、青い星の眼をした男たち、きざまれたような金色の耳をした男たち、錫箔色の頬と、ルビーの飾りボタンをつけたような唇の男たち、腕組みをした男たち、サムのあとを追ってきた男たち、火星人の男たち。

一隻、二隻、三隻。サムは数えた。火星人の船は接近してきた。

「エルマ、エルマ、とても防ぎきれない！」

エルマは口もきかず、寝そべった場所から、立ちあがろうともしなかった。

サムはピストルを八度射った。一隻の船が、帆と、エメラルド色の船体と、青銅色の船首と、月のように白い舵と、あらゆる影をのせたまま、分解した。仮面の男たちは、みな、砂の中にめりこみ、オレンジ色に染め分けられてから、炎と煙につつまれた。

しかし、そのほかの船は近づいてきた。

「多勢に無勢だ、エルマ!」と、サムは叫んだ。「おれは殺される!」

サムは錨を投げ出した。なんの役にも立たなかった。帆がはたはたとはためいて、自然に折りたたまれると、ほっと吐息をついた。船は停止した。風は熄《や》んだ。旅は終わった。火星が鎮まりかえると、火星人の巨大な船たちがまわりに近よってきて、ためらうように止まった。

「地球人よ!」どこか高い位置から、声が呼びかけた。銀色の仮面が動いた。ルビー色の唇が、言葉が出るたびに輝いた。

「おれは何もしなかった!」サムは、自分を取り巻いた顔また顔を、全部で百人の顔を、見渡した。火星には、もうたいして火星人は残っていなかった——百人か、せいぜい百五十人ほどだった。そして、そのほとんど全員が、ここ、死んだ海の上、復活した船の中、死んだチェスの駒のような都市のかたわらに、いま集まっていた。その都市のひとつは、石のあたったもろい花瓶のように、たったいま、崩れ落ちたばかりだった。銀色の仮面がきらめいた。

「みんなまちがいだったんだ」サムは、船から降り立つと、抗弁した。妻は、サムのうしろの深い隠れ場に、死んだ女のようにひっそりと横たわっていた。「おれは、正直な企業家として、火星にやって来たんだ。潰れたロケット船から、余った材料を取ってきて、あそこの十字路のそばに、それまでになく素敵な小さなスタンドを建てた――場所はきみたちも知ってるだろう。立派な建物だと、きみたちも思っているにちがいない」サムは笑って、ぐるっと見まわした。「そこへあの火星人が――きみたちの友達だったな――やって来た。死んだのは事故なんだ。ほんとだ。おれのやりたかったのは、火星でたった一軒のホットドッグ・スタンド、第一番の、いちばん重要なホットドッグ・スタンドを開くことだけだったんだ。わかっただろう？　おれは、あの店で、チリとタマネギとオレンジ・ジュースつきの、極上のホットドッグを売るつもりだったんだ」

銀仮面は動かなかった。仮面は月の光に燃えた。黄色い眼がサムに注がれた。サムは、胃袋がぎりぎりと、岩みたいに固くなっていくのを感じた。サムはピストルを砂の上に投げ出した。

「負けたよ」

「ピストルを拾いなさい」と、火星人はいっせいに言った。

「何を？」

「きみのピストルを」青い船の舳先《へさき》から、宝石をちりばめた手がひらめいた。

「拾って、片づけたまえ」

信じられぬ面持《おももち》で、サムはピストルを拾いあげた。

「では」と、声が言った。「船を回して、きみの店までもどるのだ」

「いますぐにか？」

「いますぐにだ。きみを傷つけるようなことはしない。われわれが何も言わぬうちに、きみが勝手に逃げだしたのだ。来なさい」

巨大な船たちは、月あざみのように、軽々と向きを変えた。その翼帆は、やわらかな拍手の音をたてて、風にはためいた。仮面たちは、きらきら輝きながら向きを変え、影を投げかけた。

「エルマ！」サムはころげるように、船に駆けこんだ。「起きろ、エルマ。もどるんだ」

サムは興奮していた。安堵のあまり、いまにも支離滅裂なことをしゃべりだしそうだった。

「おれを傷つけもせず、殺しもしないんだ、エルマ。起きろ、おい、起きろったら」

「ど――どうしたの？」船がふたたび風上に向かいだしたとき、エルマは眼をぱちぱちさせて、ゆっくりあたりを見まわした。夢見心地で、からだを起こすと、座席のところまであとずさりして、そこに、石をつめた袋みたいに、ごろりと横になるなり、もうひと言も口をきかなかった。

船の下を、砂が滑った。三十分後、かれらは十字路に帰り着き、船たちは根が生えたように止まり、全員が船から出てきた。

〈指導者〉がサムとエルマの前に立った。その仮面は、磨きをかけた青銅を打ち延ばして作ったもので、眼は、無限に奥深い、青黒色の割れ目でしかなく、口は、そこから言葉が風にのって漂い出てくる溝だった。

「きみの店を開きたまえ」と、声が言った。ダイヤモンドをちりばめた手袋の手がひらめいた。「御馳走の支度をしたまえ、料理を準備したまえ、飲みなれぬ酒を用意したまえ、今夜は、まったく特別な夜なのだ！」

「つまり」と、サムが言った。「ここにおれをいさせてくれるのか？」

「そうだ」

「おれに腹を立てていないのか？」

仮面は、かたく刻まれた冷たい表情を、すこしも変えなかった。

「きみの食べもの屋を準備したまえ」と、声は優しく言った。「それから、これを受け取ってほしい」

「なんだ、これは？」

サムは、渡された銀箔の巻き軸を見て、眼をぱちくりさせた。巻き軸には、象形文字の蛇が踊っていた。

「銀色の山から青い丘までと、あそこの死んだ塩の海から月石とエメラルドの出る遠い谿谷までの全地域の、無償譲渡証書だ」と、〈指導者〉は言った。

「お、おれのものになるのか？」われとわが耳を疑って、サムは言った。

「きみのものだ」

「十万平方マイルの土地が？」

「きみのものだ」

「聞いたか、エルマ？」

エルマは地面にぺったりすわりこんで、眼をつぶったまま、アルミニウム製のホットドッグ・スタンドによりかかっていた。

「でも、なんだって、なんだって――なんだって、みんなおれにくれちまうんだ？」金属の割れ目の眼をのぞきこもうとしながら、サムは訊ねた。

「全部ではない。ここだけだ」さらに六本の巻き軸が出された。地名が示され、区域が知らされた。

「それじゃ、火星の半分じゃないか！　火星の半分がおれのものになるのか！」サムは、握りしめた巻き軸を、かたかた鳴らした。狂ったように笑いこけながら、サムは巻き軸を、エルマに振ってみせた。「エルマ、聞いたか？」

「聞いたわ」空を眺めながらエルマは言った。エルマは何かを探しているようだった。いまは、すっかり眼が覚めていた。

「ありがとう、ありがとう」と、サムは青銅の仮面に言った。

「今夜がその晩だ」と、仮面は言った。「きみは、開店の準備をしなければいけないのだ」

「するよ。いったいなんなんだね――びっくりするようなニュースかい？　ロケット船団が、予定より一カ月早く、地球からやって来るのかい？　植民者や鉱夫や、労働者やその女房たちをのせて、十万人の人間をのせて、一万台のロケットがやって来るのかい？　すごいじゃないか、エルマ？　どうだ、おれが言ったとおりだろう。あの町の人口は、いまに千人ぽっちじゃなくなるって、言っただろう。さらに五万人やって来て、次の月には、十万人やって来て、年の暮れまでには、五百万人の地球人がやって来るんだ。そしておれは、鉱山に通じるいちばん往来の激しい街道に、たった一軒のホットドッグ・スタンドを持ってるんだ！」

仮面が風にのって漂った。「われわれはこれでおいとまする。準備したまえ、この土地はきみのものだ」

爆発するような月光の中を、古代の花の金属の花弁のように、青い羽毛のように、巨大で静かなコバルト色の蝶のように、古い船たちは向きを変え、流れ動く砂漠をわたって行った。仮面たちはきらきらときらめき、やがて、最後の輝きが、最後の青い色が、丘のあいだに没した。

「エルマ、なぜやつらは、こんなことをしたんだろう？　なぜ、おれを殺さなかったんだろう？　やつらは何も知らないのかな？　いったいどうしたというんだ？　エルマ、きみにはわかるかい？」サムは妻の肩をゆさぶった。「火星の半分はおれのものなんだ！」

エルマは、夜空を見守って、何ごとかを待っていた。

「おい、おれたちは、開店準備にかからなけりゃ。ホットドッグをゆでて、パンをあっためて、チリを調理して、タマネギの皮をむいてみじん切りにして、薬味を出して、ナプキンをクリップに止めて、店内をしみひとつないように掃除するんだ！　ほい！」サムはかかとを蹴って、ぴょんぴょん踊った。「うわーい、おれは幸福だ、うん、幸福だ」サムは調子っぱずれに歌った。「今日はおいらのツイてる日！」

サムは、ホットドッグをゆで、パンを切り、タマネギを一心不乱に刻んだ。

「考えてみろ、あの火星人が、びっくりすることだと言ったんだ。それなら、たった一つしかないよ、エルマ。十万人の人間が、予定より早く、今夜という夜に、やって来るんだ！　お客がどっと押し寄せてくるぞ！　観光客も車でやって来るだろうし、こりゃ、何日もぶっ通しで働きづめになるぞ、エルマ。その収入《みいり》を考えてみろよ！」

サムは外に出て、空を仰いだ。何も見えなかった。

「もうすぐ来るだろう」サムは、冷たい空気を感謝するようにふんふん嗅ぎ、両手をあげて、胸をたたいた。「ああ！」

エルマは口をきかなかった。フレンチフライのために、静かにジャガイモの皮をむきながら、いつも眼を空に向けていた。

「サム」半時間ぐらいして、エルマが言った。「あそこよ、ほら」

サムは眼をあげて、それを見た。

地球。

それは、まるく緑に、見事な石細工のように、丘の上高くかかっていた。

「懐かしき地球よ」と、サムは愛しげにささやいた。「懐かしき、すばらしき地球よ。汝がひもじく飢えたる者を、我に送れ。何か、何か——あの詩はどう言ったっけ？　おまえの飢えたる者を送ってくれよ、地球さん。ここに、サム・パークヒルがいるぜ。ホットドッグもすっかりゆでちまったし、チリも仕込んだし、何もかもきちんとそろってあるんだ。さあ、地球さん、おまえのロケットを送っておくれ！」

サムは、自分の店を眺めるために、おもてに出た。店は、生みたての卵のように、死んだ海の底に鎮座していた。何百マイルも広がった淋しい荒地の中で、これだけが、光と暖かさの中心だった。巨大な暗いからだの中で、ただひとつ脈打っている心臓のようだった。サムは、誇らしさに涙がこぼれそうになって、うるんだ瞳で、店を見つめていた。

「そうか、はずかしいのかい」ウィンナ・ソーセージや、あたたかいパンや、豊醇なバターの香りに包まれながら、サムは言った。「入りなよ」サムは、夜空に輝く色とりどりの星をさし招いた。「だれが最初に買ってくれるんだい？」

「サム」と、エルマが言った。

黒い夜空で、地球の姿が変わった。

ぽっと火に包まれた。

地球の一部は、まるで、巨大な嵌め絵が爆発したようだった。百万の破片に分裂したように見えた。つかのま、通常の三倍の大きさに膨らんで、不浄な、滴《したた》るような閃光を放ちながら燃えさかり、それからだんだん小さくなっていった。

「あれはなんだ？」サムは、空に燃える緑の火を眺めた。

「地球よ」両手を握り合わせながら、エルマが言った。

「あれが地球のはずはない、地球じゃない！　そうだ、地球なんかじゃない！　そんなはずはない」

「地球だったはずはない、という意味？」夫を見て、エルマが言った。「それとも、地球じゃない、地球ではぜったいない、そういうつもりなの？」

「地球ではぜったい――ああ、地球だったはずはない」と、サムは泣き声を出した。

サムは両手をだらんとわきに垂らし、口をぽかんとひらき、眼を大きくぼんやりみひらいたまま、身じろぎもせずに、立ちつくしていた。

「サム」エルマは夫の名を呼んだ。ここ何日かのあいだではじめて、エルマの眼は輝いていた。「サム？」

サムは空を仰いだ。

「さあてと」エルマは、しばらくだまったまま、あたりを見まわしていた。それから、てきぱきと、濡れタオルを腕にかけた。「もっと明かりをつけて、音楽をかけて、ドアをひらきましょう。あと百万年もしたら、またお客がどっと来るわ。準備しなくちゃね」

サムは身動きもしなかった。

「ホットドッグ・スタンドに、なんて打ってつけの場所だこと」エルマは、手をのばして、容器から楊枝を取り出すと、前歯のあいだにはさんだ。「ちょっとした秘密を教えてあげるわ、サム」エルマは、サムのほうに身を寄せると、ささやいた。「どうやら、これからオフ・シーズンに入りそうね」

二〇三六年十一月　地球を見守る人たち

　その夜、人びとは外に出て、空をふり仰いだ。夕餉《ゆうげ》も、お風呂も、ショウを見にゆくための着替えも、途中でよして、いまはもうそれほど新しくなくなったポーチに出て、そこから緑の地球を見守った。べつに意識的な努力をしてとった行動では、なかった。ついいましがた、ラジオで聞いたニュースを、確かめたくて、人びとはそうしたのだ。あの空にかかった地球では、いま戦争が起ころうとしていた。そして、そこには、何十万という母が、祖母が、父が、兄弟が、叔母が、叔父が、従兄たちが、生きていた。人びとは、ポーチに立って、地球の存在を信じようと努めた。むかし、かれらが火星の存在を信じようと努めたのと同じように、ただ、いまは立場が逆になっていた。あらゆる点から見て、地球は死んでしまっていた。人びとが地球を離れてから、もう三年か四年になっている。虚空は、いわば麻酔剤だった。七千万マイルの隔たりは、人を無感覚にし、記憶を眠らせ、地球から人間を追い出し、過去を消し去ってしまい、ここに住む人びとを、自分たちの生活に閉じこめてしまっていた。しかし、今宵、その死者は甦って、地球にはふたたび人が住み、記憶は目覚め、百万の人の名が、人びとの口にのぼった。だれそれさんは、今夜、地球で何をしているのだろう？　あの人は、この人は、どうしたろう？　ポーチに立った人びとは、おたがいの顔を、そっと盗み見し合った。

九時。地球は、爆発を起こして、火に包まれ、燃えさかった。

ポーチの人びとは、その火をたたき消そうとでもするように、両手をさしのべた。

人びとは待った。

真夜中になって、火は消えた。地球は、あいかわらず、そこにあった。秋風のようなため息が、ポーチからきこえた。

「もう長いこと、ハリイから便りがないわ」

「やつは大丈夫さ」

「ママに手紙を書かなくちゃ」

「ママも大丈夫だよ」

「そうかしら？」

「ああ、心配するなよ」

「大丈夫かしら、ほんとうにそう思って？」

「もちろんだとも、さあ、ベッドに入ろう」

しかし、だれも動こうとはしなかった。おそい夕餉が、夜の芝生に運び出されて、折りたたみ式テーブルの上に並べられ、人びとはゆっくりと、二時ごろまでかかって、食事をとった。地球から、光線通信が閃いた。遠く蛍の火のように明滅する、その巨大なモールス信号を、人びとはどうやら、読みとった。

貯蔵原爆ノ不時ノ爆発ニヨリ豪大陸ハ粉砕サレリ。ロサンゼルス、ロンドンハ爆撃ヲ受ク。戦争勃発ス。帰リキタレ。帰リキタレ。帰リキタレ。

人びとはいっせいにテーブルから立ちあがった。

帰リキタレ。帰リキタレ。帰リキタレ。

「今年になって、きみの兄さんのテッドから、便りがあったかい？」

「きみも知ってるじゃないか。地球に出す手紙は、一通五ドルも取られるんで、あんまり手紙を書いたことないんだよ」

帰リキタレ。

「ジェーンはどうしたかしら。あんた、妹のジェーンを覚えてる？」

帰リキタレ。

冷えこむ明け方の三時。鞄屋の主人は、ちらと眼をあげた。たくさんの人びとが、通りをぞろぞろやって来た。

「わざとおそくまで、店を開けといたんですよ。どれになさいます?」

夜が明けるまでに、鞄は、ひとつ残らず、売れてしまった。

二〇三六年十二月　沈黙の町

死んだ火星の海のへりに、小さな、白い、沈黙した町があった。町は空っぽだった。動く人の姿もなかった。軒を並べた店々の中で、一日中、淋しい明かりが燃えていた。店のドアというドアは、まるで、鍵をかけずに、人びとが飛び出していってしまったように、開けっぱなしになっていた。ひと月前に、銀色のロケットに積んで地球から持ってこられた雑誌類が、鎮まり返ったドラッグ・ストアの店先の、売台のワイヤ・ラックの上で、茶色っぽく陽に焼けて、ぱたぱたと風にはためいていた。

その町は死んでいた。家の中のベッドは、空っぽで、冷たくなっていた。きこえる物音といえば、いまだにひとりで勝手に動いている、電線や発電機に流れる電気のうなりだけだった。忘れられた浴槽に、水が流れこんで、居間に、ポーチにあふれ出て、そこから小さな茶園に流れていき、手入れしてくれる人もない草花を養っていた。暗い劇場の中では、たくさんの座席の下にくっついたガムが、歯型を残したまま、固まり始めていた。

町の向こうにロケット空港があった。最後のロケットが、地球に向けて飛び立っていったところには、まだ、はげしい焦げたような匂いが漂っていた。貸望遠鏡に十セント玉を入れて、地球に向けて見たなら、そこに、大戦争が起こっているのを見ることもできるだろう。ひょっとしたら、ニューヨークが爆破されるところも見えるだろう。新しい種類の霧に覆われたロンドンも、見えるかもしれない。そうすれば、なぜ、この小さな火星の町が、無人と化したかも、わかってくれるだろう。人びとの引揚げ方は、どのくらい早かっただろうか？　ためしに、どの店でもいいから、中に入って、レジのキーを叩いてみたまえ。現金の入った抽出《ひきだ》しが、ぴかぴか光った貨幣をじゃらじゃら言わせて、ぴょこんと飛び出てくるだろう。地球のあの戦争は、とても激しいにちがいない……

この町の人通りの絶えた街路を、低く口笛を吹きながら、一心不乱に空き罐を蹴とばし蹴とばし、背の高い、痩せぎすの男が歩いてきた。その瞳は、暗い、静かな、孤独の色を輝かせていた。男は、骨ばった両手をポケットに突っこんで、真新しい十セント玉を、ちゃりんちゃりん鳴らしていた。ときおり、十セント玉を地面に投げた。投げながら、穏やかな笑い声をあげ、また歩きつづけた。そして、ところきらわず、ぴかぴか光る銀貨を撒き散らしていった。

男の名はウォルター・グリップ。青い火星の深い山奥に、砂金鉱山と丸太小屋を持っていて、二週間に一度、もの静かで、聡明な結婚相手を探しに、町へ降りて来るのが習慣だった。だが、もう何年ものあいだ、いつも、ひとりぽっちで、がっかりしながら、丸太小屋に帰るのだった。そして、一週間前、町に来てみると、いま言ったような状態になっていたのだ！

町に降りてきたその日、ウォルターはほんとにびっくり仰天してしまったが、とりあえず、一軒の軽食堂に駆けよって、開き戸を開け放つと、三つ重ねのビーフ・サンドイッチを注文した。

「はい、ただいま！」と、ウォルターは叫んで、タオルを腕にかけた。

ウォルターは、肉と、前日焼いたばかりのパンとを並べ、テーブルの塵をはらうと、じぶん自身を席に案内して、食事をつめこんだ。つぎに、ソーダ水売場を見つけ出して、注文した。そこの主人も、ウォルター・グリップという名で、びっくりするほど丁寧で、すぐさま、ソーダ水をしゅーっと作ってくれた！

ウォルターは、じぶんの作業ズボンに、金を手当りしだいに詰めこんだ。それから、子供用の車に、十ドル紙幣を積みこんで、町の中を、すたこらさっさと走った。郊外まで来てから、ウォルターは不意に、じぶんがなんという阿呆者であるか、ということに気がついた。金なんか、必要ないのだ。ウォルターは、十ドル紙幣を、もとの場所まで持って帰り、サンドイッチの代金として、じぶんの財布から十ドル出して、軽食堂のレジに入れ、二十五セントのチップまで添えた。

その夜、ウォルターは、熱いスチーム・バスに入り、薄切りマッシュルームの上にのせた肉汁たっぷりのフィレ肉料理と、輸入品の辛口のシェリー酒と、葡萄酒漬けの苺とを、賞味した。そして、新調した紺色のフラノのスーツを着こみ、ひょろ長い頭に、高価な灰色のホンブルク帽を、へんな恰好にひょいとのせた。ウォルターは、ジュークボックスに金を入れて、《あたしの古いお友だち》をかけた。町中の二十台のジュークボックスに、白銅貨を投げこんだ。淋しい街路に、その夜、《あたしの古いお友だち》の悲しいメロディが満ちあふれ、そのなかに、ひょろりと細長い、ひとりぽっちのウォルターは、新調の靴をそっと踏み鳴らしながら、冷たい両手をポケットに突っこんで、歩いたのだった。

だが、それは一週間前のことだ。いまは、火星通り《アベニュウ》の立派な家に眠って、朝は九時に起き、入浴をすませてから、ハム・エッグを食べに、ふらりと町に出かける。そして、毎朝欠かさず、一トンの肉と、野菜と、レモンのクリーム・パイとを冷凍にする。それだけあれば、十年はもちこたえられるし、そのうちには、ロケットが地球から帰ってくるだろう。もしも帰ってくるとすればの話だが。

さて、今宵、ウォルターは、あてどなく町をさまよいつつ、華やかなショウ・ウインドウに飾られた、ピンク色の美しいマネキン人形たちを、一軒一軒、見て歩いていた。いまになってはじめて、ウォルターはこの町が死んでいるのだということを思い知らされた。ウォルターは、一杯のビールをあおって、しくしくすすり泣いた。

「ああ、おれは、ほんとうにひとりぽっちなんだなあ」

ウォルターは、映画でも見て、孤独な心をまぎらわせようと、〈名作劇場〉に入った。劇場はがらんとして、人影もなく、まるで、だだっ広いスクリーンに、灰色と黒の妖怪が這いまわっている墓穴のようだった。身ぶるいしながら、ウォルターは、その化物の出そうな劇場から逃げ出した。

もう家に帰ろうと決心して、裏通りの真ん中を、ほとんど駆けるようにして急いでいたとき、電話の鳴る音を聞いた。

ウォルターは耳をすませた。

「だれかの家で、電話が鳴っている」

ウォルターは足早に歩きはじめた。

「だれかがあの電話に出なきゃ」と、心の中で考えた。

靴の中に入った石ころを取るために、ぼんやりと、歩道のへりに腰をおろした。

「だれかだ！」と、叫んで、飛びあがった。「おれじゃないか！　そうだ、おれだっていいんだ！」ウォルターは金切声をあげた。ぐるぐるまわった。どの家だ？　あれだ！

ウォルターは芝生の上を走り、階段を駆けあがると、家の中に飛びこみ、廊下を駆けた。

ウォルターは、ぐいと受話器をつかんだ。

「もしもし」と叫んだ。

ジージジジ。

「もしもし、もしもし！」

電話は切れていた。

「もしもし！」と、ウォルターは怒鳴りながら、電話をたたいた。「この阿呆者め！」と、自分を叱りつけた。「歩道になんか、すわってたからだ、大馬鹿野郎！　ああ、この大間抜けのド阿呆め！」受話器をぎゅっと握りしめた。「さあ、もういっぺん鳴ってくれ！　鳴ってくれ！」

火星にまだ人が残っていようなどとは、ウォルターは、ついぞ考えたことがなかった。この一週間、人ひとり見かけたことはなかった。ほかの町々も、みなこの町のように、空っぽなのだとばかり思っていたのだ。

いま、この恐ろしい、小さい黒い受話器を睨みつけながら、ウォルターはわなわなと身を震わせていた。火星の町という町は、全部連動式のダイアル方式でつながっている。三十の町々のだれから、いまの電話はかかってきたのか？

ウォルターには、見当もつかなかった。

ウォルターは待ち受けた。勝手のわからぬキッチンにぶらりと入って、冷凍コケモモを解凍して、やるせない思いでそれを食べた。

「あの電話の向こうはしにには、だれもいなかったんだ」と、ウォルターはつぶやいた。「どこかの電柱が倒れて、ひとりでに電話が鳴ったのかもしれない」

でもさっきは、確かにかちりという音を聞いたような気がしたぞ。あれはだれかが、遠いところで電話を切ったからではないか？

その夜ひと晩、ウォルターは広間に立っていた。「電話のためじゃない」と、我が身に言いきかせた。「ほかに、することがないからさ」

ウォルターは、腕時計の時を刻む音に、耳をすました。

「あの女は、二度とおなじ電話はかけないだろうな」と、独りごちる。「返事のなかった電話を、もう一度かけることは、ぜったいあるまい。いまごろあの女は、きっと、ほかの家にかけているんだ！　それなのに、おれはここにすわったまま——ちょっと待った！」

ウォルターはわらった。「どうして、あの女、あの女とおれは言ってるんだ？」

ウォルターは眼をぱちぱちさせた。「あの男だったかもしれないじゃないか？」

胸の動悸が鎮まってきた。ウォルターは、ひどく寒々とした、空虚な気分になった。

あの女であってくれ、とウォルターは一心に祈った。

ウォルターはその家から出て、明け方ちかい、うす暗い朝の通りの真ん中に立った。

耳をそばだてた。なんの物音もしない。鳥の声もなく、車の響きもきこえない。きこえるのは自分の心臓の鼓動だけだ。どきんと打っては止まり、また、どきんと打つ。ウォルターの顔は、苦痛にゆがんだ。風は優しく、ああ、こんなにも優しく、上衣のすそをはためかして吹いていた。

「シッ」と、つぶやく。「耳をすませろ！」

ウォルターは、ゆっくりと輪を描いて、からだを回しながら、沈黙している家から家へと、頭をめぐらせた。

あの女は、もっともっと、電話をかけるだろう、とウォルターは考えた。女にちがいない。なぜかって？　女なら、何度も何度も、電話をかけるにきまっている。男ならそんなことをしない。男は独立心に富んでいるからだ。おれがだれかに電話をしたことがあるか？　いや！　ついぞ考えたこともなかった。だから、女にちがいない。どうしても、そうでなくちゃいけないんだ！

耳をすませろ。

どこか、遠くの星空の下で、電話が鳴っていた。

ウォルターは走った。立ち止まって、耳をすませる。かすかな電話の音。さらに数歩、はしる。電話はさらに大きくなった。ウォルターは横町を駆けた。ますます大きくなってくる！　六軒の家を通り過ぎ、さらに、また六軒。音はずっと大きい！　ウォルターは出所を突きとめたが、その家のドアには、鍵がかかっていた。

家の中で、電話が鳴っている。

「くそっ！」ウォルターはドアの把手を引っぱった。

電話が悲鳴をあげた。

ウォルターは、ポーチの椅子を客間の窓から叩きこんで、あとから飛びこんだ。

あと少しで、手がとどくというときに電話はぴたっと鳴りやんだ。

ウォルターは、家の中をのし歩いて、鏡をぶち割り、カーテンを引きちぎり、キッチン・ストーブを蹴とばした。

とうとう、疲れ果てたウォルターは、火星上の全電話番号が載っている、うすっぺらな電話番号簿を拾いあげた。五万ほどの番号が出ていた。

ウォルターは、1番からかけ始めた。

アミーリア・エイムズ。ウォルターは、死んだ海の、百マイル向こうにあるニュー・シカゴの、そのアミーリアという女の番号を回した。

応答はなかった。

2番の電話の主は、青い山脈の向こう、五千マイル彼方のニュー・ニューヨークに住んでいた。

これも応答がなかった。

ウォルターは、3番、4番、5番、6番、7番、8番とかけていき、しまいに指がぴくぴくして、受話器を握れなくなった。

女の声が応答してきた。「もしもし?」

ウォルターは、大声で呼び返した。「もしもし、ああ、神様、もしもし!」

「これは録音でございます」女の声が言った。「ヘレン・アラスミアン嬢は、ただいま不在でございます。帰りましてから、お電話できますよう、録音テープに、伝言をお残しいただけますでしょうか？　もしもし？　これは録音でございます。ヘレン・アラスミアン嬢は、ただいま不在でございます。帰りましてから、お電話できますよう——」

ウォルターは電話を切った。

口をピクピクさせながら、すわりこんだ。

考え直して、その番号を、もう一度回した。

「ヘレン・アラスミアン嬢がお帰りになったら、地獄へ失せやがれ、とどうかお伝えください」

ウォルターは、火星連絡駅《マース・ジャンクション》に、ニュー・ボストンに、アーカディアに、ルーズヴェルト市に、およそ、そのような電話をかける人のいそうな場所に、つぎつぎと電話してみた。それから、個々の都市の、市庁や公共施設にもかけてみた。一流ホテルにもかけた。贅沢三昧に暮らしたいのが、女だからだ。

不意に、ウォルターは、手をとめて、ぴしゃりと両手を打ち合せると、笑い出した。そうだ、もちろん、そうにちがいない！　ウォルターは、電話番号簿を調べて、ニュー・テキサス市一大きな美容院に、長距離電話をかけた。そもそもの話、女が、顔をパックしたり、ドライヤーをかけたりしながら、ぶらぶらしているところといえば、ビロードみたいにやわらかく、ダイヤモンドみたいに綺麗な美容院をおいて、ほかにないではないか！

電話が鳴った。だれかが、向こうで受話器をとりあげた。

女の声が言った。「もしもし？」

「もしもこれが録音なら」と、ウォルターは宣言した。「そっちまで出かけていって、ぶち壊してやるぞ」

「録音じゃないわ」と、女の声が言った。「もしもし！　ああ、もしもし、まだ、生きている人がいたのね！　どこにいるの？」女は、うれしい悲鳴をあげた。

ウォルターは、もうすこしでへなへなとすわりこみそうになった。「きみ！」眼を血走らせて、はっと立ちあがる。「おお、神様、なんと運がいいんだ、きみの名は？」

「ジェヌヴィエーヴ・セルサーよ！」女は、電話口で泣いていた。「ああ、あなたの声が聞けて、とてもうれしい、あなたがだれでもいいわ！」

「ウォルター・グリップです！」

「ウォルター、もしもし、ウォルター！」

「もしもし、ジェヌヴィエーヴ！」

「ウォルター。なんてすてきな名前でしょう。ウォルター、ウォルター！」

「ありがとう」

「ウォルター、どこにいるの？」

女の声は、とてもあたたかくて、甘くて、すばらしかった。ウォルターは、受話器をきつく耳に押しつけて、女の心地よいささやきを聞きもらすまいとした。足が床をはなれて、宙に浮かんでしまいそうな気がした。頬が熱くほてった。

「ぼくはマーリン村にいるんです。ぼくは――」
ジ、ジー。
「もしもし？」
ジ、ジー。
ウォルターは、受話器受けをがちゃがちゃ鳴らした。だめだ。風で、どこかの電柱が倒れてしまったのだろう。現われたと思ったら、もう、ジェヌヴィエーヴはいなくなってしまった。

ウォルターはもう一度、ダイアルを回してみたが、電話線は切れたままだった。

「とにかく、居どころはわかっているんだ」ウォルターは家の外へ走り出た。その他人の家のガレージから、車を後向きに引き出したのは、太陽がちょうど昇りかけたときだった。うしろの座席に、家から持ち出した食料を積みこむと、時速八十マイルで、一路、ニュー・テキサス市目指して、街道を走り出した。千マイルだ、とウォルターは思った。ジェヌヴィエーヴ・セルサーよ、待ってるんだよ、いま行くからね！

町を出る途中、曲り角に来るたびに、ウォルターは、警笛を鳴らした。

陽の沈むころ、一日中ぶっ通しての運転に精も根もつきはてて、ウォルターは、路ばたに車をとめた。きつい靴をふりすてて、座席にごろっと横になると、灰色のホンブルク帽を、疲れきった眼の上まで、ずり寄せた。息づかいが、しだいにのろく規則正しくなってきた。夕闇の中によこたわるウォルターに、風がさやさやと吹き、星が優しい光を投げかけた。何百万年と古い、火星の山々が、四方を取りかこんでいた。青い山あいにある、チェスの駒より大きくはない、火星の小さな町の尖塔に、星の光がきらきらと照り返していた。

ウォルターは、夢とうつつの境をさまよっていた。むにゃむにゃとつぶやいた。ジェヌヴィエーヴ。〝おお、ジェヌヴィエーヴよ、優しいジェヌヴィエーヴよ〞ウォルターはそっと歌った。〝年は来たり、年は去るとも、ジェヌヴィエーヴよ、優しのジェヌヴィエーヴよ……。〞ウォルターの心は、ほのぼのとあたたかかった。おだやかな、甘くうるんだ声が歌うのを、ウォルターは聞いた。〝もしもし、ああ、もしもし、ウォルター！　これは録音じゃないのよ。どこにいるの、ウォルター、どこにいるの？〞

ウォルターはため息をついて、月光を浴びるジェヌヴィエーヴに触ろうと、手をさしのべた。風にそよぐ、長い黒髪。えもいわれぬその美しさ。その唇は赤いペパーミント。その両の頰は、摘《つ》みたての露に濡れた薔薇。そして、そのからだは、澄んだ白い霧のようだし、その優しく甘い声は、悲しい昔のしらべを、もう一度ウォルターに歌ってくれた。おお、ジェヌヴィエーヴよ、優しのジェヌヴィエーヴよ、年は来たり、年は去るとも……。

　ウォルターは眠った。

　ウォルターは、真夜中に、ニュー・テキサス市に着いた。

〈デラックス美容サロン〉の前に車をとめて、わめいた。香りそのもの、笑みそのもののジェヌヴィエーヴが、走り出てくるのではないかと、内心期待した。

　何も起こらなかった。

「眠ってる」ウォルターは、ドアまで走っていった。「来たよ!」と、呼んだ。「おい、ジェヌヴィエーヴ!」

　二つの月に照らされて、町は鎮まりかえっていた。どこかで、風が、帆布の日よけをぱたぱた鳴らした。

　ウォルターは、ガラスのドアをさっと開け放って、中に踏み入った。

「おーい!」不安げに笑った。「隠れちゃいけないよ! ここにいるのはわかってるんだから」

　ウォルターは、個室をひとつひとつ探しまわった。

床の上に小さなハンカチを見つけた。いい匂いがしたので、ウォルターは、思わずよろめいた。「ジェヌヴィエーヴだ」

ウォルターは、人気のない通りに車を走らせてみたが、何も眼に入らなかった。「もしも、これが悪ふざけだったら……」

ウォルターは、車の速力をゆるめた。「待てよ。連絡がとれなくなったんで、ぼくがここに車を走らせているあいだに、ジェヌヴィエーヴのほうも、マーリン村に行ったのかもしれないぞ！　とすると、おそらく、古い〈海街道《シー・ロード》〉を行ったんだろう。昼間のうちに、行き違いになったんだ。ぼくがこっちに来るなんて、わかろうはずもないからな。行くとは、ぼくは言わなかったもの。ジェヌヴィエーヴは、電話が切れたとき、心配のあまり、ぼくを探しにマーリン村に飛んでいったんだ！　それなのに、ぼくはこっちに来ちまった。ぼくはなんという間抜けなんだ！」

警笛をひと鳴らしすると、ウォルターは弾丸のように、町を飛び出していった。

ウォルターは、夜通し車を走らせた。ぼくがマーリン村に着いたとき、もし、ジェヌヴィエーヴが待っていなかったらどうしよう？　ウォルターはふとそう考えた。

そうは考えまいとした。ジェヌヴィエーヴはいるにちがいないさ。かけよって、抱きしめて、たぶん、キスだって、一度ぐらいは唇の上にするだろう。

〝ジェヌヴィエーヴよ、愛しのジェヌヴィエーヴよ〟と、ウォルターは口笛を吹きながら、時速百マイルで、目的地に近づいていった。

　明け方のマーリン村は静かだった。五、六軒の店には、まだ黄色い明かりが燃えていた。百時間も鳴りつづけていた一台のジュークボックスも、とうとう、ぱちっと電気が切れて、鳴りやみ、静寂を完全なものにした。太陽は街路を温め、冷たく虚ろな空を温めていた。

　ウォルターは、ライトをつけっぱなしにして、〈中央通り〉に車を走らせた。街角にさしかかるごとに、ブブーという警笛を、六度ずつ鳴らした。店の入口もいちいちのぞいた。顔の色は蒼ざめ、疲れ切り、手が、汗ばんだハンドルの上を、つるつる滑った。

「ジェヌヴィエーヴ！」人気のない通りに向かって、ウォルターは叫んだ。

　一軒の美容院のドアが開いた。

「ジェヌヴィエーヴ！」ウォルターは車をとめた。

　ジェヌヴィエーヴ・セルサーが、美容院の入口に立ったのを見て、ウォルターは、通りを横切って駆けよった。女は、ふたの開いたクリーム・チョコレートの箱をかかえこんでいた。箱を抱いているその手は、ぶよぶよ肥って、色艶が悪かった。陽の光の中へ出てきたその顔は、まんまるく肥えていて、眼は、捏《こ》ねた真っ白なパン生地の中に突っこまれた、二個の大きな卵のようだった。脚は、樹の幹のように太くて、それを不恰好に引きずって歩いていた。髪の毛は、判然としない茶褐色で、鳥の巣の御用を、何度もつとめさせられていたように見えた。唇らしいものが全然なく、その埋め合せに、大きな、真っ赤に脂ぎった口が描かれていて、いま、その口が、うれしさにぱくりと開いたと思ったら、急に驚いたように、また閉じてしまった。眉毛は、余分な毛が抜かれて、細い、アンテナ線みたいな形にされていた。

ウォルターは立ちどまった。微笑が消えた。まじまじと女を見た。

女は、菓子箱を歩道にとり落した。

「きみが――ジェヌヴィエーヴ・セルサーかい？」ウォルターの耳はがんがん鳴っていた。

「あなたがウォルター・グリッフ？」と、女が言った。

「グリッフじゃない、グリップだよ」

「グリップね」と、女は訂正した。

「はじめまして」ウォルターは、声を抑えつけながら言った。

「はじめまして」女はウォルターの手を握った。

女の指は、チョコレートでべたべたしていた。

「さてと」と、ウォルター・グリップは言った。

「なあに？」と、ジェヌヴィエーヴ・セルサーが訊いた。

「なんでもないよ、ただ〝さてと〟と言っただけさ」と、ウォルター。

「そう」

夜の九時だった。その日、ふたりは、ピクニックに行って過ごしたのだ。夕食に、ウォルターはフィレ・ミニョン（フィレ肉のステーキ）をこしらえたが、それが生《なま》すぎて、ジェヌヴィエーヴの気に入らなかったので、さらに焙《あぶ》ったところが、今度は、焙りすぎて、フライか何かみたいになってしまった。ウォルターは笑いながら、「映画を見に行こう！」と言った。しかし、ジェヌヴィエーヴは賛成して、チョコレートのついた指を、ウォルターの肘にかけた。ジェヌヴィエーヴの見たがった映画は、八十年前のクラーク・ゲーブルの映画ばかりだった。「死にたいくらい、素敵じゃない？」と、くすくす笑った。「死にたいくらい、素敵じゃない？　いまんとこ」映画が終わった。「もういっぺん、やってよ」と、ジェヌヴィエーヴは命令した。「またかい？」と、ウォルターは訊いた。「またよ」と、ジェヌヴィエーヴが答えた。ウォルターがもどってくると、ジェヌヴィエーヴは、身をすりよせてきて、大きな手でウォルターのからだ中を撫でまわした。「あたいの想像とはちがったけれど、あんた、なかなかイカすわ」と、認めてくれた。「ありがとう」ウォルターは、生唾をごくりと呑みこんだ。「ゲーブル張りよ」そう言いながら、ジェヌヴィエーヴはウォルターの脚をつねった。「痛い」

映画のあとで、ふたりは、しんとした町へ、買物に出かけた。ジェヌヴィエーヴは、ショウ・ウインドウを壊して、いちばんけばけばしいドレスを着こんだ。香水をひと瓶分、髪にふっかけると、まるでおぼれた牧羊犬みたいになった。「きみはいくつだい？」と、ウォルターが訊ねた。

「あててごらんよ」香水をぽたぽた滴らしながら、ジェヌヴィエーヴは、ウォルターの先に立って、通りを歩いていった。「三十だな」と、ウォルターが言った。「あら、あたい、まだ二十七よ、失礼しちゃうわ！」ジェヌヴィエーヴは憤然と言った。

「ここにも、お菓子屋があったわ！　ほんとに、あたい、あの大騒ぎのあとは、したい放題に暮らしているの。あたいは、あいつらなんか大嫌いだったのよ。みんな、大馬鹿だわ。ふた月前、地球に行っちゃった。あたいも、いちばんおしまいのロケットで、行くはずだったんだけど、結局、残ることにしたのさ、どうしてだか、わかる？」

「どうしてだい？」

「みんなが、あたいをいじめるからさ。だから、あたいは、いちんちじゅう、香水をからだにふりかけても、なん万杯ビールを飲んでもかまわない、〝おや、それはカロリーがありすぎますよ！〟なんて言われないで、お菓子をどっさり食べられるところに、残ったのよ。ここに残ったのよ！」

「ここにね」ウォルターは眼をつぶった。

「夜が更けたわ」と、ジェヌヴィエーヴは言って、ウォルターを見た。

「うん」

「疲れちゃった」

「おかしいね。ぼくは、目が冴えて、ちっとも眠くない」

「あら」

「ひと晩中、起きていたいような気がするんだ。そうだ、〈マイクの店〉に、いいレコードがあったぜ。行こう、かけてやるから」

「あたい、疲れちゃったのよ」ジェヌヴィエーヴは、狡そうな、きらきら光る眼で、ウォルターをちらと見あげた。

「ぼくはすっかり眼が冴えちゃったよ、変だね」

「美容院に帰ろうよ。あんたに見せたいものがあるんだから」

ジェヌヴィエーヴは、ガラスのドアからウォルターを連れこんで、大きな白い箱のところに連れて来た。「ニュー・テキサス市から来たときに、これを持ってきたのよ」ジェヌヴィエーヴは、ピンク色のリボンをほどいた。「そのう、つまり、あたいは、いま火星でたった一人の女で、あんたは、たった一人の男だからさ……」ジェヌヴィエーヴはふたをとって、何枚か重なった、ぱりぱり言うピンク色の薄葉紙を折り返した。ぽんと手で叩いて、「ほら、これ」

ウォルターはじっと目をすえた。

「なんだい、これは?」そう訊ねるウォルターのからだは、ぶるぶる震えはじめた。

「馬鹿ね、わかんないの？　レースがたくさんついていて、真っ白くて、とっても素敵なもんじゃないの」

「いや、なんだかわからないよ」

「婚礼衣裳よ、馬鹿ね！」

「ほんとか？」ウォルターの声は、しわがれた。

ウォルターは眼をつぶった。女の声は、以前、電話で聞いたときと同じように、優しい甘くうるんだ声だった。だが、いざ眼をあけて、女の姿を見ると……

「でしょう？」

ウォルターはあとずさりしながら、「なんてすばらしい」と、言った。

「ジェヌヴィエーヴ」ウォルターは、ドアにちらっと眼をやった。

「なあに？」

「ジェヌヴィエーヴ、きみに言いたいことがあるんだ」

「なによ？」ジェヌヴィエーヴが、ふらふらとウォルターに寄ってきた。まるい、真っ白な顔のあたりに、香水がむっとするほど匂った。

「きみに言いたいことはだね……」

「うん？」

「あばよってことさ！」

ジェヌヴィエーヴが悲鳴も何もあげるひまのないうちに、ウォルターは、ドアから走り出て、車に飛びこんだ。

車をぐるっとまわしたときに、ジェヌヴィエーヴが、駆けてきて、歩道のへりに立った。

「ウォルター・グリッフ、もどってきてよお！」ジェヌヴィエーヴは、両腕をふりあげて、泣き声をあげた。

「グリップだよ」と、ウォルターは訂正した。

「グリップったら！」と、ジェヌヴィエーヴが叫んだ。

車は、ジェヌヴィエーヴが地団駄踏んで金切声をあげるのもお構いなしに、ひっそりかんとした大通りを、疾走していってしまった。排気が、でぶでぶ肥った手の中でくしゃくしゃにされた純白のドレスを、ひらひらとはためかした。星がきらきらと明るく輝く下を、車は、砂漠の中へ、暗黒の中へ、消え去っていった。

三日三晩ぶっ通しで、ウォルターは車を飛ばした。一度などは、車があとから追いかけてくるような気がして、震える総身にかっと汗を噴き出しながら、別の街道に飛びこんだ。そのまま、淋しい火星の世界を突っ切って、小さな、死んだ町々を通り過ぎ、ひた走りに走りつづけること一週間と一日、ようやく、マーリン村から一万マイルはなれることができた。それから、ウォルターは、ホルトヴィル・スプリングスという小さな町に乗り入れて、そこの小さな店々に、夜になると明かりをともし、レストランにすわって、食事を注文した。それ以来、ウォルターはそこに住んでいる。二つの大きな冷蔵庫には、向こう百年間食いつなげるだけの食料を詰めこみ、一万日吸いつづけられるだけの葉巻と、ふかふかのマットレスの上等なベッドが備えつけてある。

そして、長い年月をおいて、ごくときたま電話が鳴るが、ウォルターは、けっしてそれに出たことがない。

二〇五七年四月　長の年月

　風は絶え間なく空を吹きわたり、ひとりの男と、その小さな家族は、石の小屋にとじこもって、焚火に手をかざし、暖をとるのだった。風は運河の水面をかきみだし、空の星々を吹き飛ばさんばかりの勢いだったが、ハザウェイ氏は満足そうにくつろいで、細君に話しかけ、細君はそれに答え、ハザウェイ氏はまた二人の娘と一人の息子に、地球の昔の日について語り、子供たちはそれぞれ頭のいい返事をするのだった。

　大戦争から二十年経っていた。火星は墓場の惑星だった。地球も果してこれと同じ状態にあるのかどうか、ハザウェイとその家族は、永い火星の夜ごと、黙って考えるのだった。

　今宵、火星では珍しくない烈しい砂嵐が、低地にある火星の墓地をわたって吹きまくり、古代の町々を吹きぬけ、アメリカ人の建てた新しい町のプラスチックの壁を吹き飛ばしていた。新しいとはいえ、今は住む人もなく、砂に崩れかけている町である。

　やがて嵐は鎮まった。ハザウェイは晴れた戸外へ出て、まだ風の残る天空に緑色に燃えている地球を眺めた。暗い部屋の天井にぼんやりとともっている電灯を直そうとする人のように、手を差しのべた。それから、とうに死んでしまった海の底を見渡した。この惑星ぜんたいのなかで、生きものはほかに一人もいない、とハザウェイは思った。わたしだけだ。そしてかれら。ハザウェイはふりむいて、石の小屋の様子をうかがった。

今頃、地球ではどんなことが起こっているのだろう。ハザウェイの三十インチ望遠鏡でのぞいた地球の表面には、これといった変化のしるしは認められなかった。いずれにしろ、とハザウェイは思った。わたしは体を大事にすればあと二十年は生きられるだろう。そのあいだに、だれかが来るかもしれない。死んだ海を横切って、さもなければ赤い炎の糸を引くロケットに乗って天空から。

ハザウェイは小屋の中へ声をかけた。「ちょっと散歩して来る」

「行ってらっしゃい」と、細君が言った。

ハザウェイは静かな足どりで廃墟のなかを通りぬけた。通りぬけると、何かの金属の一片に〈メイド・イン・ニューヨーク〉と書いてあるのを読んだ。「こういう地球から持って来た品物は、どれもこれも、古代の火星の町より早くほろんでしまうのだ」ハザウェイは青い山々のあいだに横たわる五十世紀も昔の火星の村の方を眺めた。

まもなく、さびしい火星の墓地に着いた。風がわびしく吹きすぎる丘の上に、六角形の墓石が並んでいる。

粗末な木の十字架を立て、名前をきざみこんだ四つの墓石を、ハザウェイはじっと見下ろした。その目には涙が浮かばなかった。涙はとうの昔に乾いてしまったのである。「わたしのことを、ゆるしてくれるかね」と、ハザウェイは四つの十字架に訊ねた。「わたしはひどく孤独だったんだ。分かってくれるね？」

石の小屋へ帰ってくると、中へ入る前にもう一度、ハザウェイは小手をかざして、まっくらな空を探るように眺めた。

「待って、待って、待ちつづけて、空を眺めていさえすれば」とハザウェイは言った。「いつかの夜、たぶん――」

空に小さな赤い炎が見えた。

ハザウェイは小屋のあかりから離れてみた。

「――もう一度眺めてみよう」と、つぶやいた。

小さな赤い炎はまだ見えている。

「ゆうべはあそこにあんなものはなかった」と、ハザウェイはつぶやいた。

のびあがった拍子につまずいて倒れ、起きあがったハザウェイは、小屋の裏手へ走って行って、望遠鏡をまわし、空を狙った。

一分間ほど喰い入るように眺めてから、ハザウェイは小屋の小さなドアをあけた。細君と二人の娘と一人の息子は、ふりむいた。ハザウェイはすこしのあいだ黙って突っ立ってから、ようやく口をひらいた。

「いい知らせだ。たった今、空を眺めたんだ。ロケットがわたしらを連れ戻しにやって来る。あすの朝早く、ここへ着くだろう」

そして振りあげた両手をおろして顔を覆い、声を立てずに泣き出した。

その朝の三時、ハザウェイは、ニュー・ニューヨークの町の廃墟に火をつけた。松明《たいまつ》を持って、プラスチックの町に歩み入り、そこかしこの壁に火をかけたのである。町は熱と光を勢いよく発散して花咲いた。それは一マイル四方のイルミネーションであり、空からもはっきり認められるはずだった。ロケットはこの明かりに導かれて、ハザウェイの家族のところへやって来るだろう。

苦痛に烈しく悸《う》つ心臓をかかえて、ハザウェイは小屋へ帰った。「ほら」と、埃まみれの壜を光にかざした。「今夜のためにとっておいた酒だ。いつか、だれかが、必ずわたしらを見つけてくれると、わたしは信じていたんだ！　お祝いに乾杯しよう！」

五つのグラスになみなみと酒が注がれた。

「長の年月だった」と、じぶんのグラスを見つめて、ハザウェイは言った。「戦争が始まった日のことをおぼえているかい。二十年と七カ月の昔だ。ロケットは一台残らず火星から呼び戻された。考古学の仕事で、古代火星人の外科医術の調査で、おまえとわたしと子供たちは山の中へ入っていた。知らせを聞いて、馬を乗りつぶさんばかりの勢いで走らせた。おぼえているだろう？　だが、町へ着いたときは、一週間おそかった。みんな行ってしまったあとだった。なにしろアメリカがほろびるか否かの瀬戸際だ。どのロケットも、ぐずぐずしているやつを待っていちゃくれなかったんだ。おぼえているかい、おぼえているね？　そして、あとに残されたのは、わたしらだけだった。ああ、それからの年月の恐ろしさ。おまえたちがここにいてくれなかったら、わたしにはとうてい我慢できなかっただろう。おまえたちがいなかったら、自殺したかもしれない。でも、おまえたちがいたから、待つ甲斐があった。さあ、わたしらみんなのために乾杯しよう」ハザウェイはグラスを挙げた。「それから、わたしらが片時も離れずに長の年月を生きぬいたことのために」

細君と二人の娘と一人の息子も、それぞれのグラスにくちびるをつけた。

酒は四人ぜんぶのあごをつたって流れた。

朝までに、町は大きな黒いやわらかい燃え屑となって、海底の諸処方々へ吹き散らされた。火は燃えつきたが、目的は果たされたようである。空の赤い炎は、だんだん大きくなってきた。

石の小屋からは、ジンジャー・ブレッドを焼く豊かな褐色の匂いが流れ出してきた。ハザウェイが入って行くと、細君はテーブルの上に、焼きたての菓子ののった皿を置くところだった。二人の娘は堅い箒《ほうき》でむきだしの石の床を静かに掃き、息子は銀の器を磨いていた。

「あの人たちのために、朝ごはんをたっぷりこしらえておこう」と、ハザウェイは笑った。「それから晴着を着るんだよ！」

庭を横切って、ハザウェイは大きな金属製の物置へと急いだ。その中には、ハザウェイの器用で神経質な指先が何年もかかって改良し修理した冷蔵庫や、発電機がたくわえられていた。そのほかにも時計や、電話や、テープレコーダが、暇をみては修理されたのである。そういう、ハザウェイの作品で、この物置はいっぱいだった。なかにはハザウェイ自身が今見ても用途の分からぬ奇妙な機械類もあった。

冷蔵庫のなかから、ハザウェイは霜に覆われた二十年前の豆とイチゴのボール箱をとりだした。ラザロの復活だ、とハザウェイは思い、凍った雛鳥の肉をとりだした。

ロケットが着陸したとき、あたり一帯は料理の匂いに満ちみちていた。

ハザウェイは子供のように丘を駆け下りた。途中、にわかに胸の痛みをおぼえて、一度だけ立ちどまった。岩に腰かけて呼吸をととのえ、あとは一気に走った。

火をふくロケットがつくりだした熱い空気のなかで、ハザウェイは立ち止った。ロケットの入口が開いた。一人の男が見おろした。

ハザウェイは小手をかざしてその男をながめ、ようやく叫んだ。「ワイルダー隊長！」

「どなたです」と、ワイルダー隊長は訊ね、ロケットから跳び下りて、老人を見つめた。そして片手を出した。「なんてこった、ハザウェイじゃないか！」

「そうですとも」二人はおたがいの顔を見つめ合った。

「昔の、第四探検隊で、わたしの部下だったハザウェイか」

「お久しぶりです、隊長」

「お久しぶりどころじゃない。嬉しいなあ、きみに逢えたとは」

「わたしも年をとりました」と、ハザウェイはあっさりと言った。

「おれだって、もう若くはないさ。二十年間、木星や土星や海王星をまわっていてね」

「この火星の植民政策に口出しできないように、あなたが左遷させられたという噂を聞きました」老人はあたりを見まわした。「そんな永いこと宇宙旅行をしておられたのでは、その後の事件をご存知ないのでは――」

ワイルダーは言った。「だいたい知っている。おれたちは火星のまわりを二度まわったよ。きみのほかには、たった一人、ここから一万マイルほど離れた所に、ウォルター・グリップという名の男がいた。一緒に行こうと言ったら、ことわられた。最後に見たときは、道路の真ん中に揺り椅子をもちだして、パイプをふかし、われわれに手を振っていたよ。火星は完全に死滅していて、火星人すら一人も生き残っていない。地球はどうなんだ」

「わたしもよく知りません。ときどき地球の電波がかすかに入ります。でも、たいてい外国語でしてね。残念ながらわたしは外国語はラテン語しか知らないんです。だから、聞きとれた言葉は、ごく僅かです。どうやら地球は修羅の巷《ちまた》になったが、それでも戦争はつづいているようですな。隊長は地球へ戻られますか」

「戻る。われわれはいうまでもなく真相を知りたいからな。今までは距離が遠すぎて、電波の接触は全然なかった。どんなありさまになっていようと、地球を見なけりゃならん」

「わたしらを連れていって下さいますか」

隊長はピクリと体を動かした。「そう、きみには奥さんがいたな、おぼえている。二十五年前、だったか。ここに第一の町が出来たとき、きみは軍をやめて、奥さんをここへ連れて来た。たしか子供さんも――」

「息子一人に、娘二人です」

「そうだ、思い出した。みんな一緒かね」

「小屋におります。丘の上の小屋で、すばらしい朝食を作って、みなさんをお待ちしています。おいでになりませんか」

「うかがわせていただこう、ハザウェイ君」ワイルダー隊長はロケットにむかって叫んだ。

「みんな下りてこい！」

ハザウェイとワイルダー隊長は、二十人の乗組員をしたがえて丘をのぼり、冷たい新鮮な朝の空気を胸いっぱい吸いこんだ。日が昇り、快晴の一日が始まった。

「隊長、スペンダーのことをおぼえておられますか」

「忘れようとしても忘れられんさ」

「年に一度くらい、あの男の墓のそばを通ります。とうとうあの男の言っていたとおりになりましたね。われわれは火星へ来るべきじゃないと言っていたのですから、だれもいなくなった今は喜んでいるでしょう」

「なんていったか——あの男——そう、パークヒル、サム・パークヒルはどうした？」

「ホットドッグのスタンドをひらきました」

「彼らしいな」

「そして一週間も経たないうちに、地球へ戦争をしに帰りました」ハザウェイはとつぜん胸に手をあて、道ばたの石にしゃがみこんだ。「すみません。ちょっと動悸がしました。久しぶりにみなさんにお目にかかったものですから。すこし休めば大丈夫です」ハザウェイの心臓は烈しく悸っていた。脈をかぞえた。だいぶ多い。

「医者にみせよう」と、ワイルダーは言った。「いや、失礼、ハザウェイ、きみも医者だったな。しかし一応われわれの医者にみてもらってくれ——」医者が呼ばれた。

「大丈夫です」と、ハザウェイは言い張った。「永いこと待っていて、急にお目にかかったので」だがハザウェイの息はひどく苦しそうだった。くちびるは紫色だった。医者が聴診器をあてるとハザウェイは言った。「お分かりでしょう。この年月、わたしは今日という日のために生きてきたようなものですから。今みなさんに地球に連れて行っていただければ、もうその上の満足はない。このまま横になって死んでも本望です」

「さあ」医者は黄色い丸薬を差し出した。「すこし横になっていて下さい」

「とんでもない。ちょっとすわっていれば大丈夫ですよ。みなさんに逢えて嬉しいんです。新鮮な声を聞けて嬉しいんです」

「薬は効いてきたようですか」

「すばらしく効きます。さあ、行きましょう！」

一同は丘をのぼって行った。

「アリス、出ておいで、どなたがみえられたと思う」

ハザウェイは顔をしかめて、石の小屋へ身をかがめた。「アリス、きこえないのかい」

細君があらわれた。つづいて、背の高い優雅な二人の娘が出て来た。もっと背の高い息子も出て来た。

「アリス、ワイルダー隊長をおぼえているかい」

細君はちょっとためらい、指示を仰ぐようにハザウェイの顔を見てから、微笑を浮かべた。「もちろんおぼえていますわ、ようこそいらっしゃいませ！」

「たしか、わたしが木星へ出発する前の晩に、いっしょにお食事しましたね、奥さん」

細君は隊長の手を強く握った。「娘のマーガリートと、スーザンですの。これは息子のジョンです。おまえは隊長さんをおぼえていますね？」

　握手が交され、笑い声がひびき、話がはずんだ。

　ワイルダー隊長はくんくん匂いをかいだ。「ジンジャー・ブレッドですか」

「召し上がります？」

　みんなが食卓へ移動した。折り畳みテーブルが持ち出され、湯気の立ったべものが運ばれ、皿と美しいダマスク織のナプキンと、立派な銀の食器が並べられた。ワイルダー隊長は立ったまま、まずハザウェイ夫人を、次に静かに動きまわっている二人の娘と一人の息子を眺めた。その子供たちがそばを通るたびに、顔をのぞきこみ、若々しい手の動きや、皺一つない顔の表情を目で追った。それから、息子にすすめられた椅子に腰をおろした。

「きみはいくつですか、ジョン君」

　息子は答えた。「二十三です」

　ワイルダー隊長はぎごちない手つきで銀の食器を移動させた。その顔はにわかに蒼ざめていた。隣りの男がささやいた。「ワイルダー隊長、そんなはずはありません」

　息子は椅子を運びに立ち去った。

「なんだって、ウィリアムスン？」

「わたしは四十三です、隊長。二十年前、あのジョン・ハザウェイと学校が一緒でした。いま二十三だと言ってましたね。まったく二十三としか見えない。でも、そんなはずはありませんよ。すくなくとも四十二にはなっているのが当然だ。これはいったいどういうことでしょう」

「分からん」

「ご気分がわるいのですか、隊長」

「変な感じなんだ。あの娘二人だって、おれは二十年前に見ている。そのときとちっとも変わっていない。皺ひとつない。きみ、わるいが、ひとつ用を足してくれないか。ちょっと行ってみてもらいたい所があるんだ。どこへ行って、何を調べるかは、あとで言う。食事が始まったら、こっそり抜け出してくれ、仕事は十分とかからん。ここから遠くない場所なんだ。着陸するとき、ロケットから見えた」

「あら、何をそんなに真剣に話していらっしゃいますの」ハザウェイ夫人がすばやい手つきでスープを皿にとりわけた。「くつろいで下さいな。こうしてみんなで集まっているんですもの。旅行は終わったし、ここはみなさんのおうちだと思って下さいな！」

「そうですね」と、ワイルダー隊長は笑った。「奥さんはまったくお元気そうだし、お若く見えますな！」

「まあ、お上手なこと！」

ハザウェイ夫人が静かに立ち去るのを、ワイルダーは見守っていた。桜色の顔はリンゴのようにつややかで、皺ひとつなく、初々しい。だれかが冗談を言うたびに、夫人は鐘のような笑い声をひびかせ、すこしも体を休めずに、サラダを手際よくとりわけた。そして骨ばった息子も、なよやかな娘たちも、父親とおなじくウィットに富んでいて、この一家の長の年月と生活のことを語り、ハザウェイは誇らしげにいちいち相槌を打つのだった。

ウィリアムスンがそっと席をはずして、丘を下りて行った。

「あの人は、どこへ行ったんです」と、ハザウェイが訊ねた。

「ロケットの点検だ」と、ワイルダーは言った。「それはそうと、ハザウェイ、今も言ったとおり、木星には何もないんだ。人間の役に立つものは何もない。土星も冥王星もおなじことさ」ワイルダーは相手の返事も耳に入らず、機械的に話をつづけながら、心の中では、ひたすら、丘を駆け下りて行ったウィリアムスンが、どんな報告をもたらすだろうと考えていた。

「ありがとう」マーガリート・ハザウェイが隊長のグラスに水を満たしていた。その瞬間、衝動的に、ワイルダーは娘の腕にさわってみた。娘はけろりとしている。その腕の肉はあたたかくて、やわらかだった。

テーブルのむかいのハザウェイは、ときどき手を休めて、苦しそうに胸をおさえ、それから低いつぶやきや、にわかに起こる笑い声に耳を傾けながら、時折、心配そうに、ジンジャー・ブレッドにちっとも手をつけないワイルダーを盗み見るのだった。

ウィリアムスンが帰って来た。席についてたべものをつついていると、隊長がそっと耳打ちした。「どうだった」

「ありました」

「それで」

ウィリアムスンの頬は蒼白だった。笑いさざめく人々を凝視していた。二人の娘はしずかに微笑し、息子は冗談をとばした。ウィリアムスンは言った。「墓場へ入ってみました」

「十字架が四つあっただろう」

「十字架が四つありました。名前もまだ読みとれました。念のために書きとってきました」ウィリアムスンは白い紙片の文字を読んだ。「アリス、マーガリート、スーザン、およびジョン・ハザウェイ。正体不明のウイルスのため死亡。二〇三八年七月」

「ありがとう、ウィリアムスン」ワイルダーは目をとじた。

「十九年昔です」ウィリアムスンの手はふるえていた。

「そうだ」

「じゃあ、そこにいるのはだれなんです！」

「分からん」

「これからどうするのですか」

「それも分からん」

「ほかの者に教えましょうか」

「あとにしろ。知らん顔をして、食事をつづけるんだ」

「もう、たべものが喉を通りません」

ロケットから運ばれた葡萄酒が出て、食事は終わった。ハザウェイは立ちあがった。

「みなさんのために乾杯します。昔の友人のみなさんに逢えて、わたしはうれしいのです。それからわたしの妻と子供たちのためにも乾杯したい。妻や子供たちがいなければわたしはとうてい生きながらえることはできませんでした。わたしが生きつづけ、みなさんの到着を待つことができたのは、ひとえに妻や子供たちの心やりと愛情のおかげなのです」ハザウェイは自分の家族にむかって、葡萄酒のグラスを挙げた。細君や子供たちは恥ずかしそうに視線を返し、一同が乾杯するときにはつつしみぶかく目を伏せた。

ハザウェイは葡萄酒を飲み干した。そして叫び声をあげずにテーブルにつっぷし、床にくずおれた。何人かの乗組員たちが抱き起こした。医者がかがみこみ、ハザウェイの胸に耳をあてた。ワイルダーは医者の肩に手を触れた。医者は見上げて、頭を横に振った。ワイルダーは床にひざまずき、死人の手を握った。「ワイルダー隊長ですか」ハザウェイの声はひどく聞きとりにくかった。「せっかくの朝食を台なしにしてすみません」

「つまらないことを言うな」

「アリスと、子供たちに、さようならと言ってやって下さい」

「いけません、呼ばないで下さい！」と、ハザウェイはあえいだ。

「あれたちには分からないのです。また理解してもらいたくない！　呼ばないで下さい！」

「ちょっと待て、今呼ぶから」

ハザウェイはこときれた。

ワイルダーは動かなかった。

ワイルダーは永いこと動かなかった。やがて立ちあがり、ハザウェイの死体をとりかこむ人の群れから抜けて、アリス・ハザウェイに近づき、その顔を見つめて言った。「今、何が起こったか、分かりますか」

「何か主人のことでしょうか」

「お亡くなりになったのです。心臓の病気で」と、ワイルダーは言い、夫人の表情を見守った。

「そうですか」と、夫人は言った。

「どんなお気持です？」と、隊長が訊ねた。

「主人はわたくしたちに悲しい思いをさせたくないと申しました。いつかは、そういうことが起こるだろうが、泣いてもらいたくないと申しました。つまり、わたくしたちに泣くということを教えてくれなかったのですわ。教えたくないと申しましてね。孤独で、悲しくて、泣くということは、人間の身に起こり得る最悪のことなのだと主人は申しておりましたわ。ですから、わたくしたちは涙も悲しみも知りません」

ワイルダーは、夫人のやわらかくあたたかい手を、美しくマニキュアされた爪を、ほっそりした手首を眺めた。ほっそりして、つややかな白い頸を、知的な瞳を見つめた。そしてようよう言った。「あなたやお子さん方についていえば、ハザウェイ君は立派にやってのけましたね」

「あなたがそうおっしゃるのを聞きましたら、さぞかし喜ぶことでしょう。主人はわたくしたちを誇りに思っておりました。わたくしたちが作られたものだということさえ、忘れてしまっていたようです。しまいには、わたくしたちを愛し、ほんとうの妻や子と思ってくれました。ある意味では、わたくしたちはそのとおりの存在なのですわ」

「あなた方はハザウェイに深い慰めを与えてくれたのですね」

「ええ、何年も何年も、わたくしたちは一緒にくつろいで、お話をしました。主人は話が好きでしたもの。石の小屋と暖炉の火が好きでした。町でふつうの家に住んでもよかったのですけれど、主人はここに住みたがりました。ここならば原始的な生活をしようと、近代的な生活をしようと、思いのままですから。そして主人はわたしに実験室のことや、いろいろな研究の話をしてくれました。それから、この下の死に絶えたアメリカ人の町ぜんたいに電線を張りめぐらし、スピーカーをとりつけました。ボタン一つ押すと、町に灯がともり、騒音がきこえて、一万人の人が住んでいるような感じになります。飛行機の音も、自動車の音も、人の話し声も、みんな聞えますのよ。主人はここにすわって、葉巻に火をつけ、わたくしたちに話しかけます。下からは町の騒音がたちのぼり、ときどき電話のベルが鳴って、受話器をとると、録音した声が主人に科学のことや外科医術のことを質問し、主人がそれに答えました。電話のベルと、わたくしたちと、町の音と、葉巻さえあれば、主人はとても幸せそうでしたわ。ただ一つだけ、わたくしたちにできないことがありました。それは年をとることです。主人は日ごとに老けてゆくのに、わたくしたちはちっとも変わりません。でも、主人はそれも気にしなくなったのだと思いますわ。きっと、そのほうがいいと思っていたのです」

「この下の、十字架が四つ立っている場所に、ご主人を埋葬しましょう。きっと喜んでくれると思いますから」

夫人はワイルダーの手首にそっと自分の手を重ねた。「喜びますわ、きっと」

命令が下された。家族四人は、丘を下りるささやかな葬列にしたがった。二人の男が、覆いをかけた担架でハザウェイを運んだ。一行は石の小屋をすぎ、何年も昔にハザウェイが仕事を始めた物置の前を通りすぎた。ワイルダーは仕事場に入り、ドアの内側にたたずんだ。

どんな気持だったろう、とワイルダーは思った、この惑星に妻や三人の子供と取り残され、その妻子に先立たれ、風や静寂のなかに一人暮らさねばならなくなったときは。人はそんなとき何をするだろう。妻と子を埋め、墓に十字架を立て、それから仕事場へ戻って来て、全精力、記憶力、指先の器用さ、勘、それらを傾けて、すこしずつ、かつて妻であり娘であり息子であったものを造りあげようとするだろう。下の町にはいくらでも材料があったのだから、才能のある男なら、どんなことでもできたはずだ。

人々の足音は砂にかき消された。ワイルダーが墓場へ着いたとき、二人の部下はすでに墓穴を掘り始めていた。

その日の午後おそく、一行はロケットへ戻った。

ウィリアムスンはあごで石の小屋の方を指した。「かれ、かれらはどうします」

「分からん」と、隊長は言った。

「こわしてしまいましょうか」

「こわす？」隊長はちょっとおどろいたような顔をした。「そんなことは全然考えなかった」

「まさか連れて行くつもりじゃないでしょうね」

「連れて行っても無駄なことだ」

「じゃあ、あんなふうにあのまま残して行くのですか！」

隊長はウィリアムスンに拳銃を渡した。「なんとか始末をつけてくれたら、きみはおれよりえらい人間だ」

五分後、ウィリアムスンは汗をかきながら小屋から帰って来た。「拳銃をお返しします。隊長のお考えがようやく分かりました。わたくしは拳銃を構えて、小屋へ入って行ったのです。すると娘たちの一人がにっこり笑いました。ほかの子供たちも笑いました。奥さんはお茶を出してくれました。ああ、あの連中を破壊したら殺人です！」

ワイルダーはうなずいた。「あれほどみごとなものは、もう二度と出来ないだろう。かれらは長もちするように作られている。十年か、五十年か、二百年か。そう、かれらにも、きみやおれやほかの人間と同様、何といったらいいか――生きる権利があるのだ」隊長はパイプの灰を落した。「さて、乗船したまえ、出発だ。この町はもう死んだ。用はない」

たそがれどきだった。冷たい風が吹き始めた。乗組員たちはロケットに乗りこんだ。隊長はためらっていた。ウィリアムスンが言った。「まさか、あそこへ行って――別れの挨拶をなさるおつもりじゃないでしょうね」

隊長は冷たい目でウィリアムスンを見やった。「余計なことを言うな」

それからワイルダーは、暗い風の吹きすさぶなかを大股に小屋の方へ歩き出した。するとロケットの乗組員たちは、隊長の影が石の小屋の戸口でためらっているのを見た。すると、女の影が現われた。隊長がその女と握手しているのを、乗組員たちは見た。

ややあって、隊長は駆け足でロケットへ帰って来た。

夜ともなれば、風は死んだ海底を吹きわたり、六角形の墓石のあいだを吹きぬけ、四つの古い十字架と、一つの新しい十字架の上を吹きすぎる。小さな石の小屋には明かりがともり、その小屋の中には、吠える風と、舞い狂う砂と、冷たく燃える空の星にとりかこまれて、四人の人影が見える。一人の女と、二人の娘と、一人の息子が理由もなく、暖炉の火をかきたて、話し合い、笑いさざめく。

来る年も、来る年も、毎晩のように、なんの理由もなく、女は戸外に出て、小手をかざして空を眺め、緑色に燃える地球を、なぜ見つめるのかも分からずに見つめ、それから小屋の中へ戻って、暖炉に薪を投げこみ、風は吹きつのり、死んだ海はいつまでも死んだままに横たわる。

二〇五七年八月　優しく雨ぞ降りしきる

居間で、歌時計が歌った。〝チクタク、チクタク、七時です、みなさん、起きましょ、七時です！〟まるで、だれも起きないのではないかと、心配しているように。朝の家はがらんとしていた。その空虚の中へ、時計はチクタク、チクタクと時を刻みながら、くりかえし、くりかえし、その歌声を響かせていた。〝七時を九分過ぎました。朝の食事の時間です、七時を九分過ぎました！〟

キッチンでは、朝食をととのえるストーヴが、しゅうしゅう音を立てて、その温かい内部から、こんがり焼けたトーストを八枚と、目玉焼きを八つと、ベーコンを十六枚と、コーヒーを二杯と、冷たいミルクを二杯、吐きだした。

「今日は、二〇五七年八月四日」と、キッチンの天井から、べつの声がきこえてきた。「場所はカリフォルニア州のアレンデール市です」その声は、よく覚えるように、日付を三度くりかえした。「今日は、フェザーストン氏の誕生日で、ティリタの結婚記念日です。保険料と、水道、ガス、電気代の支払日です」

壁の中のどこかで、継電器《リレー》がかちっと鳴って、記憶テープが、電気眼の下を滑った。〝八時一分、チクタク、チクタク、八時一分、チクタク、チクタク、学校へ、勤めへ出かけましょ、走って、走って、八時一分！〟だが、どのドアも、ぴしゃりと閉まらなかったし、どの絨毯も、ゴム底の靴でやわらかく踏まれなかった。外は、雨が降っていた。玄関のドアについている天気ボックスが、静かに歌っていた。〝雨さん、雨さん、やんどくれ、今日は雨靴忘れるな、今日はレインコート忘れるな！〟……雨は、だれもいない家をぱらぱらたたき、その音を反響させていた。

外では、ガレージが、鐘を鳴らしてドアを持ちあげ、待ちかまえる自動車をさらけ出した。長いあいだ待ってから、ドアは、またふわっとおりた。

八時半になると、卵はしなびてしまい、トーストは石のようになってしまった。その朝食を、アルミニウムのV字型の手がさっと掻きこむと、熱湯が渦まきながら、金属の喉に流しこみ、喉は消化してから、それを遠い海まで洗い流していった。汚れた食器は、熱湯洗浄器に投げこまれ、やがてぴかぴかに乾いて出てきた。

〝九時十五分は〟と、時計が歌った。〝お掃除の時間〟

壁の中の飼育場から、小さなロボットのネズミがひゅっ、ひゅっと飛び出してきた。部屋の中は、ゴムと金属でできた、小さな掃除ネズミでいっぱいになった。ネズミたちは、椅子にぶつかりながら、ひげのはえた滑車《ころ》をぐるぐるまわして、絨毯のけばをなでつけ、隠れた塵をやわらかに吸いこんだ。それから、神秘の侵入者たちは、隠れ家へぽんぽん飛びこんだ。そのピンク色した電気の眼から、光が薄れた。家はすっかりきれいになった。

〝十時〟。雨雲の向こうから、太陽が出てきた。瓦礫と灰燼の都市の中で、この家だけが、ぽつんと立っていた。破壊されずに残ったのは、この家だけだった。夜になると、この廃墟の町は、何マイルも離れたところからでも見える、放射能の輝光を放った。

〝十時十五分〟庭の撒水装置が黄金色《こがね》の噴水を噴き出して、やわらかな朝の空気を、輝く水しぶきで満たした。水は窓ガラスに降り注いで、白いペンキを塗ってあるとないとにかかわらず、等分に焼け焦げている、その家の西側の面を、流れ下った。その西面は、ただ五カ所を残して、あとは一面真っ黒だった。ひとつは、ペンキにくっきりと残された、芝生を刈る男のシルエット。ひとつは、写真で見るような、花を摘もうと身をかがめた女の影。さらに、もっとはなれたところに、あの恐ろしい瞬間に壁板に灼きつけられた三つの影があった。両手を高く空に突き出している小さな男の子。そのもっと上方に、抛《ほう》りあげられたボール。男の子と向きあって、永久に落ちてはこないボールを受けとめようと、両手をかかげている女の子。

壁のペンキには、この五つの影が——夫と、妻と、子供たちと、ボールが、はっきり残っていた。ほかの部分は、うすい木炭層が一面に覆っていた。

やさしい噴泉の雨は、庭を、落下する光で満たした。

今日まで、この家は、なんと立派に平和を保ちつづけてきたことだろう。なんと注意深く、「そこを通る人はだれですか？　合言葉は？」と訊きだし、孤独なキツネやあわれな啼《な》き声をあげるネコから、なんの返事ももらえないとわかると、機械的な、偏執狂に近いオールドミス的自衛本能で、窓をぴしゃりと閉め、ブラインドをおろしてしまったことだろう。

家は、物音がするたびに、おののいた。スズメが窓ガラスに触れでもすると、窓はぴしゃりと閉じた。スズメのほうが、おどろいて逃げてしまうほどだった！　そう、たとえ小鳥一羽でも、この家には触れてはならなかった！

この家は、身分さまざまの、奉仕に身を捨て、勤行にはげみ、聖歌を歌う一万人の信者にかしずかれる祭壇だった。ただ、神々は遠くへ去り、宗教上の儀式だけが、無意味に、いたずらにつづけられているのだった。

〝正午十二時〟

玄関のポーチで、一匹のイヌが、ぶるぶる震えながら、哀れな啼き声をあげた。

玄関のドアが、イヌの声を聞きわけて、さっと開いた。かつては大きくて肉づきがよかったのに、いまは骨と皮ばかりになり、からだ中焼けただれてしまったそのイヌは、家の中へよろけこんで、泥をぽとぽと落しながら歩きまわった。その背後で、怒ったネズミたちがくるくる駆けめぐった。ネズミたちは、泥をひろいあげなければならないので、腹をたてているのだった。それがいちいち面倒なので、腹をたてているのだった。

枯葉一枚、ドアの下から風に吹かれて入ってきても、かならず、壁の羽目板がぱっと開いて、銅の切れはしのネズミたちが、さっとばかり飛び出してきた。侵入者が塵だろうと、髪の毛だろうと、紙きれだろうと、そのちっぽけな鋼鉄のあごに捕えて、隠れ家へ駆けもどる。そこから、地下室に通じる管をくだって、暗い隅に、邪悪なバール神のようにうずくまっている焼却炉の、吐息をついている孔の中に落しこむのだ。

イヌは二階に駆けあがって、ドアごとにきゃんきゃんとヒステリーのように啼きたてたが、とうとう、この家と同じように、ここには静寂だけがあるのだ、ということをさとった。

イヌは空気の匂いをくんくん嗅ぎ、キッチンのドアをがりがりひっかいた。ドアの向こうでは、レンジがいましもパンケーキを焼いていた。ケーキの焼けるおいしそうな香りと、メープル・シロップの匂いが、部屋中にこもっていた。

イヌは、口からぶくぶく泡を吹くと、ドアの前にたおれ、鼻をくんくん鳴らした。その眼が、ふいにらんらんと燃えだした。自分の尻尾を嚙もうと、イヌは、どうかしてしまったように、室内をぐるぐる走りまわり、きりきり舞いして、死んだ。イヌの死体は、そのまま一時間ほど、居間に横たわっていた。

〝二時ですよ〟と、声が歌った。

とうとう、腐臭を敏感にも嗅ぎつけて、ネズミたちが、電気の風に吹きとばされる灰色の木の葉のように、ひゅうん、ひゅうんと群れをなして繰り出してきた。

〝二時十五分〟

イヌの死体は、影も形もなくなっていた。

地下室では、焼却炉が急に白熱して、火花の旋風が、煙突の中を舞いあがった。

〝二時三十五分〟

ブリッジ・テーブルが、中庭の壁から、ひょいと飛び出した。トランプがぱらぱら雨のようにひらめき落ちてきて、重なった。オーク製の長椅子の上に、マーティニが、卵サラダ・サンドイッチをともなって現われた。音楽が奏でられはじめた。

だが、テーブルは沈黙を保ち、トランプに触れる手もなかった。

四時になると、テーブルは、巨大なチョウのように、折りたたまれて、壁の羽目板の中へ吸いこまれた。

〝四時半〟

子供部屋の壁が輝きだした。

いろいろな動物たちが現われた。水晶のような物質の中で、黄色いキリンや、青いライオンや、ピンクのカモシカや、薄紫のヒョウが、ぴょんぴょん踊りはねた。四囲の壁はガラスでできていた。その中で、色とりどりの幻想がくりひろげられた。隠れたフィルムが、時計仕掛けで手入れのゆきとどいた装置によってまわり始め、壁面が生きかえった。子供部屋の床は、みずみずしい牧草地に似せて織った織物に変わった。その上を、アルミニウムのアブラムシや、鉄でできたコオロギが跳びはね、暑い、静かな大気の中には、精巧な赤い織物でこしらえたチョウが獣たちの足跡の鋭い臭気をさけながら、ひらひらと舞った！　暗い草むらの中にある、つやのない黄色を帯びた大きなハチの巣からきこえてくるような音や、喉を鳴らすライオンのものうげなうなり声も、きこえた。オカピや、そのほかのひづめのある獣の足音もしたし、夏のかたい草の上に降り注ぐ、新鮮なジャングルの雨のつぶやきもきこえた。やがて、ガラスの壁は、えんえんと広がる、乾ききった草原と、あたたかい無限の空の中に溶けこんだ。獣たちは、イバラの茂みや、水辺の穴に、姿を消した。

いまは、子供の時間だった。

〝五時〟浴槽が、きれいな熱い湯で、いっぱいになった。

〝六時、七時、八時〟夕食の御馳走が、魔法のように並べられ、書斎では、かちりという音がした。すると、火が暖かく燃えあがった暖炉の向かいにある、金属製の台に、葉巻が一本、ひょいと現われ、半インチほどのやわらかな、ねずみ色の灰をその先につけて、ゆらゆらと煙を燻《くゆ》らせながら、待っていた。

〝九時〟ベッドが、隠れた回路で温められた。ここは、夜は寒いのだ。

〝九時五分〟書斎の天井から、声がした。

「マクレランの奥さま。今晩はどの詩にいたしましょうか？」

家の中は、森閑としていた。

とうとう声は言った。「お好みをおっしゃっていただけませんので、こちらで適当に、選ばさせていただきます」その声の伴奏に、静かな音楽が湧きおこった。「サラ・ティースディル。奥さまのお好きな詩人でございますね……」

優しく雨は降りしきり、土の香深くたちこめ、
燕《つばくろ》は、微かに翼きらめかして、空に舞う

夜更ければ、よどみに蛙《かわず》鳴きたて、
畔のすももは、真白にわななく

駒鳥は焔の羽根を身に飾りたて、
垣低く、気ままなふしを歌う

戦《いく》さを知る者、ひとりとてなく、
そのいつ終わるとも、知る者ついになし

人のうからのなべて絶え果つるとも、
小鳥も草木も、これに心掛くることあるまじ

暁にめざめし春の女神すら、
我らが去りしことをば、それと心づかざらん

石の炉の上で、火は燃えつづけ、葉巻は、灰皿の上の静かな灰の山の中に落ちた。静かな部屋の中で、主のない椅子が向かい合い、音楽が流れていた。

十時になると、家は眠りはじめた。

風が吹いた。落ちかかる樹の大枝が、キッチンの窓を叩き破った。クリーニング用溶液の入った瓶が、調理用ストーヴの上で粉微塵になった。一瞬のうちに、キッチンは火の海になった！

「火事だ！」と、声が悲鳴をあげた。家中の明かりがぱっとついて、ポンプの水が、天井からどっと噴き出した。だが、溶剤は、キッチン・ドアの下のリノリウムに拡がって、めらめらと焔でなめつくした。いくつもの声が、いっせいに叫んだ。「火事だ、火事だ、火事だ！」

家は、自分で火を消しとめようとした。ドアというドアは、ぴったり閉じたが、熱のために窓が破れて、風がどっと吹きこんできて、火を吸いこんだ。

何百億の怒りくるう火の粉と化して、部屋から部屋へ、みるみる燃えうつり、階段を這いあがってくる火に、家はたじたじとなった。壁から駆け出た消防ネズミが、ちゅうちゅう鳴きたてながら、水をさっと射出しては、また水をとりに走った。壁にしかけた撒水装置も、夕立のように、人工の雨を降らせた。

しかし、もはや手遅れだった。どこかで、溜息をついて、ポンプが、あきらめたように止まった。消火用の雨もやんでしまった。これまで静かな何日ものあいだ、浴槽を満たし、食器を洗っていた貯えの水も、すっかり失くなっていた。

火は、ぱちぱちいいながら、階段をのぼった。二階の広間にかけてあったピカソやマチスの画に燃えうつって、おいしい御馳走でも食べるように、その油の肉を焼きあげ、キャンバスをやさしくちりちり焦がして、真っ黒な布屑にした。

ついで、火はベッドに転がり、窓に飛びつき、カーテンの色を変えた！

そのとき、消防の援軍が駆けつけた。屋根裏のはね戸から、視覚を持たないロボットの顔が、下をのぞきこみ、その蛇口のような口から、緑色の化学薬品を吐き出したのだ。

火はたじろいだ。まるで、死んだヘビを見たゾウのように。いま二十四のヘビが、床の上に飛びかかって、緑に泡立つ冷たい毒液で、火を殺そうとしていた。

だが、火は利口だった。焔を家の外に送り出して、屋根裏のポンプに襲いかかった。どかん！　ポンプたちを指揮していた、屋根裏の人工頭脳は、無数の銅片となって、梁の上に砕け散った。

火は、あらゆる戸棚にどっとなだれこみ、そこに吊してあった衣類に燃えついた。

家は身を震わせた。露わになった樫の骸骨は、熱の前に立ちすくんだ。その電線が、神経が、まるで外科医に皮膚をはぎとられて、むき出しにされた血管や毛細管のように、熱気の中で震えた。助けてくれ、助けてくれ！　火事だ！　走れ、走れ！　熱が鏡を、割れやすい冬の氷のように、ぴしぴし砕いた。声が、悲しい童謡のひと節のように、火事だ、火事だ、走れ、走れ、と泣き声をあげた。炎の中に取り残されて死にかけている子供たちの声に似た、高く、また低い十いくつもの声。だが、その声も、電線の被覆が、火にくべた栗のように、はじけるたびに、かぼそくなっていった。一つ、二つ、三つ、四つ、五つの声が死んだ。

子供部屋では、ジャングルが燃えていた。青いライオンが吼え、紫のキリンが跳ねて逃げた。ヒョウたちは、ぐるぐるまわりながら、色を変えていった。何千万の動物たちが、火に追われて走りながら、遠く蒸気をあげている河へ逃げ去った……

さらに十の声が死んだ。火が雪崩《なだれ》落ちる下で、最後の一瞬に、忘れられていたほかの声たちがいっせいに、時刻を告げ、音楽をかなで、遠隔操縦の芝刈機で芝生を刈り、狂気のように雨傘を出し入れし、玄関のドアをばたんばたんと開閉するのがきこえた。同じ時間を、おのおのの時計が勝手に、いかれてしまったように、たがいにあとさきに打っている時計店のように、あらゆることがいっときに起こっていた。狂気じみた混乱ではあったけれど、そこには、なお統一があった。唄を歌い、悲鳴をあげながら、数匹の掃除ネズミたちが、恐ろしい灰の山を片づけようとして、勇敢に飛びまわっていた！　そして、ひとつの声が、焔につつまれた書斎の中で、現状を昂然と無視して、高らかに詩を朗読しつづけた。すべてのフィルムが燃えつきるまで、すべての電線が衰弱し、回路が断たれてしまうまで、それはつづいた。

火は、家を爆発させ、がらがらと崩壊させて、火の粉と煙を、スカートを広げるように、四方へ噴き出した。

キッチンでは、火と材木の雨が降る一瞬前に、調理用ストーヴが、しゃにむに朝食の仕度にかかっているのが見えた。百二十個の卵と、六枚のトーストと、二百四十枚のベーコン——それだけの料理が、火に食われてしまうと、ストーヴは、またしてもヒステリーのようにしゅうしゅうと言いながら、活動を開始した！

ぐわらぐわら。屋根裏部屋が、キッチンと客間に落ちこんだ。その客間は地下室に、地下室は、そのまた下の地下室に落ちこんだ。大型冷蔵庫も、肘かけ椅子も、フィルムのテープも、回路も、ベッドも、骸骨のようないっさいがっさいが、地中深くの、がらくたの山の中に投げこまれた。

煙と静寂。おびただしい煙。

東の空が、ほのかに白んできた。廃墟の中に、一面の壁がぽつんと立っていた。その壁の中で、最後まで残った声が、くり返し、くり返し言っていた。朝日が昇って、うずたかい石の山と蒸気を照らし出したときにも、声はつづいていた。

「今日は、二〇五七年八月五日でございます、今日は二〇五七年八月五日でございます、今日は……」

二〇五七年十月　百万年ピクニック

家族みんなで魚釣り旅行に出かけようと言い出したのは、ママだった。しかしそれは、実際はママの考えではないことを、ティモシイは知っていた。それはパパの考えだったのだが、どういうわけか、ママがかわりに言ったのだ。

火星の石がごろごろしているところを、足をひきずるようにして歩きながら、パパは賛成した。それでたちまち、わあわあという大騒ぎになって、大急ぎで、キャンプ道具がカプセルや容器に詰めこまれ、ママは、旅行用のジャンパーとブラウスに着替えをした。パパはパイプを、震える手で詰めながら、火星の空を眺め、三人の子供たちは、歓声をあげながらモーターボートに乗りこんだ。ティモシイのほかは、だれもパパやママの様子に気をつけていなかった。

パパがボタンを押した。水上艇は、ぶるんぶるんという音を、空に響かせた。波をけたてて、ボートはまっしぐらに突き進み、家族みんなが、「ばんざーい！」と叫んだ。

ティモシイは、ボートの艫《とも》のほうにパパと一緒にすわって、小さな手をパパの毛むくじゃらの手に重ねたまま、運河がうねりくねるのを眺めた。ティモシイたちが、地球からはるばる小型の家族用ロケットに乗ってやって来て着陸した荒地は、みるみる後方に去っていった。ティモシイは、一家全員で地球を発つ前の晩のことを覚えていた。あわただしい旅支度。どんな方法で見つけたのか、パパがどこからかもってきたロケット。火星に行って、休暇をとるのだという話だった。休暇旅行にしてはずいぶんとおいところに行くものだと思ったが、ティモシイには、小さな弟たちがいたので、だまっていた。ティモシイたちは火星にやって来て、いま、何よりもまず、名目にもせよ、魚釣りに出かけたのだった。

ボートが運河を遡っていくとき、パパの眼にはおかしな表情が浮かんでいた。ティモシイには、それがなんだか理解できなかった。らんらんと光ってもいたし、たぶん安堵めいた表情もまじっていたようだ。深く刻まれた皺には、苦悩の色はなく、心から笑っていた。

冷えかけているロケットは、運河の曲り角の向こうになって、見えなくなった。

「どこまで行くの？」ロバートが手で水をぱちゃぱちゃやった。まるで、すみれ色の水の中で跳びはねている小さな蟹《かに》のように見えた。

パパはふーっと息をついた。「百万年も行くんだよ」

「ひゃあ、おどろいた」と、ロバートが言った。

「見てごらんなさい、みんな」と、ママがやわらかな長い腕をのばして、指さした。「死んだ町があるわ」

子供たちは、夢中になって、そのほうを眺めた。死んだ都市は、子供たちのためにだけ、ひっそりと横たわって、火星の天気技師が火星にこしらえた、夏の暑い沈黙の中に、まどろんでいた。

パパは、まるで、その町が死んでいるのを喜んでいるような表情をしていた。

それは、砂の高みの上に眠っている、ピンク色の岩の無益な拡がりだった。ひっくり返った数本の柱と、淋しく立っている神殿と——その向こうは、また砂のなだらかな連なりだった。何マイルものあいだ、砂以外に、何もなかった。運河のまわりには、白い砂漠があり、その向こうに、青い砂漠がひろがっているのだった。

ちょうどそのとき、一羽の鳥が飛び立った。青い池に投げこまれて、水面を打ち、深く沈んで、消えてしまう石のようだった。

パパは、それを見たときに、ぎょっとしたようだった。「ロケットかと思ったよ」

ティモシイは、深い、海のような空を眺めて、地球と、戦争と、廃墟の都市と、ティモシイが生まれたその日から殺し合っている人間たちとを、見ようとした。しかし、何も見えはしなかった。戦争は、巨大な、高いひっそりとした大伽藍の円天井で、死ぬまで争っている二匹のハエのように、遠く、はるかなものだった。そして、同じように、無意味なものだった。

ウィリアム・トーマスは、ひたいの汗をぬぐった。自分の腕にかけた、わが子の手が、若い毒グモのように、おののいているのを感じた。ウィリアムは子供に微笑みかけた。

「どうだね、ティミイ？」

「すてきだよ、パパ」

ティモシイには、かたわらの大人の大きなからだの中で、どんな考えがはたらいているのか、見当がつかなかった。大きな鷲鼻の、陽に灼けて皮のむけている男――そして、地球の夏ごろ、学校がひけてからよくやるビー玉のような、熱くて青い眼、ゆったりとした乗馬ズボンの中の、すらりと太い柱のような両脚。

「何をそんなに一生懸命、見ているの、パパ？」

「パパはね、地球人の論理や、常識や、良い政治や、平和や、責任というものを、探していたんだよ」

「それ、みんな地球にあったの？」

「いや、見つからなかった。もう、地球には、そんなものはなくなってしまったんだ。たぶん、二度と、地球には現われないだろうよ。あるなんて思っていたのが、馬鹿げていたのかもしれないな」

「え？」

「ほら、あの魚を見てごらん」と、パパは言って、指さした。

三人の子供たちは、いっせいにかん高い声をあげながら、細い首を伸ばし、ボートを揺さぶって、魚を見ようとした。子供たちは、うわーとか、ああーとか、思い思いの嘆声を発した。銀色の環のかたちをした魚が、そばをくねくねと通りすぎ、餌を見つけると、たちまち瞳孔が縮まるようにして、呑みこんでしまった。

パパはそれを見ていた。その声は深く、静かだった。

「戦争みたいだな。戦争が泳いできて、餌を見つけると、縮まってしまう。もうじき――地球は滅んでしまうんだ」

「ウィリアム」と、ママが言った。

「ごめんよ」と、パパは言った。

みんなは、じっとすわったまま、運河の水が、冷たく、遠く、なめらかに流れていくのを感じとっていた。きこえる音といえば、モーターのうなりと、水の流れる音と、太陽熱が空気を膨張させる音だけだった。

「いつ、火星人に会えるの？」と、マイケルが叫んだ。

「もうすぐだよ、きっと」と、パパ。「今夜あたりかな」

「あら、でも、火星人は、絶滅した種族じゃないの」と、ママ。

「いや、絶滅してはいないさ。大丈夫、火星人に会わせてあげるよ」パパがすぐに言った。

ティモシイは、それを聞いて顔をしかめたが、口に出しては言わなかった。何もかも変だった。休暇、魚釣り、パパとママの交わす表情、みんな変だった。

ほかの子供たちは、小さな手をかざして、七フィートもある運河の石の堤防のほうを眺めながら、火星人を探すのに夢中になっていた。

「火星人て、どんな恰好してんの?」と、マイケルが訊ねた。

「見たらわかるさ」パパは、ちょっと笑った。ティモシイは、パパの頬に、脈がぴくぴく打っているのを見た。

ママは、やさしくほっそりとしたからだつきで、金糸の髪を頭飾り《ティアラ》のように、頭の上で編んでいた。瞳は、日陰を流れるときの、深く冷たい運河の水の色に似て、ほとんど紫色で、その中に、琥珀を点々と浮かべていた。その瞳の中に、ママの考えが魚のように泳ぎまわるのが、見えるようだった——あるものは明るく、あるものは暗く、あるいは速く、すばしこく、あるものは、遅く、ゆったりと泳ぎまわり、ときおり、地球を見あげているときのように、ただ色だけで、ほかに何も見えないこともあった。ママは、ボートの舳先にすわっていた。片手を口のはたにあて、片手を暗青色の乗馬ズボンのひざにのせて、ブラウスが、白い花のように開いたところから、陽に焼けた、やさしいうなじの線がのぞいていた。

ママは、行く手にあるものを、じっと見つめていたが、はっきりと見えないので、夫のほうをふりかえった。夫の眼に映ったものを見て、それがなんであるのか、ママにもわかった。そして、その眼には、夫の考えていることも、かたい決意の色も、浮かんでいたので、ママはほっとして、それを受け入れると、顔をもとにもどした。ママは、何を探すべきかを、不意にさとった。

ティモシイも探していた。しかし、眼に見えるものは、低い、侵蝕された丘陵にかこまれた、広く浅い渓谷をつらぬいて、すみれ色に染まっているひとすじの運河の線だけだった。それは、空の果てに合するまでつづいていた。そして、その運河は、乾からびたしゃれこうべの中のカブトムシのように、揺さぶればかたかた音のするような町々をつらぬいて、どこまでも走っていた。百も、二百もの都市が、暑い夏の日の夢を見、冷たい夏の夜の夢を見つづけているのだった……

この旅行をするために――魚釣りのために、ティモシイたちは、何百万マイルもの道のりを、はるばるやって来た。しかし、ロケットには、大砲が積んであった。これは休暇旅行のはずだ。それなのに、なぜ、みんなが何年も何年も食いつなげるほどの、多量の食料を、全部ロケットのそばに隠してきたのだろうか？　休暇。その休暇というヴェールの向こうには、やさしい笑顔ではなくて、何かかたい、骨ばった、おそらく恐ろしいものがあるにちがいない。ティモシイは、そのヴェールを持ちあげられなかったし、十歳と八歳の弟たちは、ただもう遊ぶのに夢中になっていた。

「まだ火星人が見えないよ」ロバートは、Ｖ字型をしたあごを、両手の上にのせて、運河をにらみつけていた。

パパは、原子ラジオを手首にしばりつけて、持ってきていた。旧式な原理によって動くラジオだった。耳のそばの骨に押しつけると、震動によって、唄でも言葉でも、きこえてくるのだ。いまパパは、そのラジオに、耳を傾けていた。その顔は、崩壊した火星の都市のように、くぼみ、乾あがり、いまにも死んでしまうように見えた。

それから、パパはママにラジオを渡して、聞かせた。ママの口がぽかんと開いた。

「どうしたの——」ティモシイは、質問しかけたが、とうとう、言いたいことを言い終わらないでしまった。

というのは、その瞬間、骨の髄まで揺すぶるような、ものすごい爆発が、二度起こり、つづいて、小さな震動が、五、六度連続して起こったのだ。

はっと頭をあげて、パパは、ただちにボートのスピードをあげた。ボートは跳びはねながら疾走した。ロバートは、船べりから振り落されそうになり、マイケルは、びっくりしながらも、有頂天になって、きゃっきゃっと叫んだ。マイケルは、ママの脚にしがみついて、水が、滝のように鼻のわきを流れ落ちるにまかせたまま、眼を見はっていた。

パパは、ボートの向きを変えて速度をおとし、とある小さな支運河に乗り入れて、蟹《かに》の肉の匂いのする、古代の崩れかけた石の波止場に近づいた。ボートがどしんと波止場にぶつかったので、みんなは前に放り出されそうになったが、だれも怪我はしなかった。パパは、その前に身をねじって、もしや水面に立った漣波《さざなみ》が、この隠れ場所への道筋を、人に教えはしないかどうか見ていた。波の線は、石の岸辺にひたひたと寄せ、またはね返ってきては、たがいにぶつかり合って、陽光のために、まだらな影を作った。やがて、漣波はみな消えてしまった。

パパは耳をすませた。みなもそれにならった。

パパの息づかいが、冷たく濡れた波止場の石をこぶしで叩いてでもいるように、反響した。日陰の中で、ママの猫のような眼は、じっとパパを見つめて、つぎに何が起こるのか、その手がかりを求めた。

パパは緊張を解くと、ふーっと息を吐き出して、自分の恰好を笑った。

「もちろん、ロケットだったんだ。わたしはびくびくしすぎているね。ロケットだったのに」

マイケルが訊いた。「どうしたの、パパ、どうしたの?」

「ああ、ぼくたちのロケットを爆発させたんだよ、ただそれだけのことさ」と、ティモシイは、つとめてなにげないふうに言った。「前にも、ロケットが爆発する音を聞いたことがあるんだ。いまのは、ぼくたちのロケットが爆発しただけさ」

「どうして、ロケットを爆発させたの?」と、マイケルが訊ねた。「ねえ、パパ?」

「遊びの一部なんだよ、ばかだな!」と、ティモシイが言った。

「遊びかあ！」マイケルとロバートは、その言葉が気に入った。

「パパが、わざとあれを爆発させて、ぼくたちがどこへ着陸して、どこへ行ったか、だれにもわからないようにしたのさ！　もし、悪いやつが見つけにやってくるといけないだろう。ね、わかったろう？」

「わあ、秘密なんだね！」

「自分のロケットにびっくりなんかして」と、パパはママに言った。「わたしも臆病だな。ほかにもロケットがあるだろうなんて考えるのは、馬鹿げたことだ。ほかには、たぶんただ一台だけだろう。もしエドワーズの家族が、うまく自分たちの船でやって来られればね」

パパは、ちいさいラジオを、また耳に押しつけた。二分ほどすると、ぼろ切れを落すように、その手をおろした。

「とうとう終わった」パパはママに言った。「ラジオが原子波を受信しなくなった。無線局は全部なくなってしまった。ここ数年ほどは、たった二つに減ってしまっていたのに。もう空中は、完全に静かになったよ。たぶん、もう二度ときこえることはあるまい」

「いつまで？」と、ロバートが訊ねた。

「そうだな——おまえの曾孫《ひまご》の時代にでもなったら、またきこえることがあるかもしれない」パパはそのまま、じっとすわっていた。その畏怖と、敗北と、諦めと、受容の感情の渦のなかに、三人の子供たちはまきこまれていた。

とうとう、パパは、またボートを運河にもどし、もとの水路を進みつづけていった。

日が暮れかけていた。すでに太陽は、西の空に傾いて、行く手には、死んだ都市が並んでいた。

パパは、静かな、やさしい口調で、息子たちに話しかけていた。それまでは、大抵の場合、怖くて近づきにくい存在だったパパだったが、いまは、何か言うたびに、そっと子供たちの頭をなでてくれた。子供たちも、父親の慈愛を感じとっていた。

「マイクはどの町がいいかね？」

「なあに、パパ」

「町を選ぶんだよ。通り過ぎていく町のうち、どれでもいいから、好きなのを選んでごらん」

「うん、いいよ」と、マイケルは答えた。「どうやって選ぶの？」

「いちばん気に入ったのを選ぶのさ。おまえたちもだ、ロバートにティム。いちばん好きな町を選びなさい」

「ぼく、火星人のいる町がいいな」と、マイケルが言った。

「よしよし、それにしようね」パパは子供たちを相手にしゃべっていたが、眼はじっとママを見つめていた。

二十分のあいだに、六つの都市を通り過ぎた。ロケットの爆発のことについては、パパはもう、何も言わなかった。息子たちの相手になって、喜ばせておくことのほうが、何よりも楽しい様子だった。

マイケルは、最初に通り過ぎた都市が気に入ったが、みんなが、あんまり早く決めすぎるのはどうかと思ったので、それはだめだということになった。二番目の都市は、だれも気に入らなかった。地球人の植民市で、木造だし、もうぼろぼろに朽ちかけていた。三番目は大きな都市だったので、ティモシイの気に入った。四番目と五番目は小さすぎた。そして六番目の都市が、みんなの歓呼に迎えられた。ママでさえ、子供たちと一緒になって、「うわ！」とか「すごい」とか「あれを見てごらんなさい」と言って、はしゃいだ！

五、六十の巨大な建築物が、いまもなお、立ち並んでいた。街路は、埃がつもっていたが、ちゃんと舗装されていたし、広場には、いまも、古い噴泉が、一つ二つ、濡れて脈打っていた。それだけが生きていた――夕陽を浴びながら、躍っている水だけが。

「この町がいい」と、みんなが言った。

ボートを波止場に寄せると、パパは、ぽーんと、飛びおりた。

「さあ、着いたぞ。これが、わたしたちの町だ。今日から、ここで暮らすんだ」

「今日から？」マイケルは、信じられない様子だった。立ちあがって、町を眺め、それから、ロケットのあった方角を、眼をぱちぱちさせながら、ふり返った。「ロケットはどうしたの？　ミネソタのお家はどうしたの？」

「ほうら」と、パパが言った。

パパは、小型ラジオを、マイケルの金髪の頭にあてがった。「聞いてごらん」

マイケルは耳をすませた。

「何もきこえないや」

「そうだ。何もきこえない。もう二度と、何にもきこえてはこないのだ。ミネアポリスはなくなったのだよ。ロケットも地球も、なくなったのだよ」

マイケルは、あんまり恐ろしい真実をきかされたので、じっと考えこんでいたが、やがて、涙を出さないで、しくしく泣きはじめた。

「ちょっとお待ち」すぐさま、パパが言った。「そのかわりもっといいものを、たくさんあげよう、マイク！」

「何をくれるの？」マイケルは、好奇心を起こして、泣くのをやめたが、このあとのパパの話が、さっきの話と同じように、いやな話だったら、いまにもまた泣き出しそうな様子だった。

「この町をおまえにあげるんだよ、マイク。この町はおまえのものなのだ」

「ぼくの？」

「おまえと、ロバートと、ティモシイ、おまえたち三人のものなのだよ」

ティモシイは、ボートから跳びおりた。「やい見ろ、みんなぼくたちのもんだぞ！　これ全部だぞ！」ティモシイはパパと遊んでいるのだった。うまく、たくみに遊んでみせているのだった。これがすっかりすんで、すべてが落ち着いたら、どこかへ一人きりで行って、十分ほど泣いてくればいい。だがいまは、遊んでいる最中なのだ。家族みんなで、ピクニックに来ている最中なのだ。ほかの子供たちを、遊ばせておかなければいけないのだ。

マイクは、ロバートと一緒に、ボートから跳び出した。みんなで手をかしてママをおろした。

「女のひとには、よく気をつけてあげるんだよ」と、パパは言ったが、だれもその意味は、あとあとになるまでわからなかった。

みんなは、ひそひそとささやきあいながら、大きなピンク色の石で造った都市の中へ、急ぎ足で入っていった。死んだ都市というものは、声をひそませて、沈む太陽をじっと見守りたい気持を、人に起こさせるものなのだ。

「五日ほどしたら」と、パパは静かに言った。「ロケットを置いておいた場所にもどって、あそこの廃墟に隠しておいた食料を集めて、ここに持ってこよう。それから、バート・エドワーズと、奥さんと、娘さんたちを、探しに行こう」

「娘さん？」と、ティモシイが訊ねた。「何人ぐらい？」

「四人だ」

「それが、あとで面倒なことになりそうね」と、ママが、ゆっくりうなずきながら、言った。

「女の子」マイケルは、古代の火星人の石像のような顔をした。「女の子だって」

「やっぱり、ロケットで来るの？」

「そうだ。うまく来られればね。わたしたちがここへ来られたのは、運がよかったのだよ」

「どこであのロケットを手に入れたの？」弟たちがわれさきに駆けていったので、ティモシイは小声で訊いてみた。

「隠しておいたのだ。二十年のあいだ、隠しておいたのだよ、ティム、使うようなことにならなければいいがと思いながら、隠しつづけてきたのだ。政府に供出して、戦争に使うべきだったかもしれないが、わたしは、いつも火星のことを考えて……」

「ピクニックのこともでしょう！」

「そうなのだ。これは内緒の話だぞ。最後の瞬間まで待ってみて、地球上のなにもかもがおしまいになるのを見とどけてから、わたしはみんなを連れて逃げ出したのだ。バート・エドワーズも、ロケットを一台かくしていたのだが、おたがいべつべつに出発したほうが、安全だろうということになったのだ。人目について、射ち落されたりしてはいけないと思ったからね」

「どうして、ロケットを爆破してしまったの、パパ？」

「そうすれば、もう二度と、地球に行けないからだ。それと、もし、悪い連中が火星にやって来ても、わたしたちがここにいることを知られないようにするためだ」

「それで、しょっちゅう、空ばかり見ているの？」

「そう。ばかばかしいことだがね。追って来ようにも、やつらにはロケットがないんだから。わたしが用心深すぎたというだけのことさ」

マイケルが駆けもどってきた。「ほんとにこれ、ぼくたちの町なの、パパ？」

「この星全部が、わたしたちのものなのだよ。この星全部がね」

みんなは、その場にたたずんだ。〈丘の王〉、〈山の統率者〉、〈眼に入る限りの総ての支配者〉、〈不可侵の君主にして総統〉であるみんなは、世界を所有するということが何を意味するのか、世界とは、実際、どれほど大きなものなのか、それを理解しようとしていた。

稀薄な大気の中に、夜は素早く訪れてきた。噴泉が水を噴きあげている広場にみんなを残して、パパはボートへもどり、大きな手の中に、ひとたばの書類をかかえて帰ってきた。

パパは、古い中庭の瓦礫の中に、その書類を置いて、火をつけた。からだをあたためようと、みんなは火のまわりにかがみこんで、笑い声をあげた。焔がうつって、めらめらと燃えあがると、小さな文字が、びっくりした獣のように、躍りまわるのを、ティモシイは見ていた。書類は、老人の肌のように、皺くちゃになり、火葬の焔が、無数の言葉を呑みこんでいった。

「政府公債、二〇三〇年事業グラフ、宗教的偏見に関するエッセイ、兵站科学、汎米総合体の諸問題、二〇二九年七月三日株式報告、戦争要録……」

　パパは、こうして焼き棄てるために、それらの書類を持ってこようと、主張していたのだった。そこにすわって、満足そうに、一つ一つ、火にくべながら、パパは、それがどんな意味を持っているかということを、子供たちに話して聞かせた。

「おまえたちに、二、三話しておくべき時が来た。おまえたちにいろいろと隠しておいたのは、いけないことだったと思う。理解してもらえるかどうかわからんが、たとえ、ほんの一部しか、おまえたちにわかってもらえなくても、わたしは話さなければならないのだ」

　パパは、一枚の紙を、火の中に落した。

「わたしは、いま、生き方を燃しているのだ。ちょうど、いまごろ地球の上で、燃えて消えてしまおうとしている、あの生き方みたいな。政治家みたいな話し方だったら、許してほしい。結局、わたしは、もと州知事だった人間だ。わたしは正直だった。だから、憎まれた。地球上の生活は、けっして、良いことを行なえるような状態に到達することがなかった。科学は、わたしたちを置いて、あまりに早く、先へ先へと進んでいってしまい、人間は、機械の荒野の中で、道に迷ってしまって、ただ子供のように、きれいなものに、器械仕掛けに、ヘリコプターに、ロケットに熱中し、まちがった方向ばかり強調した——機械をいかに用いるか、ではなくて、機械そのものばかり強調した。戦争は、どんどん大規模になって、ついに、地球を滅ぼしてしまった。ラジオが沈黙したのは、そのせいなのだ。わたしたちが逃げ出したのは、その戦争からなのだ。

わたしたちは、運がよかった。もうロケットは、一台も残っていない。この旅行が、魚釣りのピクニックではないことは、もうわかっただろう。わたしは、おまえたちに事実を打ち明けるのをのばしてきたのだ。地球は失くなってしまった。惑星間航行は、今後何世紀かのあいだ、行なわれることはないだろう。ひょっとすると、永久にないかもしれない。だが、あの生き方は、それがまちがいだったことをみずから証明して、われとわが手で、自分の首をしめてしまったのだ。おまえたちは、まだ小さい。よく頭に入るまで、わたしは、これから毎日、この話をしてあげよう」

パパは言葉を切って、火にさらに書類をくべた。

「いまや、わたしたちだけになった。わたしたちと、あと数日して到着する、ひと握りの人たちとだけになった。でも、もう一度、最初からやり直すには、充分な人数だ。地球の上にあったいっさいのものと訣別して、新しい道を切り開くのには、充分な人数なのだ——

——」

火が躍りあがって、パパの言葉を強調した。そのとき、書類は、ただ一つを残して、燃え尽きてしまった。地球上のあらゆる法律と信念は、やがて風に吹き散らされてしまうだろう、ひとかたまりの熱い灰に、なってしまったのだ。

ティモシイは、パパが火に投げこんだ最後の一つを、眺めた。それは、地球の〈世界地図〉だった。地図は、みるみる皺だらけになると、熱くねじれてぱりぱりと裂け、あたたかい、黒いチョウのように、舞いあがっていった。ティモシイは視線をそらした。

「さて、いよいよ、火星人を見せてあげるとしようか」と、パパは言った。「みんな、おいで。さあ、アリスも」パパは妻の手をとった。

マイケルは大声で泣いていたので、パパはさっと抱きあげて運んでいった。みんなは、廃墟を通りぬけて、運河へ歩いていった。

運河。明日か、明後日《あさって》には、そこを、子供たちの未来の花嫁たちが、ボートに乗って、遡ってくるだろう。両親に連れられて、笑いさざめきながら、女の子たちがやってくるだろう。

夜が、みんなを包みこみ、星が空に出ていた。だが、ティモシイには、地球が見つけられなかった。地球は、もう沈んでいたのだ。頭を働かせてみれば、すぐわかることだった。

通りぬける廃墟の中で、夜の鳥が鳴いた。パパが言った。「お母さんとわたしは、おまえたちにいろいろと教えるつもりだ。失敗するかもしれないが、そうはならないことを、願っている。わたしたちは、たくさんのことを見て学んできた。この旅行は、何年も前から、おまえたちがまだ生まれないうちから計画していたのだ。たとえ、戦争がなかったとしても、わたしたちは、わたしたちの新しい生き方の基準を作って生きるために、火星にやって来ただろう。火星がいずれは、地球の文明に汚されるにしても、それまでまだ百年はかかるだろうからね。もちろん、いまは――」

運河に着いた。運河は、夜の中で、長々とまっすぐに横たわり、冷たく濡れて、光を反射していた。

「ぼく、とても火星人が見たかったんだ」と、マイケルが言った。「どこにいるの、パパ？　見せてくれるって約束したじゃないか」

「そうら、そこにいるよ」パパは、マイケルを肩の上に移して、真下の水面を指さした。

火星人がそこにいた。ティモシイは震えはじめた。

火星人はそこに――運河の中に――水面に映っていた。ティモシイと、マイケルと、ロバートと、ママと、パパと。

火星人たちは、ひたひたと漣波の立つ水のおもてから、いつまでもいつまでも、黙ったまま、じっとみんなを見あげていた。

定本・火星年代記

評論家
高橋良平

そしてまもなく、運命的な出会いがやってくる。

〝一月二十三日　ハレ　カゼヒイテウチニネテイル　火星人記録ヨム　コンナ面白いのはめったにない〟

前年（一九五六年）十月に元々社から斎藤静江訳で刊行された最新科学小説全集の第十巻、レイ・ブラッドベリの『火星人記録』（現、『火星年代記』）だった。この時期の日記で親一が題名をあげて感想を書き込んでいるのは、映画も含めてこの作品だけである。

（最相葉月『星新一　一〇〇一話をつくった人』新潮文庫）

書誌的なことを記せば、ハヤカワ・SF・シリーズで、小笠原豊樹訳の〝新訳〟版『火星年代記』が出たのが一九六三年四月、そして七六年三月には、ハヤカワ文庫NVに収録された。どちらも多く版を重ね、SFファンばかりでなく、おびただしい数の読者に親しまれてきたのは、いうまでもない。星さんのように作家の道に進まずとも、本作と運命的に出会い、ブラッドベリ・ファン、SFファンになった人も少なくないだろう。

だから、いまさら、SF界の巨匠、いや、現代アメリカ文学の大御所である作者について、くだくだしく書くまでもなく、ましてや本作については解説不要と思われるかもしれない。だが、ちょっと待ってほしい。本書は、あなたの知っている『火星年代記』では、ない。ブラッドベリが、二十一世紀を迎える読者にむけて改訂した、日本の読書界が知らなかった、いわば〝定本〟版の『火星年代記』なのである。

本書のためにブラッドベリが書き下ろした前書きにあるように、『火星年代記』は、編集者のサジェスチョンに従い、〈ウィアード・テイルズ〉、〈スリリング・ワンダー・ストーリーズ〉や〈プラネット・ストーリーズ〉などの雑誌に発表した十六の短篇と、それらをつなぐ短篇を書き下ろし、タペストリー風の年代記に構成したオムニバス作品で、一九五〇年五月にダブルデイ・サイエンス・フィクション・シリーズの一冊として刊行された。すでに、幻想と怪奇専門のスモール・プレスであるアーカム・ハウスから出した短篇集、*Dark Carnival* で著書は一冊あったが、初めてメジャーな出版社から出た単行本だった。その翌年六月には、バンタム・ブックスからペイパーバック版が出る。それが、折りからのSFブームにのり、順調に版を重ねてゆく。一九五一年二月に『刺青の男』、五三年三月に『太陽の黄金の林檎』と、同じくダブルデイから短篇集を出版し、ブラッドベリの名声は高まってゆき……あとは、ご存じのとおり。

その後、交情を深めた担当編集者の移動にともない、ダブルデイからサイモン&シュスター、クノップへと、ブラッドベリは専属出版社を移ったが、ペイパーバック版は、『華氏四五一度』と『10月はたそがれの国』をバランタイン・ブックスが保持し、『火星年代記』を含めたそれ以外の著作はすべて、バンタムが出しつづけていた。

それに変動が起きたのは一九九〇年代半ば、児童書をめぐるトラブルから、四半世紀つづいたクノップ社と訣別し、好条件を出してきたエイヴォン社に移ったのがきっかけだった。九六年十二月、『二人がここにいる不思議』から八年ぶりの短篇集『瞬きよりも速く』をエイヴォンから出版。エイヴォンは、ハードカバーだけでなく、大判のトレイド・ペイパーバック、新書版のマスマーケット・ペイパーバックも出しており、旧作のハードカバー版が長らく絶版であることに不満を抱いていたブラッドベリにとって、エイヴォンの提示した復刊条件は、願ったり叶ったり。それにともない、バンタム・ブックス収録作をすべて引き上げ、九七年にエイヴォンから出し直したのだが、そこで〝事件〟が起きた。

復刊にあたり、ブラッドベリは新たな序文を添えるだけでなく、いろいろと、クラシック作品集の改訂まで行なったのである。

本書の目次を見て、目敏《めざと》い方はもうお気づきだろうが、旧版では「一九九九年一月　ロケットの夏」とあった年代が、「二〇三〇年一月　ロケットの夏」に変えられ、以後、すべての年号が三十一年ずつ更新されたのである。それはある意味、SFにつきものの運命とはいえ、作品が書かれたときの〝未来〟が、時は移ろい、いつしか〝過去〟になってしまうのは、仕方ない。その違和感を払拭《ふっしょく》するための、いわば読者へのサービス、悪くいえば小細工であるが、たとえ「二〇三〇年一月」が〝過去〟になっても、この作品が本質的にもつ魅力、幻想とノスタルジーが織りなす叙情的メタファーの〝未来〟が、色褪せることはないだろう。エヴァーグリーン、不朽の名作たる所以《ゆえん》である。

そして、もうひとつのアップ・トゥ・デイトは、収録作の変更。『刺青の男』に収録されていた「火の玉」が、「二〇三三年十一月　火の玉」として挿入され、また、「二〇〇三年六月　空のあなたの道へ」が、『太陽の黄金の林檎』収録の「荒野」と差し替えられ、「二〇三四年四月　音楽家たち」と「二〇三五—三六年　名前をつける」の間に、「二〇三四年五月　荒野」として収まった。初刊当時は、アメリカ本国でトピカルな人種差別問題を扱った「空のあなたの道へ」は、一九五一年九月に、イギリスのルパート・ハート＝デイヴィス社から出版された際、*The Silver Locusts* と改題されたテキストからはオミットされ、「火の玉」を加えるなど、過去の『火星年代記』のヴァリアントに、収録作の変更がなかったわけではないが、年号の改変も含め、この一九九七年のエイヴォン版をブラッドベリによる決定版、〝定本〟と称した次第である。

だが、『火星年代記』をめぐる出版ヒストリーは、まだ終わらない。コレクターズ・アイテム必至の魅力的な限定豪華本を出版するアメリカのサブテラニアン・プレスと、イギリスのＰＳパブリッシング、このスモール・プレス二社の共同企画で、*The Martian Chronicles: The Complete Edition* を刊行するというのだ。ＡからＺまでのレタード・エディションと呼ばれる二十六部の超豪華版は予約注文で完売。サイン入り、五百部の限定版は、三百ドルの定価が付けられている。序文を『老人と宇宙《そら》』で知られるＳＦ作家ジョン・スコルジーが寄せ、内容は三部構成。第一部は「火星年代記（クラシック・ブック）」と題した本書と同じコンテンツ。第二部「その他の火星物語」は、「空のあなたの道へ」を含め、『火星年代記』に収められなかった火星物語に、未発表の七作を合わせ、二十二篇を収録。第三部はブラッドベリ自身が書いた未発表の『火星年代記』の映画シナリオを、一九六四年執筆と一九九七年執筆のふたつのヴァージョンを収める。

そのうち、この限定版の第二部、第三部も、日本語で読めるように、おそらくなるだろう。なにしろ、ブラッドベリは今、もっともホットな作家のひとりなのだから。

この五年ばかりを振り返っても、二〇〇五年九月に『さよなら、コンスタンス』*Let's All Kill Constance*,2003（越前敏弥訳）が文藝春秋で刊行され、それにともない同社が、探偵小説三部作を成す『死ぬときはひとりぼっち』（小笠原豊樹訳）と『黄泉からの旅人』（日暮雅通訳）を復刊。同年十月に『塵よりよみがえり』（中村融訳・河出文庫）、〇七年二月に『瞬きよりも速く』（伊藤典夫・村上博基・風間賢二共訳・ハヤカワ文庫）と文庫化二作をはさみ、同年十月に『緑の影、白い鯨』*Green Shadows, White Whale*,1992（川本三郎訳・筑摩書房）と『さよなら僕の夏』*Farewell Summer*,2006（北山克彦訳・晶文社）、〇八年一月に『猫のパジャマ』*The Cat's Pajamas*,2004（中村融訳・河出書房新社）、九月に新訳版『夜のスイッチ』（北山克彦訳・晶文社）、十一月に『社交ダンスが終った夜に』*One More for the Road*,2002（伊藤典夫訳・新潮文庫）、今年の五月に『永遠の夢』*Now and Forever*,2008（北山克彦訳・晶文社）と刊行され、ほとんど新作ラッシュ状態。もちろん、新作が翻訳されると、新しい読者が、本書をはじめ、いつまでも瑞々しいブラッドベリの旧作を求めることになるわけだ。

そうしたホットな状況は、アメリカ本国でも変わりない。ご存じのように、ブラッドベリの創作意欲は衰えることなく、今年も短篇集の出版が二冊予定されている。また、ブラッドベリの伝記作者で知られるジャーナリストのサム・ウェラーによる*Listen to Echoes: Ray Bradbury Interviews*も、夏にメルヴィル・ハウスから出る。話し好きの人柄のせいか、これほどインタビュウ集が出版される作家も、珍しい。

老若男女に愛されるストーリーテラー、永遠の少年ブラッドベリは、この八月、九〇歳の誕生日を迎える。

二〇一〇年六月　記

本書は、一九七六年三月にハヤカワ文庫NVより刊行された『火星年代記』をもとに、一九九七年に刊行された原書・新版にもとづいて、著者の新たな序文と二短篇を加え、一短篇をのぞいた〔新版〕です。

また本書の翻訳にあたっては、「二〇三六年四月　第二のアッシャー邸」から「二〇三六年十一月　鞄店」までを木島始氏が、「二〇三六年十一月　オフ・シーズン」以下（「二〇五七年四月　長の年月」をのぞき）終わりまでを森優氏が、それ以外のすべてを小笠原豊樹氏が担当しました。

訳者略歴　1932年生，詩人，ロシア文学研究家，英米文学翻訳家　訳書『氷のような手』ガードナー，『太陽の黄金の林檎』ブラッドベリ（以上早川書房刊）他多数

HM=Hayakawa Mystery
SF=Science Fiction
JA=Japanese Author
NV=Novel
NF=Nonfiction
FT=Fantasy

火星年代記《かせいねんだいき》
〔新版〕

〈SF1764〉

二〇一〇年七月　十五　日　発　行
二〇二五年四月二十五日　十三刷
（定価はカバーに表示してあります）

著者　レイ・ブラッドベリ
訳者　小《お》笠《がさ》原《わら》豊《とよ》樹《き》
発行者　早川　浩
発行所　株式会社　早川書房
郵便番号　一〇一‐〇〇四六
東京都千代田区神田多町二ノ二
電話　〇三‐三二五二‐三一一一
振替　〇〇一六〇‐三‐四七七九九
https://www.hayakawa-online.co.jp

乱丁・落丁本は小社制作部宛お送り下さい。
送料小社負担にてお取りかえいたします。

印刷・三松堂株式会社　製本・株式会社フォーネット社
Printed and bound in Japan
ISBN978-4-15-011764-1 C0197

本書は活字が大きく読みやすい〈トールサイズ〉です。